MELODY

Dans les limbes de son âme

26 rue de l'église
31390 Carbonne
ISBN 978-2-9564771-2-9.

Un grand merci à Magali, Alexa, Bernard et Patrick pour m'avoir soutenue tout au long de ce projet.

Comme tous les jours, Melody peinait à sortir de son lit, mais aujourd'hui, plus encore. La trombe d'eau qui se déversait sur la Nouvelle-Orléans depuis hier soir pouvait certes décourager les plus téméraires, pourtant il convenait de chercher ailleurs les raisons de son manque de motivation.

Melody n'avait pas toujours vécu ici. Vous allez rire, mais elle poussa son premier cri à Danvers, dans le Massachusetts. Autrefois, cette ville s'appelait Salem Village. Vous en avez sûrement entendu parler, car il s'agit de l'endroit où vivaient la plupart des personnes concernées par le procès des Sorcières de Salem. Et même si les premiers interrogatoires furent menés en ces lieux, cette ville ne connut aucune pendaison.

Rapidement, avant même les six mois de la fillette, le couple, qui voit cette naissance comme un petit miracle après les trois fausses couches de la jeune maman, part s'établir à plus de 2450 kilomètres de là, dans la paisible ville de Lawrence, dans le Kansas, où rien ne laissait entrevoir le malheur qui allait s'abattre sur eux. Certains diront que cette terre était maudite, et que rien de bon ne pouvait en sortir, pas même un enfant : pas même "ce" magnifique bébé aux yeux bleu océan. La fillette ne gardera aucun souvenir de sa ville natale, ignorant même durant très longtemps qu'elle avait vu le jour là-bas.

Pour l'heure, Melody devenue adulte, avait choisi de s'établir dans le Vieux Carré. C'était une femme intelligente, indépendante et irrésistible. Ce dernier qualificatif avait d'ailleurs motivé l'abandon de sa mère. Ne vous méprenez pas, Dorothy n'était pas réellement partie. Mais son affection et sa capacité à l'aimer et à la protéger s'étaient étiolées à mesure que la chenille se transformait en ce magnifique papillon qu'elle était aujourd'hui. Si bien que rongée par la jalousie de voir sa fille attirer et obtenir des hommes tout ce qu'elle voulait, Dorothy avait fini par en devenir haineuse. Ne ratant aucune occasion de rabaisser Melody. D'ailleurs, elle ne se rappelait même plus le jour où sa mère l'avait appelée par son prénom pour la dernière fois. Non, Dorothy lui préférait plutôt le surnom de Lilith. Ce nom ne vous dit peut-être rien. Vous pouvez même le trouver mignon. Mais ne vous fiez pas aux apparences. Dans la mythologie, Lilith était considérée comme ayant été la première femme d'Adam, répudiée du Paradis pour ne pas vouloir se soumettre à ce dernier. Elle revêtira ensuite une dimension démoniaque en incarnant la chef des Succubes : des démons femelles qui séduiront les hommes dans le but de les punir. Ce surnom n'avait donc rien d'anodin. Il avait détruit la jolie jeune fille qu'était Melody, la condamnant à un isolement social extrême. En grandissant, elle avait voulu retourner dans le monde pour montrer à sa mère qu'elle s'était trompée sur son compte. Mais à nouveau le pire s'était produit, confirmant à tout jamais la véracité des propos de sa mère. Elle s'était donc résignée à se faire appeler Lilith et avait définitivement abandonné le doux prénom de Melody.

Quant à moi, je ne saurais m'y résoudre. N'y voyez aucune offense, mais ne partageant pas l'opinion de Dorothy sur sa fille, je continuerai de l'appeler Melody, libre à vous dans l'intimité de votre doux foyer de la nommer comme il vous plaira.

1 - LA NAISSANCE DE LILITH

Depuis le jeune âge de Melody, Dorothy était jalouse de l'effet que sa fille produisait sur les gens, et plus particulièrement sur la gente masculine. Tous les hommes tombaient littéralement en admiration, voire en pure vénération devant les magnifiques yeux bleus et les longs cheveux aux reflets rouge cuivré de la fillette. Sa bouche écarlate invitait déjà à la tentation. Elle était envoûtante. Voilà, le terme qui lui convenait le mieux : envoûtante !

Dorothy quant à elle, délaissée par son mari Louis au profit de Melody, y voyait là de la sorcellerie. Peut-être le fait d'avoir vécu dans la ville la plus connue pour avoir abrité des sorcières avait-il conduit cette femme à faire une fixation sur ces êtres décrits comme malveillants ? Cependant, souffrant de ne plus être la numéro un dans le cœur de l'homme de sa vie, elle tenta de lui faire part de ses soupçons, ce qui conduisit irrémédiablement à la mort de leur couple. Le regard qu'il avait sur sa femme n'était alors plus celui amoureux de jadis ; lorsqu'il posait les yeux sur elle, il ne voyait désormais qu'une folle. Il avait longtemps espéré que cette lubie lui passerait, protégeant Melody des insultes et brimades de sa mère comme il le pouvait. À un moment, le comportement de Dorothy atteignit un degré de perfidie inimaginable, comme le jour où elle maintint la tête de l'enfant enfoncée dans l'eau gelée de la baignoire parce qu'elle avait soi-disant surpris un regard lascif entre la fillette et un ouvrier qui travaillait au bout de la rue. Des exemples pareils à celui-ci, je pourrais vous en citer un nombre incalculable. Devant un tel déchaînement de violence, Louis fut donc contraint d'envoyer Dorothy en maison de repos. C'était de cette manière qu'il avait présenté les choses à la fillette, mais en grandissant cette dernière avait compris que sa mère se trouvait internée dans un hôpital psychiatrique.

Souvent, Melody se rappelait avec bonheur le temps où elle vivait seule avec son père : oubliées humiliations et angoisses continuelles, sa vie ne comptait plus qu'amour et fous rires. Quel soulagement pour cette dernière de pouvoir enfin laisser sa personnalité se révéler, sans se soucier des conséquences. Elle priait chaque soir pour que sa mère ne revienne jamais. Non qu'elle ne l'aimait pas, mais elle l'aimait davantage lorsque cette dernière se trouvait loin d'elle. On peut aisément comprendre la réaction d'une petite fille de sept ans qui se voyait traitée de sorcière à longueur de temps, par une personne dont la mission première aurait dû consister à tout mettre en œuvre pour la protéger de la dureté de la vie et de la méchanceté des gens. Elle avait hélas failli à son devoir et de ce fait, privé Melody de son enfance.

Malheureusement, le répit de Melody ne fut que de courte durée. Deux années. Cela peut paraître long, mais qu'est-ce que vingt-quatre mois dans une vie ? Dans un premier temps, Dorothy adopta une attitude irréprochable à l'égard de sa fille, laissant même entrevoir une réconciliation entre les deux parents. Les éclats de rire raisonnaient à nouveau dans le petit appartement, jusqu'au jour où un incident vint tout faire basculer.

Melody venait d'avoir dix ans. À la regarder, vous lui en donneriez douze, peut-être treize tant son apparence la faisait ressembler à une adolescente. Pourtant, elle n'était encore qu'une petite fille que sa maman venait récupérer à la sortie de ses cours de théâtre. Melody n'était pas de celles qui ont une aisance naturelle à évoluer en public, trop timide et persuadée de n'être qu'une ratée. (On se demande d'où pouvait bien lui venir une telle idée ?) Son père avait alors jugé pertinent de l'initier à l'art de la scène, espérant ainsi que la fillette gagnerait en assurance. Mais ce jour-là, attendant patiemment sur le trottoir devant la porte du théâtre, Dorothy éprouva une étrange sensation, comme un pressentiment qu'il se passait quelque chose de grave. Bravant l'interdiction d'entrer, elle arpenta les couloirs à la recherche de sa fille, ouvrant toutes les portes qui se présentaient sur son chemin, jusqu'à trouver Melody agenouillée devant son professeur, au moment où ce dernier remontait son pantalon. Tous parents assistant à cette épouvantable scène n'auraient pu retenir leurs colères, mais pas Dorothy. Non, elle demeurait stoïque. Au fond d'elle, elle avait désespérément attendu de pouvoir apporter la preuve à son mari du caractère démoniaque de leur fille. Elle était convaincue qu'un beau jour sa véritable nature apparaîtrait au grand jour, et ce dernier venait enfin d'arriver. Cette fois-ci, son mari n'aurait d'autre choix que d'être de son côté et de s'excuser pour l'internement qu'il lui avait imposé. Et avec un peu de chance, c'était Melody qui irait pourrir entre ces murs décrépis.

Elle partit donc sereine, sans adresser le moindre mot au professeur. Elle fit même un détour par le parc pour acheter une glace à Melody en guise de remerciement. Dans sa tête, elle se faisait déjà un scénario précis du déroulement des événements, un sourire triomphant aux lèvres. Mais c'était sans compter sur les remords qui rongeaient déjà le professeur de théâtre. Lorsque Dorothy et sa fille arrivèrent à la maison, elles croisèrent celui-ci sur le palier de l'appartement.

Louis venait d'être informé des tragiques événements et se trouvait aux prises d'une fureur incommensurable. Persuadée que cette rage ne lui était pas destinée, elle pénétra à l'intérieur de l'appartement sans se soucier une seconde de ce que faisait sa fille. Visiblement, Louis ne percevait pas la situation de la même manière que sa femme et une violente dispute éclata. Toutes ces émotions furent trop fortes pour le papa de Melody qui souffrait du cœur. Il s'écroula subitement au sol, aux pieds de la fillette qui entrait timidement dans le salon. Dorothy eut beau appeler les secours aussi rapidement que ses doigts tremblants lui permirent d'appuyer sur les touches, hélas, il était déjà trop tard. Il venait de mourir sous les yeux de Melody, avant même de pouvoir lui dire qu'elle n'était responsable de rien. La fillette tétanisée n'avait pas fait le moindre mouvement, ni prononcé un seul mot de son arrivée dans les lieux jusqu'à l'enlèvement du corps de son père par les ambulanciers, et aussi incroyable que cela puisse paraître, nul ne s'en soucia. C'était comme si elle était devenue invisible aux yeux du monde. Sa mère, totalement hystérique, prise également en charge par les secouristes, quitta l'appartement en la laissant là, sans même prendre la peine de la regarder. Sans doute son physique d'adolescente avait-il induit en erreur tout ce petit monde, leur laissant penser qu'elle était assez grande pour garder l'appartement. Mais lui avait-on au moins demandé si elle avait besoin d'aide ? Elle jurerait que non. Sinon, Melody se serait empressée d'accepter n'importe quelle alternative lui permettant de fuir sa mère ou son professeur de théâtre. Elle comprenait, à présent que son père venait de passer dans l'autre monde, que cet acte était beaucoup moins anodin que l'enseignant avait tenté de lui faire croire. Il avait abusé de sa naïveté et retourné contre elle son envie de faire économiser à son père l'argent des cours, pour lequel il se tuait tant au travail. Finalement, elle devait reconnaître que sa mère ne s'était pas trompée : elle était un monstre. Elle venait de tuer son propre père, ses actions tout du moins. Elle réalisa alors qu'elle était seule à tout jamais. Seule dans son cœur, seule dans sa tête, mais hélas pas dans la vie. Jusqu'à ce qu'elle réussisse à se faire émanciper, sa mère ne cessera d'être sur son dos, faisant de sa vie un véritable enfer. À moins que Melody ne décide de basculer du côté des ténèbres et ne se serve de son don pour anéantir quiconque désirerait lui nuire.

Toujours est-il que trois personnes avaient péri ce jour-là : le père d'une crise cardiaque, la mère avait vu son cœur se briser à jamais au moment où l'homme de sa vie s'était éteint, et Melody, quant à elle, dut renoncer à son existence au profit de celle de Lilith.

2 - LE PIRE JOUR DE L'ANNÉE

Aujourd'hui encore, la solitude était le sentiment qui prédominait chez Melody. Pourtant, on ne pouvait pas vraiment dire qu'elle avait été seule depuis toutes ces années. Sa beauté faisait des émules à chacune de ses sorties. Elle était courtisée très souvent, trop à son goût, s'obligeant à s'enlaidir volontairement pour garder les hommes à bonne distance. Mais cela ne fonctionnait pas toujours. Hélas…

Aujourd'hui, c'était son anniversaire : le 3 octobre, jour où Increase Mather publia son ouvrage Cases of conscience concerning evil spirits, vous parlez d'une coïncidence vous ! Aujourd'hui, elle fêtait ses vingt-huit ans. Elle détestait ce jour de l'année où l'existence lui rappelait qu'elle venait de passer une année supplémentaire sans son père. On a coutume de dire que le temps atténue les blessures, mais dans le cas de Melody, il n'en était rien. Elle souffrait comme au premier jour. Encore plus peut-être, car à présent que son ingénuité faisait partie du passé, elle savait comment elle aurait pu empêcher cette tragédie. Cette mort atroce dont elle était l'unique responsable.

Ce n'était pas le seul décès que sa beauté ait provoqué, mais tous ne la touchaient pas comme celui de son père. En fait, les autres l'indifféraient complètement. Excepté un. Mais il n'est pas encore temps d'entamer ce chapitre de la vie de Melody.

Le second décès fut celui de son professeur de théâtre. Il se pendit avec sa ceinture de pantalon, quelque temps après l'acte pernicieux qu'il avait commis sur Melody. Enterrant avec lui, dans son rustique cercueil, la seule chance pour elle de rétablir la vérité et de prouver à sa mère que le méchant de l'histoire n'était pas la petite fille crédule, mais l'adulte. Quand bien même le professeur se serait dénoncé à la police, Dorothy aurait-elle consenti à modifier la vision qu'elle avait de sa fille ? Je n'en suis pas convaincue. Et vous ?

Comment la fillette savait-elle que le cercueil était rustique ? Facile. Sa mère l'avait obligée à assister à ses funérailles, comme à celles de tous ceux dont elle supputait que la mort résultait d'un envoûtement de Melody. Elle espérait ainsi la voir se repentir, mais ne fut jamais exaucée. Aujourd'hui, Melody continuait à perpétuer cette malsaine tradition, sans trop en connaître la raison.

Une autre question restait en suspens : n'y avait-il vraiment que sur Melody que cet homme ait jamais posé ses sales mains ? Ou bien la chance avait permis que ses actions passent inaperçues jusqu'alors ? Elle privilégiait la seconde hypothèse. Si le destin avait pris la peine de mettre cet individu sur sa route, il devait y avoir une bonne raison. En reine des Succubes, Lilith se devait elle aussi de punir ces êtres de la faiblesse et du désir qui les consumaient de l'intérieur. Mais pas aujourd'hui. Non, aujourd'hui elle resterait à broyer du noir dans son lit, en regardant des séries TV ou en checkant les réseaux sociaux, un saladier rempli d'une quantité astronomique de chocolats et de bonbons, à portée de main. Si le chagrin ne l'affligeait pas trop, elle se traînerait jusqu'à la fenêtre pour le regarder sortir de la librairie d'en face.

Vous vous demandez sûrement ce que Melody dira à son patron pour justifier son absence ? Absolument rien. Elle ne travaillait pas. Elle n'en avait nul besoin. Et de toute manière, si cela avait été le cas, le fait même que celui-ci soit un homme la dispenserait de toute justification. Quant à ses sources de revenus, disons qu'elles étaient un peu atypiques et immorales. Mais que pouvait-on attendre d'autre d'une femme qui s'était entendue répéter durant toute sa vie qu'elle était le mal incarné ? Vous semblez surpris ! Moi je trouve au contraire que cela prend tout son sens.

La nuit dernière, Melody avait encore suivi les aventures de Dean et Sam Winchester, les héros de sa série préférée : Supernatural. Bien sûr, elle était très intéressée par tout ce qui touchait de près aux phénomènes paranormaux et légendes urbaines, mais si elle passait ses nuits à regarder tous les épisodes en replay, c'était avant tout parce que le personnage de Dean la faisait littéralement craquer. Je dois dire que moi aussi, j'avais un faible pour lui. Il était certes ultra sexy, mais possédait en prime un humour cinglant et une répartie à toute épreuve. Même si je devais avouer que le personnage de Lucifer, incarné par Mark Pellegrino, était à tomber par terre !

Le fait que les héros soient natifs de la ville où elle avait grandi, ne devait pas non plus être étranger à l'engouement de Melody pour cette série. Lawrence et son cimetière de Stull ; peut-être l'endroit qu'elle connaissait le mieux après la bibliothèque. Elle aimait admirer le grand aquarium qui trônait en son sein ; sa vision lui procurait un sentiment de bien-être grâce à l'effet hypnotique qu'il produisait. Mais ce qu'elle préférait le plus, c'était flâner dans ses rayonnages les soirs d'automne, juste avant la fermeture, lorsque l'obscurité régnait dehors. Une atmosphère particulière prenait alors possession de l'intérieur du bâtiment. Pourquoi pas l'hiver me direz-vous ? Melody détestait le froid, et les hivers à Lawrence étaient très rudes. Une raison qui avait pesé dans la balance lorsque la jeune femme avait choisi son nouveau lieu de vie.

La Nouvelle-Orléans et ses hivers doux s'étaient alors imposés comme une évidence. Mais le climat ne fut pas la seule raison qui poussa Melody à prendre ses quartiers dans le Vieux Carré. Le folklore sur le surnaturel qui entourait la ville ? Oui, peut-être un peu. Mais surtout la vie nocturne qu'elle proposait correspondait parfaitement au mode de vie de Melody. Elle était une prédatrice. Son art atteignait son paroxysme dans les rues inondées de touristes un brin éméchés, et où résonnaient des morceaux de jazz des plus envoûtants.

Melody n'eut aucun mal à s'acclimater à ce nouvel environnement, même si elle doit bien l'avouer, Dorothy lui manquait un peu. La situation entre les deux femmes ne s'était pas vraiment arrangée, toutefois on ne pouvait pas non plus dire qu'elle s'était détériorée. En réalité, plus Melody grandissait, plus Dorothy dut composer avec l'idée que sa fille ne serait jamais comme les autres. Seul changement important : le temps des châtiments corporels avait cessé depuis des années. Dorothy se résigna même à fermer les yeux sur les incidents qui se passaient à Lawrence, comme tous les habitants de la ville d'ailleurs. En contrepartie, Melody tentait de faire pénitence en assistant aux enterrements des malheureux. Cependant, certaines rumeurs sur leur famille commençaient à circuler en ville et les deux femmes, désireuses de préserver la réputation de Louis, avaient décidé d'un commun accord qu'il était temps pour Lilith d'explorer de nouveaux horizons. Melody aurait très bien pu partir depuis longtemps, légalement, elle en avait le droit. Toutefois, abandonner son père dans le cimetière de Stull lui brisait le cœur.

Et puis ici, elle était en terre connue. Quel accueil lui serait-il réservé ailleurs ? Terminerait-elle sur un bûcher ? Ou pendue comme ses ancêtres de Salem ? Seulement impossible de retarder davantage l'inévitable.

Dès son arrivée, la jeune femme s'était sentie comme chez elle ici, parmi les sorcières et les différents monstres qui peuplaient la ville. De plus, son cœur ne mit pas longtemps à être touché par le pire de tous, LE bad boy de la Nouvelle-Orléans. Celui qui faisait la pluie et le beau temps dans le Vieux Carré. De quelle espèce faisait-il partie ? Difficile à dire d'aussi loin. Cependant, sa noirceur se percevait à des kilomètres à la ronde, de même que les cadavres qu'il laissait dans son sillage. C'est d'ailleurs au cimetière de Saint-Louis que Melody croisa sa route pour la première fois.

Une fois ses valises déposées dans son nouveau chez elle, la veille de la fête de l'indépendance de l'année 2018, elle était partie explorer les alentours. Le cimetière ne fut évidemment pas oublié. C'était devenu une habitude pour Melody de traîner dans ces lieux saints, même quand elle n'était pas en mission "rédemption". Ces endroits semblaient lui apporter un certain réconfort. La mort ne l'effrayait pas comme cela pouvait être le cas pour bon nombre d'entre nous. Au contraire, elle attisait sa curiosité, l'attirant presque. Elle arpentait les allées en se posant les questions qui nous ont tous frôlé l'esprit au moins une fois. Comment était-ce de l'autre côté ? Étions-nous seuls ? Retrouvions-nous les êtres que nous aimions de notre vivant ? Faisait-il froid ? Ressentions-nous la faim et la soif ? Pouvions-nous interagir avec le monde des vivants ? Y avait-il seulement quelque chose, ou notre âme se retrouvait-elle juste prisonnière du néant pour l'éternité ? Les chrétiens trouveront peut-être ses pensées blasphématoires, mais Melody n'était pas du genre à se contenter de ce que relataient les livres. Elle voulait voir, comprendre. Se faire sa propre opinion. Et où, mieux qu'à la Nouvelle-Orléans, pourrait-elle s'approcher au plus près de la vérité ?

Toujours était-il que ce mystérieux inconnu, qui passa dans son champ de vision seulement quelques secondes, avait retenu toute son attention. Lui, étrangement, ne semblait pas s'être aperçu de la présence de la jeune femme. Cela allait à l'encontre de la réaction que d'ordinaire elle suscitait sur la gente masculine. Peut-être était-ce ce détail qui lui conférait un attrait tout particulier aux yeux de Melody ? Il était différent. Qui était-il ? Pourrait-il résister à l'irrésistible attraction qui émanait d'elle ? Ou mieux, serait-il en mesure de triompher de la jeune femme ? Tant de questions qui tourneraient en boucle dans la tête de la jeune femme un moment.

Pour l'heure, il allait bientôt sortir de son QG, une librairie dans laquelle il passait beaucoup de temps. Vous pensez sûrement qu'il s'agissait d'une coïncidence si Melody habitait juste en face de celle-ci. Un signe du destin peut-être ? Mais vous avez tort. Cet appartement n'était pas celui qu'elle occupait lors de son arrivée à la Nouvelle-Orléans. Elle avait suivi cet homme très souvent, et même si sa présence ne fut jamais remarquée, elle avait jugé plus pratique de déménager ici. Son ancien occupant était un homme, une aubaine pour elle. Melody n'eut pas de mal à le convaincre de faire une expédition au fin fond de l'Afrique et de lui céder ce sublime quatre pièces, avec tout ce qu'il contenait à l'intérieur. Comme je vous l'avais dit, Lilith n'avait pas besoin de travailler. Elle avait des techniques bien à elle pour obtenir tout ce dont elle rêvait. Mais en ce moment, ce qu'elle désirait, c'était cet homme. Et pour la première fois de sa vie, ses pouvoirs ne lui étaient d'aucune utilité. Elle se sentait impuissante, comme face aux châtiments corporels que sa mère lui infligeait dans son enfance.

D'ailleurs, en parlant de Dorothy, cette dernière n'allait pas tarder à lui téléphoner pour lui souhaiter un joyeux anniversaire. Dans deux minutes. Le 3 octobre à 10h30 tapantes, tous les ans, sa mère lui montrait son affection, du moins elle essayait. Enfin n'était-ce pas l'intention qui comptait ?

– Bonjour maman.

– Joyeux anniversaire ma Lilith !

– Merci.

– Laisse-moi deviner, à entendre le son de ta voix, tu n'as pas dormi de la nuit. Tu es encore partie chasser !

– Pas cette fois. J'ai juste regardé des séries.

– Ah bon ? répondit sa mère étonnée. Es-tu souffrante ?

– Non maman. N'es-tu pas plutôt censée te réjouir de cette nouvelle ?

– Évidemment. Mais je peux tout de même m'inquiéter pour toi. Tu es ma fille. Et puis, te savoir aussi loin m'angoisse.

– Pourquoi ne viendrais-tu pas rendre visite à ta Lilith pour t'assurer qu'elle va bien ?

– Moi, mettre les pieds dans cette ville de débauche ? Hors de question !

– Cet endroit n'est pas comme tu l'imagines maman. Il pourrait te surprendre, dit Melody en s'extirpant du lit pour se poster devant la fenêtre du salon qui livrait une vue plongeante sur la devanture de la librairie.

– Si tu t'y sens bien, c'est qu'il n'est pas fait pour moi, rétorqua Dorothy. Je rentre du cimetière. On enterrait quelqu'un aujourd'hui.

– Qui donc ?

– Un jeune homme. Un caissier du supermarché : Bastien.

– Bastien est mort ? demanda-t-elle incrédule.

– J'ai bien peur que oui, Lilith.

– Comment est-ce arrivé ?

– Sa petite copine l'avait quitté. La douleur l'a poussé à commettre cet acte infâme.

– C'est affreux ! Il était si gentil.

– Au moins, cette mort n'est pas de ton fait. Les gens vont couper court aux rumeurs sur notre famille, se réjouit Dorothy.

– En effet, répondit Melody, blasée.

– J'ai fait une folie en commandant une énorme gerbe de fleurs pour décorer la sépulture de ton père.

– Tu n'auras qu'à m'envoyer la facture. Je me changerai de la régler.

– Sans tuer personne ?

– Oui, sans tuer personne. Je te le jure.

– D'accord. Je te l'envoie par mail. Encore joyeux anniversaire Ma Lilith.

Sur ces mots, Dorothy coupa la communication. Vous aurez sûrement remarqué le comique de la situation. Bien que sa mère sache pertinemment d'où pouvait provenir l'argent de sa fille, celle-ci savait fermer les yeux tant qu'elle pouvait se remplir les poches. Je dirais même, que c'était au moment où Dorothy comprit le bénéfice qu'elle pourrait tirer d'avoir une fille comme Lilith, que les châtiments corporels cessèrent. Melody n'était pas dupe, mais elle s'en accommodait très bien.

Le moment de pouvoir admirer la vue en toute quiétude était arrivé. Il avait l'air énervé lorsqu'il quitta le QG. Des cadavres seront probablement retrouvés demain flottant dans le Mississipi. Qu'est-ce qui pouvait le contrarier à ce point ?

Melody s'était interdit de pénétrer dans cette librairie. Cependant, elle ignorait combien de temps encore elle allait pouvoir réprimer sa curiosité. Mais aujourd'hui, c'était sûr, elle resterait sagement à la maison, comme elle l'avait initialement décidé.

Seulement, vers 18h00, plus aucun épisode de sa série n'était disponible, et Melody commençait à s'ennuyer. Elle se dit alors qu'un petit tour dehors lui ferait du bien. Après tout, c'était son anniversaire, elle méritait bien de s'offrir un cadeau. Mais alors que la soirée s'annonçait fructueuse, elle croisa le roi du Vieux Carré et perdit toute envie de jouer avec sa nouvelle proie. Elle suivit l'inconnu un moment, l'observant attentivement. Derrière sa carapace de monstre sanguinaire, Melody percevait très nettement un sentiment plus vil que la colère et la soif de pouvoir. De la solitude. Comment pouvait-il être seul, entouré d'autant de sujets ? Mais la jeune femme n'attendait pas de réponse à cette question, elle la connaissait déjà. Elle la ressentait chaque jour que Dieu l'obligeait à passer sur cette terre.

3 - UNE RENCONTRE DÉTERMINANTE

Comme à l'accoutumée, Melody était allée faire un tour à l'église. Et alors qu'elle se dirigeait vers la sortie, une voix l'interpella :

– Auriez-vous quelque chose à confesser mon enfant ? lui demanda le prêtre qui arrivait derrière elle.

– Je vous demande pardon ?

– Vous êtes nouvelle dans cette ville, pourtant ce n'est pas la première fois que vous venez assister à des funérailles.

– La ville compte des milliers de personnes. Qui vous dit que je ne vis pas ici depuis des années ?

– Je me dois de connaître tous les membres de cette communauté.

– Pourquoi ?

– Pour pouvoir venir en aide à ceux qui en ont besoin, comme vous.

– C'est très aimable mon Père, mais je ne sollicite aucun secours.

– Nul besoin de demander dans la maison du Seigneur.

– Je doute qu'il vous permette d'aider un démon.

– Est-ce là ce que vous pensez être ?

– Je ne le pense pas. Je le sais.

– Les créatures maléfiques ont une aversion pour les lieux saints, vous ne saurez donc faire partie des leurs.

– Votre clairvoyance semble vous faire défaut aujourd'hui.

– Pourquoi dites-vous cela ?

– L'homme qui vient de vous serrer si chaleureusement la main en est un.

– Le connaissez-vous ?

– Je n'ai pas ce plaisir.

– Pour votre sécurité, je ne saurais trop vous conseiller de rester à bonne distance de cet individu.

– Mon intuition était la bonne alors. Qui est-il ?

– Le diable !

– Pourquoi Dieu laisserait entrer son pire ennemi dans sa maison ?

– Vous connaissez certainement l'expression : "il faut combattre le mal par le mal".

– Cette citation s'applique peut-être également à moi.

– Ii n'y a aucune chance.

– Qu'en savez-vous ?

– Je le sens.

– Pourtant j'ai le sentiment que nous sommes pareils.

– C'est impossible. Il répand la terreur depuis des siècles et ne connaît pas le pardon.

– Il est bien conservé pour son âge, plaisanta Melody.

– Ne vous laissez pas abuser par son visage angélique, cela serait une erreur.

– Comme pour moi, rétorqua-t-elle en tournant le dos au prêtre.

– La porte de mon confessionnal vous sera toujours ouverte si le besoin venait à se faire sentir, dit le prêtre en la regardant quitter sa maison.

Sur le parvis de l'église, elle avait observé cet homme un moment, ce soi-disant monstre, et l'avait trouvé très attirant. Son côté énigmatique, inaccessible et dangereux avait fait mouche dans le cœur de Melody. Elle en oublia presque sa vraie nature et les raisons qui l'avaient conduite jusqu'ici. Ce garçon hantait à présent ses pensées et ses rêves. Nul doute qu'elle le recroiserait un jour, dans le cimetière ou à l'église. Mais la jeune femme en avait assez de ces rencontres fortuites ou de l'observer derrière un rideau. Elle voulait plus que cela. Elle désirait tout savoir de lui, le connaître réellement. Jamais de sa vie aucun homme ne lui avait fait un tel effet. Mais en était-il réellement un ?

Malgré les recommandations du prêtre, Melody ne pouvait s'empêcher de penser à cet homme, le "roi du Vieux Carré" comme il se plaisait à se faire appeler. Elle ne l'apercevait que rarement seul, toujours entouré d'une jolie blonde dont la perfection était très agaçante, d'un homme du genre Dandy et d'un grand rouquin, dont elle n'arrivait pas à se faire un avis sur sa loyauté à l'égard de son roi. Rien à voir avec sa couleur de cheveux, rassurez-vous, elle sentait juste chez ce type quelque chose d'un peu fourbe. Peut-être se fomentait-il au sein de la cour de son bien-aimé une prochaine mutinerie ? Melody décida de garder l'œil ouvert, et de mener sa petite enquête. Et qui mieux que le prêtre de la ville pourrait répondre à ses questions ; lui qui se vantait de connaître tout le monde. Mais pour l'heure, elle suivrait ce possible traître, à bonne distance. Toutefois, Melody ne passait généralement pas inaperçue avec sa chevelure aux reflets rouge cuivré et déjà, un petit soldat de la garde du traître lui rodait autour. Elle dut se résoudre à abandonner son plan et reprit la direction de son appartement, sans avoir appris grand-chose, excepté le nom de l'homme dans sa ligne de mire : Mathias. Malheureusement, le spectacle qui se déroula plus tard sous ses fenêtres ne lui plut pas du tout. Le roi flirtait avec la libraire. Que pouvait-il bien lui trouver ? Elle qui était si fade en comparaison de Melody. Il ne manquait plus que cela. Voilà qu'à présent elle souffrait des affres de la jalousie, sans aucune légitimité qui plus est ! Elle descendit dans la rue et usant de ses charmes sur deux infortunés qu'elle prit pour des touristes, elle provoqua une bagarre qui mit instantanément fin au rendez-vous clandestin de son roi et de cette femme.

À présent en plein visionnage d'une série policière, Melody se dit qu'après tout, elle suivrait les conseils de l'homme d'église et irait se confesser demain. Il se pourrait que ce dernier puisse l'éclairer sur sa véritable nature. Faisait-elle partie des méchants ou des gentils ? Avait-elle encore la possibilité de sauver son âme ? Mais la question la plus importante était : en avait-elle seulement envie ?

*

* *

Cette nuit-là, Melody fit un rêve quelque peu étrange. Elle se voyait déambuler dans les rues du Vieux Carré, un soir de grande affluence. Elle portait une robe vaporeuse qui suivait les mêmes mouvements que ceux qu'empruntait sa chevelure de braise, ballottées toutes deux par une brise légère. Lilith ne savait où donner de la tête tellement les proies pullulaient. Elles étaient toutes entourées d'un halo de lumière de couleurs différentes, plus ou moins vives, mais celles qui prédominaient étaient le noir et le marron. Lorsqu'elle fit face à une devanture, elle put constater qu'un cercle noir l'enveloppait également. Puis son reflet se mit à changer. Sa jolie crinière rousse vira au blond et elle se mit à scintiller d'une lueur blanche. Le rêve ne se terminait pas là, mais la suite était trop floue pour qu'elle s'en souvienne à son réveil et ne puisse le noter dans son journal. Melody avait pris l'habitude de consigner ses rêves dans ce carnet. Pas tous, juste ceux qu'elle estimait avoir une réelle signification. Et celui-ci méritait d'y être répertorié. Mais que voulait-il dire ? Qu'il lui fallait une nouvelle couleur de cheveux ?

Elle sourit à cette idée, puis finit par se dire que ce n'était pas une si mauvaise idée après tout. Ainsi, elle serait moins facilement repérable et pourrait plus aisément suivre le fameux Mathias. Elle se dirigea vers le miroir de l'entrée pour étudier son reflet. Jamais elle n'avait apporté de modification à son apparence. Changer, revenait à renoncer à une partie d'elle-même. Au profit de quoi ? Un homme qui ignorait jusqu'à son existence ? Était-ce bien raisonnable ? Et si ses pouvoirs prenaient leurs forces dans la couleur de ses cheveux, deviendrait-elle une humaine comme les autres ? Avait-elle réellement envie de cela ? Toutefois, l'idée que son roi semblait avoir un intérêt prononcé pour les blondes allait probablement avoir son importance au moment de trancher la question. Pour l'heure, elle se prépara et quitta l'appartement avec l'intention d'aller parler au prêtre.

Hélas il lui faudrait patienter, car ce dernier était en pleine cérémonie. Un nouveau décès. Vu la tête que faisait le roi hier soir, Melody fut surprise de ne trouver qu'un seul cercueil, mais beaucoup moins de l'apercevoir parmi les gens venus faire leurs derniers adieux au malheureux.

Elle prit place dans le fond de la salle, non dans le but de passer inaperçue, mais plutôt parce que de cet emplacement, elle pouvait aisément observer l'élu de son cœur. Elle repensait à cette histoire de couleur de cheveux. S'ils possédaient réellement des pouvoirs, ils n'avaient aucun effet sur cet homme. Elle ne perdrait pas grand chose à les décolorer. Maintenant qu'elle avait fait ce rêve, elle se demandait d'où provenaient ses facultés et comment elles fonctionnaient. Peut-être le prêtre saurait-il lui apporter les réponses qu'elle attendait ?

Celui-ci suivit le cortège jusqu'au cimetière. Et alors que l'église se vidait, elle décida de l'attendre ici. Elle se cala confortablement sur le banc qu'elle avait fait sien, et bercée par ce silence biblique, elle finit par s'assoupir. Durant son court sommeil, cet étrange rêve se réinvita. Mais alors qu'elle arrivait au moment où le songe était devenu flou, une présence la fit revenir à elle. Le prêtre se trouvait là, assis à ses côtés.

– Il est assez inhabituel pour moi de trouver une de mes paroissiennes endormie dans mon église.

– Pardonnez-moi mon Père, dit-elle en se redressant.

– Ne vous excusez pas. C'est assez flatteur. Il faut se sentir en sécurité pour pouvoir s'endormir de la sorte. Cela me met du baume au cœur de voir que mon sanctuaire procure ce sentiment à au moins une de mes fidèles.

– Peut-être que si l'entrée était interdite à certains d'entre eux, il y aurait plus de gens qui s'y endormiraient.

– Vous faites sans doute allusion à Nick.

– C'est donc comme ceci qu'il se nomme.

– Vous ignorez le nom de celui que vous avez dévoré des yeux durant toute la cérémonie ?

– Comme vous y allez mon Père ! Disons que mon attention se portait surtout sur Mathias.

– Pourquoi ? Vous méfiez-vous de lui ?

– Je ne parviens pas à savoir s'il est entièrement dévoué à Nick.

– Absolument pas. Mais ne vous mêlez pas de leurs affaires, cela s'avérerait dangereux pour vous.

– Et Nick ?

– Il est assez grand pour gérer la situation tout seul.

– C'est bien le problème.

– Je ne suis pas sûr de vous suivre.

– Il transpire la solitude, et si un de ceux qu'il pense être son allié le trahit, il ne s'en remettra pas.

– Êtes-vous certaine de ne pas le connaître ? plaisanta le prêtre.

– Absolument.

– Il serait fort touché par tant de sollicitude de votre part.

– Pour cela il faudrait qu'il sache que j'existe. C'est curieux mon Père. Je suis ce que l'on appelle un Succube. Ma mère m'a surnommée Lilith, la reine des

Succubes. J'ai un certain pouvoir sur les hommes, mais lui, il ne remarque même pas ma présence. Comment est-ce possible?

– Votre mère est charmante, ironisa-t-il.

– Vous n'avez pas idée à quel point !

– Peut-être votre mère s'est-elle trompée.

– Non. Je sais ce que j'ai fait mon Père. Et pas qu'une fois.

– Pourtant, je suis un homme et je ne ressens nulle attraction.

– Vous êtes un homme d'Église.

– Mais un homme tout de même. Et par expérience, je peux vous assurer que rien ne m'immunise contre la sorcellerie, pas même ces murs que je chéris.

– C'est impossible.

– Les faits sont pourtant là. Et qui plus est, il aurait été inimaginable que Nick ne détecte pas autant de pouvoirs.

– Vous divaguez mon Père ! dit-elle en se levant d'un bond.

– Vous devriez être soulagée d'apprendre que vous faites partie des gentils. N'êtes-vous pas venue ici pour connaître la vérité sur votre véritable nature ?

– Je sais qui je suis. Je l'ai toujours su. De nombreux hommes sont morts à cause de moi, mon Père ! Je suis née à Salem, le mal coule dans mes veines. Je peux le sentir à chaque seconde qui passe se renforcer, s'exclama-t-elle en tentant de s'enfuir.

– Attendez ! fit ce dernier en saisissant son poignet.

Ce contact eut un effet surprenant, auquel ni le prêtre, ni Melody ne s'attendaient. Ils se retrouvèrent propulsés dans le rêve de la jeune femme, plus exactement dans la partie dont elle ne se souvenait pas. Une fois sa chevelure et son halo lumineux changés, elle fut comme attirée vers un homme. Celui-ci était prostré devant un individu qui gisait au sol et qui lui ressemblait comme deux gouttes d'eau. Elle lui sourit pour le rassurer, puis prononça les mots suivants : "Suivez-moi, je suis la lumière". Ensuite l'homme saisit la main qu'elle lui tendit et ils se volatilisèrent.

– Qu'est-ce que c'était ? Que m'avez-vous fait ? cria-t-elle.

– Rien.

– Rien !

– Je vous jure que je n'y suis pour rien.

– Vous osez mentir dans votre propre église ! Vous devriez avoir honte !

– Je n'ai rien fait de tel.

– Mais vous l'avez vu vous aussi, n'est-ce pas ?

– Oui.

– J'ai fait le même rêve cette nuit, pourtant je suis bien réveillée cette fois. Qu'est-ce que c'était ?

– Une prémonition.

– Pardon ?

– Je ne suis pas coutumier du fait. Laissez-moi faire des recherches sur son sens.

– Ne vous approchez pas de moi ! Vous êtes aussi malfaisant que toutes les créatures qui peuplent cette ville.

– Attendez !

– Elle se trompe, mon Père, vous êtes pire que nous, lança Mathias en faisant son apparition derrière lui. Pensez-vous que Dieu vous pardonnera cette fois-ci ?

– Allez en enfer !

– C'est ici l'enfer, mon Père, et vous contribuez à le renforcer à chaque instant. Qu'avez-vous vu ?

– Comme je l'ai dit, je dois faire des recherches.

– Ne jouez pas avec moi !

– Je crois que c'est un ange.

– Un ange ? Vous plaisantez, n'est-ce pas ?

– Aucunement.

– C'est impossible. Elle l'a dit elle-même, elle a causé la mort de plusieurs personnes. Elle ment, elle vole pour subvenir à ses besoins, rien de tout ceci ne révèle un caractère angélique.

– Vous l'avez entendu, elle a grandi auprès d'une mère qui l'a rabaissée toute sa vie et qui a fait peser sur ses épaules d'enfant tous les malheurs du monde. Il est normal qu'elle soit arrivée à devenir cette chose malveillante que sa mère voyait en elle. Mais croyez-moi, je n'ai jamais vu une âme aussi pure que la sienne.

– Cela devient très intéressant.

– Que comptez-vous faire d'elle ?

– L'utiliser pour détruire Nick.

– Elle refusera. Elle vous a déjà percé à jour.

– Vous saurez la convaincre.

– Pour quelle raison vous aiderai-je ?

– Nick tourne autour de votre filleule. Ce dernier ne la laisse d'ailleurs pas indifférente. Heureusement pour vous, notre ange semble avoir le béguin pour l'homme à abattre…

– On ne peut pas contrôler les sentiments des gens. Il ne l'a même pas remarquée.

– Ça, voyez-vous, c'est parce que j'ai repéré notre ange le premier et que j'ai fait lancer un sort pour la dissimuler à ses yeux. Mais à présent que je connais ses intentions, il est grand temps de rendre la vue au grand Nick et de lancer l'assaut.

– Elle est étrangère à votre lutte pour le pouvoir. Ce n'est qu'une innocente.

– Tout comme votre filleule. Passez-lui le bonjour de ma part, je vous prie, dit Mathias en quittant l'église.

Pendant que Melody marchait sans savoir où aller, en ressassant ce qui venait de se passer, le prêtre, quant à lui, commençait à avoir mauvaise conscience. Certes, il désirait protéger Emy des menaces à peine voilées de Mathias, et des ennuis que pourrait lui apporter une trop grande proximité avec Nick. Toutefois, si cette inconnue était bien ce qu'il croyait, elle ne devait pas se retrouver mêlée à toutes ses querelles et trahisons qui perduraient depuis des siècles. Cette fille était trop importante pour le prêtre, pour le monde. Mais il devait s'assurer de ne pas commettre d'erreur quant à la véritable nature de… Comment s'appelait-elle ? Il ne lui avait pas demandé, et Mathias semblait l'ignorer également. Peu importe, l'homme d'Église n'avait pas de temps à perdre avec ça, il lui fallait trouver des informations au plus vite…

4 - INCRÉDULITÉ

Melody eut beau faire le tour du Vieux Carré plusieurs fois, elle ne parvint pas à retrouver son calme. Les mots du prêtre tournaient en boucle dans sa tête. Que voulait-il insinuer en disant que sa mère s'était trompée et qu'elle faisait partie des gentils ? Comment pourrait-elle être du bon côté après tous les cadavres qu'elle avait laissés dans son sillage ? Parce qu'autant la santé mentale de Dorothy pouvait se discuter, autant Melody n'avait pas inventé le décès de son père, de son professeur de théâtre, de Ryan, de Zach, et encore moins celui de Nolan. Nolan, l'homme qui avait compté le plus après son père. D'une certaine manière, Nick lui ressemblait un peu. Sentant soudain son cœur se serrer, Melody rangea ce souvenir douloureux au fin fond de son esprit. Elle s'arrêta devant la devanture d'un QG de Nick et le vit à travers la vitre conter fleurette à la libraire. Elle aurait voulu débouler à l'intérieur et lui faire part de ses soupçons concernant Mathias. Mais sans preuve, elle n'avait aucune chance de le convaincre. Vous pensiez qu'elle allait dire qu'elle voulait se débarrasser de sa rivale ? Non. S'il y avait bien un ange dans cette ville, elle était persuadée que ce ne pouvait être qu'elle. Et en toute honnêteté, elle savait que la libraire était faite pour lui. Elle était normale, humaine. L'espace d'un instant, il lui semblait percevoir un halo doré autour de cette fille, mais celui-ci s'effaça tellement vite, qu'elle crut avoir rêvé. Toutefois, ce qui ne semblait pas vouloir disparaître, c'était la lueur noire qui entourait son propre reflet dans la vitrine. Elle ne rêvait pas, et ne touchait pas le prêtre non plus. Cette image était-elle réelle ou la folie de sa mère la gagnait-elle peu à peu ? Une autre image attira soudain son attention, celle-ci de l'autre côté de la rue : un salon de coiffure. Melody prit soudain sa décision. Si le prêtre visait juste et que le Succube en elle ne fut qu'une pure invention ; si les pouvoirs des sorcières de Salem n'avaient jamais coulé dans ses veines, ni tenté de la corrompre, alors tout le mal causé par Melody ne venait que d'elle seule. Plus aucune excuse ne pourrait servir à justifier ses actes. Dans ce cas, Melody ne voulait plus rien avoir à faire avec Lilith et ses cheveux rougeoyants. Elle traversa la rue en courant et parvint à persuader le coiffeur de s'occuper d'elle, malgré son absence de rendez-vous et un salon bondé.

C'est fou ce que l'on pouvait apprendre de choses en allant chez le coiffeur ! Malheureusement, aucune des informations que Melody avait réussies à glaner auprès des commères de la ville ne l'aiderait à comprendre la situation.

De retour chez elle, la jeune femme fit l'impasse sur le déjeuner et s'installa sur le canapé, son ordinateur portable sur les genoux. Elle reprit le carnet dans lequel elle notait ses rêves pour analyser le dernier de plus près. Elle chercha ce que pouvait représenter le halo lumineux qui l'entourait. Il ne lui fallut pas longtemps pour avoir sa réponse : il s'agissait de son aura. L'article d'un bloc disait que les médiums pouvaient la voir sans difficulté. Cependant, elle n'était pas médium. Pourquoi se mettait-elle à percevoir l'aura des gens ? Et pourquoi maintenant ? Inutile de se prendre la tête, la Nouvelle-Orléans regorgeait de personnes de cette profession, elle n'aurait aucun mal à en trouver une qui puisse l'éclairer. Un homme de préférence car Melody souhaitait vérifier si son blond platine agirait de la même manière que son ancienne crinière rouge. Entre vous et moi, la jeune femme s'adaptait plutôt bien à ce changement. Elle se sentait déjà devenir une autre femme. Et si sa prédiction était exacte, alors son aura aussi ne tarderait pas à faire peau neuve.

En se regardant dans le miroir de l'entrée, Melody constata que les vêtements qu'elle portait ne convenaient pas vraiment à une blonde. Elle se dit alors qu'il faudrait qu'elle remédie à cela. Vous pensez qu'elle était superficielle, voire même un brin narcissique ? Il n'en est rien. Elle ne se contemplait pas pour admirer sa beauté, mais au contraire pour faire la liste de ses défauts. Elle ne s'aimait pas et ne s'aimerait probablement jamais. Paradoxal quand on pense qu'elle avait la moitié des hommes à ses pieds. Oui, mais Melody était faite ainsi : imparfaite et insécure. Quant à accorder sa confiance à quelqu'un, elle en était totalement incapable.

Pourtant, ce que dégageait Nick lui laissait à penser qu'avec lui, tout pourrait être différent. Mais elle devait se faire une raison. Si le destin l'avait rendue invisible à ses yeux, c'était forcément pour une bonne raison, l'intérêt général peut-être. Melody croyait beaucoup aux signes que la vie lui envoyait. Elle ne forcerait donc pas les choses avec le roi. Cependant, même si elle ne pouvait pas espérer faire partie de la vie de Nick, rien ne l'empêchait de veiller sur lui, de loin.

Ce soir, elle comptait bien filer Mathias et découvrir quel mauvais coup il préparait, car elle mettrait sa main à couper que c'était le cas. Si l'aura de Melody se matérialisait en noir, elle ne doutait pas un seul instant qu'il en soit de même pour celle de Mathias.

Pour l'heure, elle picora quelques gâteaux et bonbons, puis partit à la recherche d'un médium. Étrangement, dès la sortie de son appartement, Melody eut la curieuse impression d'être suivie. Elle multiplia alors les arrêts devant les vitrines et les changements de direction, sans toutefois parvenir à repérer l'individu. Elle commença même à se demander si elle ne se faisait pas des idées. Elle tenta le tout pour le tout et s'engouffra dans une ruelle mal éclairée. Elle grimpa au pas de course l'escalier de service d'un vieil immeuble abandonné et attendit de voir qui pointerait le bout de son nez. Son intuition lui chuchotait à l'oreille qu'il s'agirait de Mathias mais la vision de son poursuivant fut des plus décevantes. Elle se félicita d'avoir troqué ses chaussures à talons contre des baskets, car dans le cas contraire, il lui aurait été impossible de surprendre le prêtre en sautant de l'escalier juste derrière son dos.

– Vous m'avez fait peur, gronda-t-il.

– Je peux vous faire bien pire, mon Père.

– J'en doute.

– Vous auriez tort de me sous-estimer. Pourquoi me suivez-nous ?

– J'ai fait des recherches et ce que j'ai…

– Cela ne m'intéresse pas.

– C'est important.

– Pour qui ?

– Pour vous.

– Inutile d'user votre salive, je ne crois pas un mot de ce que vous dites. Qui est avec vous ?

– Personne.

– Pourtant nous ne sommes pas seuls. Je sens une présence.

– Vous devez avoir confiance en moi.

– Pour quelle raison ? Parce que vous êtes un messager de Dieu ?

– Je ne suis qu'un parmi de nombreux serviteurs, mais vous, il vous a élue…

– Stop, je ne veux rien savoir. Rentrez chez vous. Les rues ne sont pas sûres pour un homme comme vous.

– S'il vous plaît, écoutez-moi ! la supplia le prêtre en vain, car Melody avait déjà repris le chemin du cabinet du médium.

– Il s'agirait d'être plus efficace que ça, mon Père. Elle a failli nous démasquer, rouspéta Mathias en sautant du sommet du toit.

– Je fais de mon mieux, mais elle est dure à amadouer.

– Essayez avec plus de conviction. Avez-vous une idée de l'endroit où elle se rend ?

– Pas la moindre. Chercher une nouvelle proie peut-être.

– Son caractère intrépide pourrait nous jouer des tours.

– Nous ?

– Elle a raison, retournez à l'église. Je vous y rejoindrai plus tard. Je meurs d'envie d'entendre les découvertes que vous avez pu faire à son sujet.

– Et qu'allez-vous faire pendant ce temps ?

– La surveiller.

– Vous semblez y prendre beaucoup de plaisir.

– Je dois avouer que ce travail est agréable tant elle est fascinante, répondit Mathias en retournant à sa filature.

*

* *

La discussion avec le médium avait été enrichissante. Melody connaissait quasiment tout ce qu'elle devait savoir sur les auras, et plus particulièrement sur la sienne. Oui, elle était bien noire. Toutefois, il semblait plus que probable que cette couleur résulte d'une blessure non cicatrisée : un deuil, une erreur que l'on n'arrive pas à se pardonner…, et que celle-ci finisse par créer une mauvaise énergie. Donc en résumé, pour que l'aura de Melody change, elle devait faire la paix avec son passé. Pourquoi pouvait-elle les percevoir maintenant ? Voici la question la plus intéressante. Peut-être possédait-elle cette capacité depuis toujours, mais que pour une raison ou une autre, cette dernière s'était vue bridée. Malheureusement, le médium fut dans l'incapacité de trouver par quoi ou qui. Était-ce l'inconscient de la jeune femme qui avait mis ce don en sourdine, ou une personne étrangère l'avait-il fait taire ? Considérant l'ampleur mémorable que prenait la curiosité de Melody dans sa vie, et étant un outil des plus utiles pour l'étayer, la jeune femme n'y aurait certainement pas renoncé volontairement. Son aptitude devait mettre en péril les plans de quelqu'un qui avait fait partie de sa vie à un moment donné. Mais qui ? Sa mère ? Elle doutait fort que Dorothy possède ce genre de pouvoir. Qui plus est, vue l'aversion envers la sorcellerie dont cette dernière avait fait montre toute sa vie, elle se dit que si sa mère était bien la brideuse de pouvoirs, alors il faudrait lui décerner la palme d'or de la meilleure actrice. Non, elle réfutait cette hypothèse, de même que celle qui impliquerait son père dans cette sournoise machination. Mais qui alors ?

Et surtout, comment le don de la jeune femme s'était-il libéré des chaînes surnaturelles qui l'enclavaient ? Le prêtre ! Cela devait avoir un rapport avec le contact physique qu'ils eurent lorsque ce dernier tenta de la retenir. C'était une aubaine que celui-ci désire lui parler ; il ne se méfiera donc pas de voir Melody débarquer à l'église à une heure aussi tardive.

En chemin pour le lieu saint, Melody s'enthousiasmait de pouvoir jouir à nouveau de ses pouvoirs et des possibilités infinies que lui livrait ce nouveau monde coloré.

La sensation d'être observée fit son retour dès sa sortie du cabinet du médium. Mais, cette fois-ci, elle savait exactement par qui et où débusquer cet individu. Toutefois, Melody préféra faire comme si de rien n'était et laisser Mathias penser qu'il contrôlait parfaitement la situation. "Mais pourquoi diable le bras droit du roi pouvait-il s'intéresser à elle ? " ne cessait-elle de s'interroger. Le regard de cet homme sur elle l'indisposait, pourtant elle décida de lui jouer un petit tour. Elle rentra directement chez elle. Elle prit soin de ne tirer aucun des rideaux avant de se déshabiller sous ses yeux, en multipliant les gestes lascifs et de se glisser dans son lit. Puis lorsqu'elle sentit le regard du traître s'être retiré, elle se rhabilla à toute vitesse et courut retrouver le prêtre. Seulement, Mathias l'avait devancée, et cachée derrière un gros pilier dans le fond de l'église, Melody ne ratait pas un mot de leur conversation.

– Alors mon Père, je vous écoute. Qui est donc cette fille ? Comment s'appelle-t-elle d'ailleurs ?

– Je l'ignore. Sa mère l'appelle Lilith, je n'en sais pas plus.

– La préférée de Lucifer, déclara Mathias.

– La reine des Succubes, renchérit le prêtre.

– Il est vrai qu'elle sait jouer de ses charmes. Elle a envoûté deux de mes hommes au point qu'ils ont fini par en arriver aux mains.

– C'est surtout une vilaine curieuse, dit une voix féminine derrière elle. Je la préférais en rousse, ça lui donnait un petit côté piquant.

– Moi, j'ai un faible pour les blondes, avoua Mathias.

– Une chance pour toi que je traînais dans le coin. Tu devrais mieux surveiller tes arrières, intervint Becca.

– Que faites-vous ici ? la questionna le prêtre.

– Vous disiez vouloir me révéler des informations importantes tout à l'heure, alors après réflexion, me voici.

– Tu savais que je te suivais, n'est-ce pas ?

– Oui.

– Comment ?

– Je peux sentir ton regard sur moi. Je vois qui tu es et ce que tu désires. Ai-je été à la hauteur de tes attentes ce soir ? demanda Melody en caressant son cou jusqu'à la naissance de sa poitrine.

– Es-tu une sorcière ? s'inquiéta Becca.

– Oui.

– Non, la contredit le prêtre.

– Que suis-je alors ?

– Un ange. Une Lux pour être plus précis.

– Je n'ai jamais entendu parler de ces créatures. Qui sont-elles ? l'interrogea Becca.

– Des êtres d'une pureté divine, des passeurs d'âmes.

– Mon aura est noire. Le médium qu'a tué Mathias me l'a confirmé. Parce que tu l'as bien éliminé, n'est-ce pas ?

– Effectivement.

– Vous tuez des humains et vous osez requérir mon aide ! s'indigna l'homme de foi.

– Erreur mon père. Je ne demande pas, j'ordonne que vous nous apportiez votre concours. Il serait fâcheux qu'Emy devienne un malencontreux dommage collatéral.

– Qui est Emy ? s'enquit Melody.

– La nouvelle conquête de mon frère, répondit Becca.

– La libraire, fit la jeune femme avec un air dédaigneux.

– Ne serait-ce pas de la jalousie que je vois sur cet angélique visage, se moqua Mathias.

– Il n'a rien d'angélique. Et si mon aide vous était utile pour fomenter vos manigances, je refuse de vous en faire profiter.

– Réfléchissez, pensez à Emy, tenta de la résonner le parrain de la libraire.

– Détendez-vous mon Père. Vous devriez avoir davantage la foi. Nick ne permettra jamais qu'il lui arrive malheur. Vous le savez au plus profond de vous.

– Comment peut-on avoir une confiance aveugle comme la tienne envers un homme que l'on ne connaît même pas ?

– Tu te trompes. Tu ignores peut-être ce qu'il cache au fond de son cœur, mais moi je l'ai vu, tout comme je perçois ce que crie le tien.

– Comment est-ce possible ? balbutia la sœur du roi.

– Elle lit dans les auras.

– Il faut se débarrasser d'elle Mathias. Elle est trop dangereuse.

– Pourquoi te retourner contre ton frère de la sorte, alors qu'il ne veut que ton bonheur.

– Il me retient prisonnière depuis des siècles.

– Tu te comportes en petite fille gâtée. De quoi te plains-tu au juste ? D'être aimée, protégée ? Après la déception que tu lui as infligée, à la place de ton frère, je ne t'aurais jamais libérée.

– Il m'empêche de vivre mon histoire d'amour avec Mathias !

– Si ton compagnon ne peut pas aimer et respecter les tiens, alors comment pourrait-il t'apporter le bonheur et la sécurité que tu attends ? Tu sens au fond de ton cœur qu'il n'est pas digne de toi ! s'exclama-t-elle en posant sa main sur sa poitrine.

– Qu'est-ce que tu me fais ?

– Je libère tes émotions enfouies.

– Non ! cria Mathias en la poussant loin de sa dulcinée.

– Ne lui faites pas de mal ! supplia le prêtre en s'interposant.

– Un tel geste contredirait grandement mon plan visant à me débarrasser de Nick pour toujours.

– Vous pouvez me tuer, car pour rien au monde je ne nuirai à cet homme.

– Tant de dévotion dans un si petit corps. Tu as raison chéri, Nick va en être raide dingue.

– Je n'ai rien et ne tiens à rien sur cette terre, vous ne pouvez donc pas me faire chanter. Je lui révélerai la vérité. Je tuerai tous vos soldats de mes propres mains s'il le faut.

– Elle en est capable, je peux le voir dans ses yeux, confirma la sœur du roi.

– Sauf si elle ne garde aucun souvenir de cette soirée.

– Et pour les auras ?

– Je peux lui faire oublier qu'elle possède ce don.

– Renoncez, je vous en conjure. Le monde a besoin d'elle et de ses pouvoirs.

– N'ayez crainte mon Père. Elle les récupérera une fois sa mission accomplie.

5 - L'AMNÉSIE DU BONHEUR

Le traître s'affaira à effacer de la mémoire de Melody les souvenirs de cette entrevue, avant de la renvoyer chez elle avec l'idée que le prêtre était un homme de confiance. Et alors qu'elle regagnait docilement son domicile, les inquiétudes de Becca ne s'étaient pas dissipées pour autant :

– Comment allons-nous la forcer à remplir sa mission ? Sa dévotion est trop forte. De plus, tu l'as entendue, nous ne possédons rien qui pourrait nous être utile pour faire pression sur elle.

– Pas sur cette terre. Mais qu'en est-il de l'autre côté ?

– Tous ceux qui franchissent la limite y demeurent pour toujours. Rien ne peut en sortir, les informa le prêtre.

– Je n'ai nul besoin que quelque chose ou quelqu'un n'en sorte, du moment que la bonne âme y entre. Vous comprendrez en temps voulu, mon Père, dit le traître en quittant le bâtiment suivi de sa chérie.

Dubitatif, le prêtre repensait aux paroles de Melody. Peut-être aurait-il dû faire confiance à Nick au sujet d'Emy. Il se rappela soudain qu'il en avait toujours parlé avec beaucoup de bienveillance. À présent, faire machine arrière s'avérait impossible. Le roi n'était pas homme à se coucher devant la trahison ; le Père Luc devait s'attendre à passer de l'autre côté lui aussi. Mais avant, il fallait qu'il prépare Melody à endosser son nouveau rôle. C'était une Lux, mais elle le deviendrait réellement qu'en acceptant d'offrir son âme au monde. Et commençant à entrevoir la personnalité de la jeune femme, cela risquait d'être compliqué. L'homme s'agenouilla devant l'autel et pria Dieu de le pardonner pour les mensonges et les manigances qu'il fomenterait pour rallier Melody à sa cause.

*
* *

Devant son immeuble, Melody ne put s'empêcher de jeter un coup d'œil en direction du QG du roi du Vieux Carré. La lumière venait de s'éteindre et la libraire en sortait. Si ses pouvoirs n'avaient pas été bridés une nouvelle fois, elle aurait pu voir un splendide jaune or envelopper la jeune femme aux cheveux noir ébène et aux magnifiques yeux verts. Sa manière de se vêtir ne suivait pas la mode des dernières années, pourtant elle demeurait très jolie. Pour les novices en matière d'aura, on a tendance à dire que cette couleur est synonyme de forte intelligence et d'estime de soi. Normal donc que ces personnes attirent les gens comme des aimants. Et rien qu'en la regardant, Melody se disait qu'elle pourrait devenir amie avec elle.

D'un autre côté, si elle avait pu voir l'aura de l'homme qui montait dans sa voiture à l'autre bout de la rue, aurait-elle compris à temps que celui-ci allait précipiter sa voiture dans le Mississipi, avec lui à l'intérieur ? Ou allait-elle culpabiliser en voyant relater la sordide histoire aux informations du lendemain ? Elle qui prenait tout trop à cœur, n'était-ce pas une bonne chose après tout qu'elle ignore l'essence même de sa véritable nature ? En y réfléchissant de plus près, ne fallait-il pas voir son premier bridage de pouvoir comme un cadeau visant à la protéger ? Dans ce cas, il conviendrait plutôt de chercher un bienfaiteur dans son passé. Et qui mieux que son père aurait-il pu endosser ce rôle ? Vous n'êtes pas de cet avis ? Il avait pourtant l'air si "normal". Comment connaissait-il l'existence des sorcières et des Lux ? En était-il un lui aussi ? Le passé de Melody semblait devenir de plus en plus trouble.

*
* *

– À qui faisais-tu allusion tout à l'heure, quand tu parlais de faire passer la bonne âme de l'autre côté ? demanda Becca à Mathias alors qu'ils venaient de finir de s'ébattre.

– Petit indice : il s'agit d'une sorcière très puissante, si ce n'est la plus puissante, qui par chance, souhaite se débarrasser de ton frère autant que nous.

– As-tu perdu la tête ? s'exclama-t-elle en prenant appui sur son coude pour dominer du regard son chéri.

– N'est-ce pas ce que tu désires au plus profond de ton cœur : pouvoir vivre auprès de moi pour l'éternité, sans avoir à te cacher ?

– Évidemment que si. Mais elle est dangereuse, on ne peut pas lui faire confiance.

– Nick l'est tout autant. Que t'a donc fait cette fille, cette Lux, pour que tu doutes soudain ?

– Ce n'est pas le cas. Je pense juste qu'il serait plus judicieux de trouver une autre solution.

– Nous n'avons plus le temps, dit-il en sortant du lit et en se postant devant la fenêtre.

– L'éternité est à nous Mathias.

– Mais elle est bien trop longue passée loin de tes bras.

– Admettons que je sois d'accord pour faire appel à elle, elle devra passer de l'autre côté si j'ai bien compris ton plan. Qui y a-t-il là-bas qui persuadera la Lux de nous aider ?

– L'âme de son cher père.

– Je vois. Mais tu n'es pas sans ignorer qu'il faut avoir poussé son dernier souffle pour jouir de l'autorisation de passer dans l'autre monde. Pourquoi la sorcière consentirait-elle à mourir pour voir ton plan se dérouler comme tu l'espères ?

– Son désir de se débarrasser de Nick est tellement grand qu'elle ne pourra pas résister. Surtout si elle apprenait qu'il existe une faille lui permettant de revenir une fois ton frère mit définitivement hors jeu.

– Mais le prêtre a dit…

– Vraiment ? Je n'ai pas entendu. Es-tu sûre d'avoir bien compris ses propos ?

– Tu comptes lui mentir. C'est trop risqué, elle pourrait nous détruire.

– Elle s'abstiendra, tu es sa préférée. Es-tu avec moi ? Ne vas-tu pas laisser ton amour pour ton frère annihiler nos projets une nouvelle fois ? demanda-t-il à sa moitié avant de la soudoyer d'un baiser passionné.

– Je te soutiendrai jusqu'au bout, même si je dois périr.

– Cela n'arrivera pas, déclara Mathias avant de se lancer dans un nouvel assaut charnel.

*

* *

Melody se réveillait perplexe en ce matin de vendredi. Elle ne savait pas vraiment décrire la sensation qu'elle ressentait, mais c'était un peu comme si quelque chose jouait à cache-cache au fin fond de son esprit. Et le plus énervant, elle pouvait l'entrapercevoir, sans parvenir à l'attraper. La jeune femme tenta de commencer sa recherche par des faits évidents. Son anniversaire venait de passer, quant à celui de Dorothy, il n'arriverait pas avant quatre mois. De plus, l'une des rares personnes avec qui elle entretenait une relation "pseudo-amicale" n'était autre que Bastien, le caissier du supermarché de Lawrence, et il avait quitté ce monde en début de semaine. Elle ne travaillait pas et son agenda ne mentionnait aucun rendez-vous pour les jours à venir. Et malheureusement, aucun post-it ne traînait dans l'appartement pour la mettre sur la voie de ce souvenir qui la fuyait.

Un peu frustrée, elle décida qu'elle irait rendre une petite visite au prêtre. Pourquoi ? Elle l'ignorait. Toutefois, il lui semblait, pour une raison qui lui échappait totalement, pouvoir lui faire confiance. Melody pensait de plus en plus qu'elle était en train de perdre la tête ; elle se trouvait dans l'incapacité de se remémorer la teneur de leur conversation de la veille, ni les raisons qui avaient motivé son déplacement jusqu'à l'église. Les produits chimiques qui servirent à décolorer sa superbe chevelure s'escrimeraient-ils à la plonger dans l'amnésie ? Quels autres souvenirs allaient encore disparaître de sa mémoire ? Elle décida alors de consigner tous ses faits et gestes dans un autre carnet qu'elle entreposa avec celui qui renfermait ses rêves, avant de se placer devant la fenêtre pour regarder Nick entrer dans la librairie, un léger pincement au cœur.

Suis-je la seule, à cet instant précis, à penser que Mathias avait surestimé la puissance de ses pouvoirs, et que la détermination et l'intuition de Melody ne tarderaient pas à faire voler en éclats les chaînes qui entravaient les siens ?

6 - FLOU ARTISTIQUE

Après avoir passé un long moment à penser à son roi, puis à s'hypnotiser devant des séries télévisées, Melody consentit enfin à s'habiller. Elle descendit prendre un sandwich dans la boulangerie du coin de la rue, puis fila en direction de l'église. Vous aurez sûrement remarqué que la cuisine ne faisait pas partie des talents cachés de la jeune femme, et pour être honnête, elle n'accordait que très peu d'intérêt à son alimentation. Enfant, c'était son père qui se chargeait de préparer les repas. Il possédait un don pour la cuisine. Il semblerait que Melody n'en ait pas hérité. À moins qu'entrer dans une cuisine ne lui rappelait trop le temps où elle vivait en paix avec Louis, et où elle confectionnait des tartes aux pommes, pendant que lui réalisait son plat préféré : les lasagnes. Je ne saurais vous dire quand la jeune femme avait pris un repas digne de ce nom pour la dernière fois, mais elle paraissait s'en accommoder fort bien.

Soudain, elle stoppa nette sa progression vers l'église. Elle fit un pas en arrière pour mieux regarder une affiche collée sur un panneau publicitaire. Celle-ci vantait les mérites d'un médium. Elle eut la curieuse impression de connaître son nom. Pourquoi ? Quel besoin aurait-elle eu de consulter ce genre de personne ? À moins qu'il ne s'agisse du détail qui lui échappait. Avait-elle rencontré ce monsieur ? Si oui, dans quelles circonstances ? Elle se dit qu'une petite visite au cabinet de cet homme s'imposait, ne serait-ce que pour vérifier s'il la reconnaissait ou pas. Elle sortit donc son téléphone portable, immortalisa l'affiche et rentra les coordonnées dans le GPS de ce dernier. Mais lorsqu'elle arriva à l'adresse indiquée, une fourgonnette de la police et des pompiers occupaient l'avant du bâtiment qu'abritait le cabinet du médium. Melody ne mit pas longtemps à comprendre que son propriétaire nous avait quittés. Désormais, elle pouvait affirmer sans se tromper qu'elle le connaissait bel et bien, et que sans nul doute, elle venait de l'envoyer dans cette housse mortuaire. Étrangement, la jeune femme fut prise de nausées. D'ordinaire, ses méfaits ne lui provoquaient que très peu de réactions. Mais cette victime-là, elle ne s'en rappelait pas du tout. Que lui avait-elle fait ? D'autres hommes viendraient-ils allonger la liste ?

Perdue dans ce marasme de questions, elle faillit ne pas voir son roi qui se tenait de l'autre côté du cordon de sécurité. Celui-ci était accompagné de Mathias et du dandy. La répulsion qu'elle éprouva en croisant le regard du traître fut plus importante qu'à l'accoutumée, mais là encore, elle en ignorait la raison. Peut-être n'y en avait-il aucune d'ailleurs. Il se pourrait qu'au fond, ce qui indisposait Melody chez cet homme n'était rien d'autre que le reflet de ses propres défauts.

Elle dut se faire des idées, mais il lui sembla que le bras droit du roi la fixait. Se doutait-il qu'elle était la meurtrière de ce pauvre homme ? Se sentant mal à l'aise face à cette supposition, elle tourna les talons et d'un pas aussi assuré que possible, elle partit retrouver le prêtre.

– Mon Père ! Mon Père ! appela-t-elle dès le seuil de l'église franchi.

– Qu'y a-t-il ? demanda celui-ci en sortant de la sacristie. C'est vous ? s'étonna-t-il de revoir Melody aussi vite.

– C'est affreux, mon Père !

– Vous avez l'air bouleversé, vous devriez vous asseoir.

- Non. Écoutez-moi. Je l'ai encore fait. Il faut que ça s'arrête, empêchez-moi de recommencer ! Je vous en prie ! le supplia Melody en faisant les cent pas autour du prêtre.

– Cessez donc de déambuler ainsi, vous me donnez le tournis. Pouvez-vous être plus claire ?

– Il est mort !

– Qui ?

– Le médium.

– Quel médium ? Une de vos connaissances ?

– Je ne sais pas. Peut-être.

– Mais vous l'auriez tué ?

– Oui.

– Alors que vous ignoriez qui il était ?

– Oui, non.

– Comment serait-ce possible ?

– J'ai l'impression de devenir folle, mon Père. C'est comme si une partie de mon cerveau tentait de me cacher la vérité.

– La vérité à propos de quoi ?

– Si seulement je le savais ! J'ai des pertes de mémoire depuis hier soir. Ou peut-être même avant, qu'en sais-je après tout. Je me souviens vaguement que nous nous sommes vus.

– Effectivement.

– De quoi avons nous discuté mon Père, éclairez-moi s'il vous plaît !

– Père Luc. On dirait que je tombe mal, les interrompit Mathias.

– Ce n'est pas grave. Je m'en vais, déclara Melody en essuyant ses larmes.

– Je vous en prie, restez. Vous semblez avoir davantage besoin d'aide que moi. Je repasserai plus tard mon Père.

– C'est très aimable à vous, se força à répondre Melody qui voyait d'un air suspicieux l'arrivée de Mathias.

– Un visage aussi angélique que le vôtre ne devrait jamais se voir camouflé derrière un tel masque de souffrance.

Contre toute attente, cette réplique, pourtant tellement enjôleuse, soutira tout de même un sourire sincère à Melody. Qui aurait cru qu'elle puisse être touchée par les mots d'un traître ? Pas elle en tout cas.

– Je préfère ça. Votre sourire pourrait à lui seul sauver le monde de tout le mal qui le ronge, renchérit-il.

– Votre verve quant à elle parviendrait à débaucher n'importe qu'elle femme sur cette planète.

– Vraiment n'importe laquelle ? la questionna-t-il en la déshabillant du regard.

- Au revoir Mathias, s'interposa le prêtre.

– Ce fut un plaisir Madame… Comment doit-on vous appeler ?

– Lilith.

– Lilith. Ce prénom n'est pas à la hauteur de votre sourire.

– Au revoir Mathias, le congédia-t-elle avec douceur.

– Qu'y a-t-il ? demanda le prêtre à la jeune femme une fois l'importun hors de vue.

– Pardon mon Père, j'ai été distraite. Que disiez-vous ?

– Comment savez-vous que la responsabilité de la mort de cet homme vous incombe ?

– Je crois que je suis allée le voir.

– Dans quel but ?

– Je l'ignore.

– Alors comment savez-vous que vous l'avez tué ?

– Peut-être que ce n'est pas moi qui lui ai donné le coup de grâce, mais rien ne dit que je ne sois pas responsable de son trépas.

– Je ne suis pas certain de vous suivre ?

– Il se pourrait qu'il ait trop parlé, dit Melody plus pour elle que pour véritablement répondre au prêtre.

– À quel propos ?

– Pourquoi ne répondez-vous pas à cette question ?

– Comment le pourrais-je ? fit le Père Luc en sentant l'angoisse lui tordre le ventre.

– Je suis venue vous voir hier soir, probablement juste après ma visite au médium. Il y a donc fort à parier que je vous aie confié quelques détails quant à la teneur de mon échange avec ce dernier.

– Hélas, il n'en fut rien.

– De quoi nous étions-nous entretenus alors ? Et pour quelle raison Mathias ne semble-t-il pas disposé à ce que vous éclairiez ma lanterne ?

– Qui vous dit que c'était son intention ?

– Il se trouvait sur les lieux du drame lorsque je l'ai découvert. Je sentais son regard sur moi, et bizarrement j'arrive ici, et il débarque à peine quelques instants après moi. J'ai l'impression que vous me prenez vraiment pour une imbécile mon Père.

– Donnez-moi votre main.

– Pourquoi ?

– Vous montrer le but de votre visite d'hier.

– Je vais encore me retrouver dans ce rêve étrange, n'est-ce pas ?

– Il ne s'agit en rien d'un rêve.

– Qu'est-ce ?

– La marche à suivre.

– Pour faire quoi ?

– Pour devenir qui vous êtes censée être…

– Mais si je n'avais pas envie d'être quelqu'un d'autre ?

– Alors les gens continueront de mourir autour de vous. Ne vouliez-vous pas que je vous empêche de recommencer ? Tendez-moi votre main.

– Non. Je suis désolée, mais malgré la petite voix qui m'intime de vous faire confiance, je continue de penser qu'il y a quelque chose qui cloche dans toute cette histoire, lança Melody en reculant de quelques pas vers la sortie.

– Ce ne sont que des visions, elles ne sauraient vous faire du mal.

– Je me vois contrainte de décliner votre offre. Cependant, vous maniez les mots aussi bien que Mathias, vous ne rencontrerez donc aucune difficulté à me faire part de vos découvertes à mon sujet de manière plus conventionnelle.

– Il est plus facile de croire à des images plutôt qu'à des mots qui s'envolent dans le néant.

– Il est donc regrettable de voir que vous avez perdu votre temps dans des recherches inutiles.

– Je puis vous assurer que c'est loin d'être le cas.

– Grand bien vous fasse. J'espère qu'elles vous aideront à bien dormir…

Melody recula encore de trois pas avant de reprendre le sens normal de la marche et de sortir du bâtiment saint. Enfin saint, il n'en avait que le nom, car elle sentait au fond d'elle qu'il se tramait en son sein des choses peu catholiques. Elle se dit soudain que sa mère avait probablement raison : cette ville sentait le mal à mille lieues. Et tandis qu'elle se résignait à retourner chez elle sans avoir obtenu la moindre réponse, Mathias refaisait son entrée.

– Mon Père, mon Père, mon Père ! Je suis profondément choqué ! Vous devriez vous confesser pour tous les mensonges que vous avez débités.

– Comme si j'avais vraiment le choix !

– Quelque chose me dit que si vous avez cédé aussi vite, ce n'est pas pour Emy mais pour servir vos propres intérêts. C'est très mal, mon Père.

– L'important n'est-il pas que Nick soit mis hors d'état de nuire ?

– Vous marquez un point.

– Si vous voulez que je vous aide, il va falloir me parler de votre plan, entra-t-il dans le vif du sujet.

– Tout ce que vous avez besoin de savoir c'est que Lilith doit devenir une Lux.

– Je m'emploie en ce sens, mais elle se méfie toujours de moi.

– Effectivement. Et si je l'obligeais à accepter ses nouvelles attributions ?

– Cela ne fonctionnerait pas. D'ailleurs, vos pouvoirs n'ont pas l'air très efficaces sur elle. J'ai peur qu'elle ne se rappelle l'épisode d'hier.

– Aucun risque. Au pire, j'en rajouterai une couche.

– Je ne saisis pas bien comment la Lux va vous aider à détruire votre rival.

– Vous avez gagné. Comme je vous apprécie beaucoup, je vais vous mettre au parfum. Cette fille est tout ce qu'il a toujours attendu : quelqu'un de loyal, dévoué et qui plus est très sexy. Elle serait prête à mourir pour lui alors qu'elle ne le connaît absolument pas. Il ne saura refuser un tel amour, et dès qu'il tombera amoureux à son tour, son âme passera directement dans l'autre monde, où l'âme d'une sorcière, fraîchement déposée là par votre Lux, l'y attendra pour l'anéantir.

– N'est-ce pas un peu extrême ? De l'autre côté, il ne pourra plus faire de mal à personne.

– Ne dit-on pas : "prudence est mère de sûreté ?" Je préfère assurer mes arrières.

– Mieux vaut en effet qu'il n'est pas ouïe de votre implication dans cette affaire, sinon c'est vous que Lilith fera passer de l'autre côté.

– Ou vous.

– Je me suis déjà fait à cette idée.

– Si cela peut vous réconforter, je ferai tout mon possible pour que cela ne se produise pas. Cette ville a besoin de vous.

– Je vous en remercie. Mais que se passera-t-il s'il ne tombe pas sous son charme, ou du moins, pas assez pour que naissent de réels sentiments ?

– Je le connais trop bien, c'est parfaitement impossible. Personne ne pourrait résister à autant de dévotion.

– Elle vous touche, n'est-ce pas ? Je vois la manière dont vous la regardez.

– Pourquoi poser la question alors ?

– Pour vous mettre en garde. Si j'ai pu m'en apercevoir, Becca ne devrait pas tarder à en faire autant. Et Dieu sait qu'il n'y a pas plus dangereuse qu'une femme blessée.

- Je vais tâcher de faire plus attention. Quant à vous, essayez donc de persuader notre Lux d'accepter sa destinée.

– "Ma" Lux ! corrigea le prêtre.

– Eh bien, eh bien, mon Père ! Vous n'êtes pas insensible à la chair à ce qu'on dirait. Caché derrière votre habit noir et vos paroles d'évangiles, j'en oublierais presque que vous êtes toujours un homme.

– Hélas…

– Elle pourrait être à vous après toute cette affaire.

– C'est impossible.

– Pour quelle raison ? Votre patron vous punirait ? Je peux affirmer sans me tromper que vous avez commis des actes bien pires, et pourtant, vous vous tenez devant moi.

– Je crains cependant que mon âme ne résiste pas à ce que nous allons infliger à cette innocente.

– Vous pensez réellement qu'elle l'est ?

– Sans nul doute.

– Qui tuerait tous ces gens alors ?

– Malheureusement, je ne possède pas encore la réponse à cette question.

– Cela voudrait-il dire que vous partez en mission, mon Père ?

– Indéniablement. Mais elle doit l'ignorer, sinon nos chances de la faire basculer du côté des Lux disparaîtra à jamais.

– Vous avez changé.

– Cette ville est maudite, elle transformerait même le meilleur des hommes, dit le prêtre avant de disparaître dans la sacristie.

Mathias eut soudain envie de prier pour le pauvre homme, puis il se ravisa. Les démons ne prient pas. Toutefois, les aveux du prêtre piquaient sa curiosité. Lui aussi désirait connaître le fin mot de l'histoire et allait tout mettre en œuvre pour découvrir qui manipulait Lilith depuis toutes ces années.

7 - UN PARTENARIAT DÉVASTATEUR

Melody passa le reste de la journée enfermée chez elle, à se demander si elle avait eu raison de refuser d'accompagner le prêtre dans cette prémonition. Elle avait voulu tenter le tout pour le tout en déclinant son offre, mais finalement, les réponses qu'elle attendait lui manquaient toujours. Il aurait suffit qu'elle pose sa main dans celle du Père Luc pour que la vérité se révèle enfin. En même temps, qui peut certifier que cette pratique se révèlerait sans danger pour elle ? Le prêtre ? Admettons. Cela dit, il accueillait bon nombre de démons sous son toit, alors pouvait-on encore miser sur son intégrité ? Que se passerait-il si elle se retrouvait prisonnière de cette vision ? Qui viendrait la délivrer ? Et si c'était là le châtiment que lui réservait le tout puissant pour expier tous ses péchés ?

Et puis entre vous et moi, il n'y avait pas que la peur qui avait poussé Melody à refuser d'obéir au prêtre. Elle trouvait très agaçant de se sentir manipulée par un homme d'Église. Le fait même qu'il refuse de lui révéler oralement les informations qu'il avait recueillies confortait la jeune femme dans l'idée qu'il s'agissait d'un piège. Qui pourrait être l'instigateur de celui-ci et pourquoi ? Melody parierait sur Mathias. Et après des heures à retourner la question dans tous les sens, elle se dit qu'un face à face avec lui s'imposait. Elle ignorait où le trouver, mais elle se dit qu'avec un peu de chance, il la surveillait toujours et viendrait à sa rencontre. Elle regarda furtivement en direction de la librairie, mais vu l'heure tardive, cette dernière était fermée. Elle déambula donc à travers les rues du Vieux Carré, vérifiant tous les lieux où le roi avait coutume de se rendre. Hélas, ni lui, ni son bras droit n'étaient au rendez-vous. Perdant espoir, elle se résigna à faire demi-tour lorsqu'elle entendit un bruit derrière elle. Elle se retourna vivement mais ne vit personne. Puis le bruit sembla s'amuser à tourner tout autour d'elle, l'obligeant à jouer la toupie. Soudain, elle perçut le regard du plaisantin et ne put s'empêcher de sourire.

– Mathias ! Ce n'est pas trop tôt, j'ai failli attendre.

– Ce n'est pas la réaction que j'espérais. Tu gâches mon plaisir Lilith.

– J'essaierai d'être surprise la prochaine fois.

– Tu savais donc que je te suivais ?

– Effectivement.

– Comment ?

– Ton odeur est aussi repérable que celle du crottin.

– Vraiment ? Pourquoi jouer le jeu si elle t'indispose autant ? s'enquit-il en la plaquant contre un mur.

– Je te cherchais.

– Tu m'en vois ravi, déclara-t-il en approchant son visage de celui de la jeune femme. Que puis-je faire pour toi ?

– Réponds à mes questions ?

– Quelles sont-elles ?

– Pourquoi tiens-tu tant à ce que je touche le prêtre ? Que va-t-il m'arriver lorsque je serai happée par la vision ?

– Je ne suis pas au courant.

– Tu mens très mal Mathias. Allez, s'il te plaît. Qu'est-ce que je suis ? Fais-je partie des gentils ou des méchants ?

– Quelle importance ? Oublie ta destinée, choisis qui tu veux être. Viens t'amuser avec moi !

– Était-ce amusant de tuer le médium ? demanda Melody alors que Mathias s'apprêtait à l'embrasser.

– Je n'ai rien fait de tel.

– Arrête ton cinéma. Je sais que c'est toi. Suis-je la prochaine sur ta liste ?

– Tu ne devrais pas me provoquer si tu tiens à la vie.

– La mort ne m'effraie pas.

– Qu'est-ce qui te fait peur alors ?

– Et toi ? Et ne réponds pas "rien", je peux voir la terreur dans tes yeux. Attends, ne t'en va pas ! Aide-moi !

– Cela ne fait pas partie de mes attributions.

– Ne désires-tu pas savoir ce que te dissimule le Père Luc ?

– Il ne me cache rien.

– Vraiment ? Je suis convaincue que tu t'es demandé pourquoi il avait accepté de faire alliance avec toi.

– Peut-être.

– Mathias, pourquoi ne pas s'entraider plutôt que de passer par des intermédiaires ?

– Tu refuseras assurément.

– Je pourrais te surprendre.

– Tu le fais déjà. Mais ce que je veux, tu n'es pas en mesure de me le donner pour l'instant.

– Alors vous allez continuer à me mentir et me manipuler jusqu'à obtenir ce que vous désirez tous les deux. Mais que veut-il ? Le sais-tu seulement ? Vais-je en mourir ?

– Absolument pas.

– Jure-le moi ! Parce qu'au plus profond de moi, je sens que la mort m'appelle. Je vais trépasser Mathias, j'en ai la certitude, avoua Melody en attrapant la main de son interlocuteur.

– Il n'est pas dans mes intentions de t'expédier de l'autre côté, je te le jure.

– Qu'en est-il de celles du prêtre ? Dis-moi tout, tu ne risques pas grand-chose puisque demain, j'aurai tout oublié de cette conversation.

– Cela te convient-il ?

– Qu'est-ce qui est le pire : savoir et oublier, ou ne jamais avoir su ?

– De ce que m'a révélé le prêtre, tu es une sorte d'ange, une Lux. Ton devoir est de faire passer l'âme des morts de l'autre côté.

– Faut-il que je sois morte pour cela ?

– Il n'a rien dit de tel.

– Pourtant je peux t'assurer que je vais quitter ce monde bientôt.

– Je vais tâcher de me renseigner.

– Merci. Dis-moi, si je suis un ange, pourquoi ai-je semé des cadavres derrière moi depuis que je suis toute petite ?

– Il se pourrait que ce ne soit pas toi.

– Mais qui alors ?

– J'espère le découvrir bientôt.

– Comment ?

– Es-tu toujours aussi curieuse ?

– Non, d'habitude c'est pire.

– Pour que les choses soient claires : je vais me pencher sur les secrets que dissimulent le prêtre parce que j'y trouve là un intérêt personnel. N'y vois en aucun cas un geste amical à ton égard.

– Il est évident que nous ne nourrirons jamais ce genre de sentiments l'un pour l'autre.

– Bien. De ton côté, j'attends que tu restes sagement à la maison. Finies les enquêtes nocturnes.

– Mais…

– Ce n'est en rien négociable, Lilith !

– Mais je vais m'ennuyer ! C'est ma seule occupation.

– Pourquoi n'essaierais-tu pas d'apprendre à cuisiner ? Cela te changerait des sandwichs du coin de la rue. Tu es maigre comme un clou. C'est peut-être ton addiction pour les confiseries qui finira par te tuer !

– N'importe quoi ! Je n'ai aucune dépendance aux bonbons ! râla Melody.

– Rappelle-moi ce que tu as mangé aujourd'hui.

– Je ne sais plus, mentit-elle pour ne pas perdre la face.

– Ma mémoire est intacte. Veux-tu que je te fasse la liste de ce qui est entré dans ton corps ?

– Sans façon. Attends ! Tu n'as pas effacé mes souvenirs, appela-t-elle Mathias alors que ce dernier s'apprêtait à partir.

– Effectivement. Pour l'instant, j'ai besoin que cette conversation demeure inaltérée dans ton esprit. Ne me remercie pas surtout, ironisa-t-il.

– Pourquoi ? C'est plutôt toi qui devrais le faire. Sans moi, nul doute que le clan des gentils t'aurait doublé.

– Rentre. Les rues ne sont pas sûres.

– Tu pourrais m'escorter. Personne n'osera s'en prendre à moi avec un garde du corps comme toi.

– Je ne ruinerai pas ma réputation en traînant avec une sorcière.

– Une Lux, rectifia la jeune femme.

– Tu ne l'es pas encore. Pour le moment, tu demeures une sorcière, ultra sexy, mais une sorcière tout de même.

– Et toi un goujat ! cria-t-elle alors que Mathias disparaissait en la laissant seule dans cette ruelle.

Vous pensez très certainement que Melody avait perdu la tête en allant affronter ainsi le traître, et encore plus de lui rappeler qu'il omettait de la délester de ses souvenirs. Détrompez-vous, la jeune femme savait pertinemment ce qu'elle faisait. De manière discrète, elle avait lancé l'application dictaphone sur son téléphone portable. Ainsi, même si Mathias s'était servi de ses pouvoirs sur elle, il aurait suffit à Melody d'écouter l'enregistrement pour savoir ce qui s'était dit ce soir. Disposant de quelques heures de répit, elle retourna chez elle pour transférer le précieux mémo vocal sur son ordinateur, avant de le stocker sur une clé USB, qu'elle rangea avec ses carnets. Ensuite, elle s'installa devant la télévision avec son saladier de confiseries, puis finit par tomber dans les bras de Morphée.

*

* *

En jeune femme bien obéissante, Melody n'était pas sortie de son appartement depuis deux jours, et elle mourrait d'ennui ! Elle avait rattrapé son retard sur le visionnage de ses séries préférées, et en avait commencé de nouvelles. Cela dit, même si c'était une activité qu'elle affectionnait tout particulièrement, elle tournait en rond, rongée par la curiosité. Bien entendu, elle se demandait si les investigations de Mathias avançaient, ou si le prêtre n'avait pas fait les frais de son courroux. Cependant, être mise sur la touche pour cette enquête la contrariait moins que l'avance que la libraire pouvait prendre dans le cœur du roi. Passant outre les recommandations de Mathias, elle s'empara de ses clés et de son sac à main. Mais lorsqu'elle ouvrit la porte de sa prison, elle découvrit le traître sur le palier.

– Tu allais quelque part ?

– M'acheter à manger, mentit-elle éhontément.

– Inutile, j'ai tout ce qu'il te faut, déclara-t-il en forçant le passage pour s'introduire dans le repaire de Melody.

– Je t'en prie, lança-t-elle ironiquement en refermant derrière lui. Alors ?

– Alors quoi ?

– Quelles sont les nouvelles ? s'impatienta-t-elle en le rejoignant dans la cuisine.

– Je n'ai rien pour l'instant.

– Pourquoi es-tu là ?

– Pour te donner un cours de cuisine.

– Très drôle. Sans moi. Je ne te raccompagne pas, tu trouveras la sortie sans aucun mal.

– Je reste.

– Alors tu cuisineras tout seul.

– Le meilleur moyen pour atteindre le cœur d'un homme passe par son estomac. Et de ce que j'ai pu voir, Emy est très douée dans ce domaine.

– Emy excelle dans tous les domaines. C'est la perfection incarnée.

– Serait-ce une pointe de jalousie que j'entends ?

– Non, de la résignation.

– Tu vas abandonner ?

– Je n'ai aucune chance.

– Bien sûr que si.

– Il ne me regarde même pas.

– Il le fera.

– Comment peux-tu en être aussi sûr ?

– Je vais te coacher.

– Non.

– Pourquoi ?

– Ravir son cœur en étant une autre personne n'aurait aucun sens. Je veux qu'il m'aime pour ce que je suis.

– Tu en es déjà à parler d'amour, ricana-t-il.

– N'est-ce pas ce après quoi nous courons tous : l'illusion de pouvoir être aimé ?

– Juste l'illusion ?

– Crois-tu que l'amour existe vraiment ? Le vrai, celui qui vous fait vous transcender. Celui qui efface toutes vos blessures et vos peurs. Celui qui vous pousse à donner votre vie pour votre moitié. Celui-là existe-t-il réellement, ou n'est-il que fantasme pour nous donner un but et dissimuler à nos yeux la laideur de la vie ?

– J'ai bien fait d'apporter ça, dit Mathias en sortant une bouteille de whisky d'un des sacs de courses.

– Je ne bois pas.

– Tu en as pourtant grand besoin. Accompagne-moi, juste un verre.

– Seulement si tu réponds à ma question.

– Je pense qu'il existe. Mais tout le monde ne peut pas y prétendre, il faut s'en montrer digne pour espérer pouvoir en jouir ne serait-ce qu'un instant.

– Alors remballe ton attirail, tes conseils ne serviront à rien. J'ai perdu d'avance. Mais pourquoi cet air sombre ? Tu l'as trouvé toi, le véritable amour avec la sœur du roi.

– C'est compliqué.

– J'adore quand c'est compliqué. Raconte-moi.

– Je me dis qu'après des siècles à me battre pour faire reconnaître notre amour, j'ai peur que celui-ci ne se soit envolé pour toujours et que perdure juste son doux souvenir.

– Cela serait tragique, dit Melody à mi-voix.

– Il faut peut-être y voir un signe du destin.

– Tu es encore plus déprimant que moi, déclara la jeune femme en buvant une gorgée de whisky. Oh la vache ! Il est super fort ! Tu veux me saouler ou quoi ?

– Peut-être bien…

– Qu'aurais-tu à y gagner ?

– L'illusion d'être aimé de toi.

– Ah ! Ah ! Ah ! Je n'y crois pas une seule seconde.

– Tu devrais…

– Tais-toi donc ! dit Melody en lui lançant un torchon à la figure.

Elle le regarda préparer un bœuf bourguignon, en terminant tranquillement son verre. Bizarrement, celui-ci semblait ne jamais vouloir se vider, contrairement à la bouteille qui vivait ses derniers instants. Elle ne comprit que trop tard que Mathias le remplissait discrètement, si bien qu'à présent, l'alcool prenait entièrement possession de son corps et de son esprit. Elle se sentait légère. Il fallait se rendre à l'évidence, Melody était un peu éméchée. Cela n'augurait rien de bon.

– Tu as l'air mélancolique. À quoi penses-tu ?

– Je ne crois pas être en état de penser.

– J'ai réussi alors, s'enthousiasma-t-il.

– Je dois m'incliner : tu es le meilleur.

– Que ces mots sont doux à mon oreille. Mais je vois qu'il n'en est rien. Du moins pas tout à fait.

– Faut-il que je m'humilie en vomissant aux quatre coins de l'appartement ?

– Je n'irais pas jusque-là. À quoi pensais-tu ?

– À mon père.

– Depuis quand est-il décédé ?

– Trop longtemps… Est-ce que l'on cesse vraiment de souffrir du départ d'un proche ?

– J'aimerais te dire que oui, mais il n'en est rien. Au mieux, on finit par s'y habituer.

– Et au pire, on part les rejoindre… dit-elle tout bas.

– Serait-ce ce que tu désires ?

– Pourquoi pas ?

– Parce que…

– Quelle réponse enrichissante, s'esclaffa la jeune femme en tentant de quitter l'îlot central qui lui servait de table, pour se vautrer sur le canapé du salon.

Seulement, l'alcool paralysait déjà les muscles de ses jambes et elle perdit l'équilibre. Bien entendu, Mathias profita de l'occasion pour la réceptionner dans ses bras et ne parut pas décidé à la laisser s'en aller.

– Désolée.

– Je ne le suis pas, moi.

– Ça va aller à présent, dit-elle gênée par cette proximité.

– T'enfuirais-tu aussi vite si ces bras puissants étaient ceux de Nick ?

– Peut-être.

– Mensonge. Que ferais-tu si sa tête se rapprochait de la tienne de cette manière ?

– Arrête Mathias, ce petit jeu ne m'amuse pas ! déclara-t-elle en reprenant peu à peu ses esprits, comme si la peur annihilait les effets du whisky.

– Détends-toi, si je voulais profiter de toi, je ne me donnerais pas la peine de te saouler. Mes pouvoirs seraient bien plus efficaces.

– Cela devrait-il me rassurer ?

– Absolument.

– Navrée de te dire qu'il n'en est rien, avoua-t-elle en essayant de se libérer de son emprise. Mathias…

– Peut-être que si tu demandais gentiment, je consentirais à te rendre ta liberté.

– Est-ce que ceci est assez "gentil" pour toi ? demanda Melody en lui assénant un coup de genou au niveau de l'entrejambe, assez fort pour que le traître la lâche.

– C'était sournois, fit ce dernier en reprenant péniblement son souffle.

– Tu ne peux t'en prendre qu'à toi, l'alcool fait ressortir mon côté démoniaque, l'informa la jeune femme en titubant jusqu'au canapé.

– Ne trouves-tu dans ce monde rien qui te donnerait envie de continuer à vivre ? demanda Mathias en s'asseyant à côté d'elle.

– Nick, lâcha-t-elle sans réfléchir à la portée de son aveu.

– Parles-moi de ton enfance, l'incita-t-il à se livrer en prenant les jambes de Melody pour les placer sur ses genoux.

– Si ton idée était de me faire picoler pour que je te raconte tous mes secrets, cela ne fonctionnera pas.

– Cela pourrait être utile pour découvrir les manigances qui semblent t'entourer.

– Tu devrais plutôt aller fouiner du côté du Père Luc.

– J'y travaille.

– C'est trop long.

– Il va falloir t'armer de patience.

– Tu as eu deux jours. Je ne resterai pas un jour de plus enfermée ici.

– Si tu sors, quelqu'un d'autre pourrait mourir.

– Charmant. Ne devrais-tu pas être avec ta chérie plutôt que de traîner avec une sorcière ?

– Ta compagnie m'est plus agréable.

– J'en ai de la chance, dit-elle en allumant la télévision.

C'était le dernier souvenir de cette soirée que Melody avait gardé en mémoire. Et lorsqu'elle se réveilla, elle était allongée sur le canapé, et le téléviseur fonctionnait toujours. Seul Mathias ne faisait plus partie du tableau. Étrangement, elle s'en sentit soulagée. Pourquoi ? En y repensant, sa compagnie n'avait pas été si déplaisante. Au contraire, elle l'avait même trouvé divertissant. Pourtant Melody avait la boule au ventre, comme s'il allait se passer quelque chose d'horrible, à moins que cela ne se soit déjà produit. Car lorsque la jeune femme voulut s'extirper du canapé pour regagner son lit, elle se trouva étonnamment endolorie. Et les ecchymoses qu'elle constata sur son corps lui confirmèrent que le pire n'était hélas plus à craindre. Chancelante, elle se dirigea vers son bureau sur lequel trônait son ordinateur portable. Elle avait eu la présence d'esprit de lancer la caméra lorsqu'elle s'apprêtait à sortir de chez elle, pour vérifier si personne ne venait fouiner dans ses affaires pendant son absence. Elle espérait toutefois que Mathias n'avait pas prêté attention à celui-ci et qu'ainsi, les derniers souvenirs de cette soirée seraient toujours conservés dans cette machine. Tremblante, elle s'asseya sur la chaise de bureau. La caméra tournait toujours. Elle la coupa et partit à la recherche du fameux fichier. Mais était-elle vraiment préparée à ce qu'elle allait découvrir ? Pour ma part, je pense que nul n'est préparé à affronter ce genre de chose.

Melody fit défiler les images du début de la soirée en vitesse accélérée jusqu'à arriver au moment où sa mémoire lui faisait défaut. Au début, la jeune femme ivre semblait passer un moment agréable avec cet homme au demeurant un peu trop tactile. Puis, les choses dégénèrent rapidement. Elle eut beau repasser le film à plusieurs reprises, et malgré le fait qu'on pouvait l'entendre prononcer très clairement le mot "non" à plusieurs reprises, Melody n'avait de cesse de se demander si inconsciemment, elle n'avait pas encouragé cet homme à aller plus loin. Pire, n'était-ce pas ce qu'elle désirait ? À défaut de profiter de cette proximité avec le roi, ne s'était-elle pas rabattue sur son bras droit ? D'ailleurs, ne voyait-on pas Melody se laisser embrasser pendant un instant, avant qu'elle ne tente de le repousser et que celui-ci n'use de sa force et de son pouvoir pour assouvir ses viles pulsions ? N'y avait-elle pas ressenti du plaisir ? Mathias semblait prendre du bon temps en tout cas. Difficiles d'interpréter des images, même pour la concernée. Toutefois, si le fait que la jeune femme plonge la tête dans la poubelle de bureau pour vomir était un indice assez parlant, je dirais qu'elle désapprouvait ce rapprochement. Elle emballa les vêtements qu'elle portait dans un sac poubelle, revêtit un simple manteau et descendit dans la ruelle derrière chez elle pour jeter les témoins de la faute dans le container. Ensuite, elle courut sous la douche tenter de faire disparaître toutes traces de la violation de son intimité. Mais elle eut beau frotter encore et encore, il était vain de penser que les images qui passaient en boucle dans sa tête puissent se volatiliser aussi facilement que l'odeur de Mathias sur sa peau. Séchée et rhabillée, Melody ne parvenait pas à arrêter de pleurer. Mais ce qui l'anéantissait le plus n'était pas tant la manière dont s'était produit l'acte, mais plutôt la personne avec laquelle elle avait couché : Mathias, le bras droit du Roi. Le traître avait fait bien pire que se passer de son consentement, il venait de réduire à néant ses chances de réussir un jour à conquérir le cœur de Nick. Son dernier espoir de pouvoir connaître le bonheur s'envolait aussi sûrement que le Triangle des Bermudes engloutissait les fous qui osaient s'y aventurer, car il paraissait évident que le roi ne s'abaisserait jamais à ramasser les miettes de son sous-fifre. Impossible. Comme déconnectée de la réalité, elle fit une copie de la vidéo qu'elle mit sur une clé USB, puis sortit arpenter les rues du Vieux Carré à la recherche de son agresseur.

8 - UNE ALLIÉE INATTENDUE

En mode sans échec, Melody cherchait désespérément Mathias à travers la ville sans parvenir à lui mettre la main dessus. Comment cela était-il possible, lui qui la surveillait constamment ? Serait-ce possible qu'il se cache ? Non. Ses pouvoirs entrés en action, il ne saurait imaginer que la jeune femme découvre un jour son acte avilissant. L'esprit tranquille, il vaquait très certainement à ses sordides occupations. Contrairement à Melody qui, à mesure que les minutes défilaient, s'enfonçait de plus en plus dans un puits de détresse et de dégoût sans fond. Perdue, épuisée, elle se dirigea tout naturellement vers l'église. Normal, n'était-ce pas l'endroit idéal pour obtenir aide, soutien et réponses ? Et qui sait, avec un peu de chance, elle verrait s'accomplir un miracle entre ces murs. Peut-être que Dieu lui-même viendrait effacer cet odieux péché ? Hélas, la réalité de la vie est parfois cruelle et nos attentes souvent irréalisables. Melody ne recevrait aucune assistance ce soir. Du moins pas celle de l'individu sur qui elle fondait tous ses espoirs et surtout pas de la manière qu'elle avait envisagée.

Le Père Luc priait lorsqu'elle débarqua dans l'église. Il ne lui fallut qu'une fraction de seconde pour comprendre la situation. Mais que pouvait-il faire ? Prier pour le salut de la jeune femme ? Serait-ce suffisant ? J'en doute. Il se refusa à communiquer l'adresse de Mathias à Melody, prétextant qu'il ne voulait pas la mettre davantage en danger. Et il semblait évident qu'il ne la vengerait pas non plus. Non, tout ce que le prêtre préconisait à la jeune femme, c'était de consentir à devenir une Lux. Ainsi, disait-il, plus aucun mal ne pourrait lui être fait et elle troquerait ses vieux démons contre amour et bienveillance. Mais bien que cette proposition tombe à point nommé et qu'une vie sans ténèbres soit très tentante, à cet instant, Mélodie n'aspirait à devenir ni amour, ni bienveillance. Un sentiment de colère la consumait, si bien qu'en sortant de l'église, elle se mit à brûler tout ce qui se trouvait sur son chemin. Comment s'y prenait-elle ? Elle ne saurait l'expliquer. Il lui suffisait de toucher n'importe quoi pour que celui-ci s'embrase instantanément. Surprise, apeurée, elle stoppa un instant sa traque à travers le Vieux Carré jusqu'à ce qu'elle comprenne enfin le don qu'elle détenait dans la paume de sa main. Elle n'aurait finalement besoin de personne pour la protéger, et lorsqu'elle aurait enfin mis la main sur Mathias, elle l'enverrait brûler dans les flammes de l'enfer. Peu importe le temps que Melody mettrait, ni combien de fois elle ferait le tour de la ville, ni même si elle devrait réduire la Nouvelle-Orléans en cendres : ce soir, elle comptait bien obtenir réparation.

– Arrête ! ordonna soudain une voix derrière elle.

– Te voilà enfin.

– Ne t'avais-je pas demandé de rester chez toi ?

– Si. Il me semble aussi me souvenir que tu devais m'aider à trouver des réponses.

– J'y travaille.

– C'est faux. Le prêtre ne t'a pas vu depuis l'autre fois.

– Il ne s'en rappelle pas, voilà tout.

– Vraiment ?

– Tu ne me crois pas ?

– Non. Tu n'as fait que me mentir et me manipuler. Pourquoi ? Que veux-tu de moi que tu n'aies pas déjà pris ?

– À quoi fait-elle allusion ? demanda Becca qui rejoignait son chéri.

– Je n'en ai aucune idée.

– C'est ma mémoire qui est censée être vierge, pas la tienne. Tu sais pertinemment ce que tu m'as fait et tu vas payer pour ça, dit-elle en saisissant un morceau de bois qui traînait au sol.

Celui-ci prit feu immédiatement et elle le jeta sur Mathias. Ce dernier réussit à l'éviter de justesse et se ruant sur Melody, il lui décrocha une droite qui lui fit perdre l'équilibre. Sa tête cogna contre un poteau et elle s'affala sur le sol, inconsciente.

– Qu'as-tu fait Mathias ?

– Rien, je te le jure.

– Elle a dit…

– Elle a perdu la tête, lui coupa-t-il la parole.

– Tu n'aurais pas dû l'impliquer dans cette histoire. Elle est trop puissante, elle pourrait aisément nous détruire.

– C'est la seule à détenir le pouvoir de passer dans l'autre monde et de nous débarrasser de Nick à tout jamais.

– J'ai un mauvais pressentiment. Renonce Mathias. Nous trouverons une autre solution.

– Je refuse. J'attends ce moment depuis des siècles. Ce plan est parfait, il va fonctionner. Tu dois avoir confiance en moi Becca.

– Va-t'en, je vais m'occuper d'elle.

– C'est à moi de m'en charger.

– Il serait plus judicieux de t'abstenir. Je crois vraiment qu'un moment entre filles lui sera profitable.

– Je t'aime, dit Mathias avant d'embrasser Becca et de la laisser seule avec Melody.

– Qu'attends-tu pour me tuer ? fit cette dernière en reprenant connaissance.

– Cela ne fait pas partie de mes projets.

– Pourquoi ?

– Mathias a besoin de toi.

– Cette nuit ne lui a-t-il pas suffi ? Ou c'est toi qui ne le satisfais plus ? la provoqua Melody, espérant que cette dernière mettrait fin à son calvaire.

– Comment oses-tu ? cria Becca en plaquant la jeune femme contre le mur.

– C'est ce qu'il a laissé entendre avant de coucher avec moi.

– Tu mens ! hurla Becca.

– Peut-être. Après tout, il m'a effacé la mémoire tellement de fois que je ne suis plus sûre de rien. Mais ceci, très chère, ne saurait cacher la vérité, déclara Melody en lui tendant la clé USB.

– De quoi s'agit-il ?

– Regarde.

– Pourquoi ?

– Solidarité féminine. Et puis, j'aimerais tellement que tu puisses me dire qu'il ne s'est rien passé. Que tout ceci est le fruit de mon cerveau malade et que je ferais mieux d'accepter l'offre du prêtre de quitter cette vie pour rejoindre le clan des gentils.

– Penses-tu vraiment qu'il fasse partie des gentils ?

– En aucune manière. Mais si après le visionnage de cette vidéo tu ne veux toujours pas m'éliminer, alors peut-être pourras-tu me forcer à croire les propos du Père Luc, dit Melody avant de desserrer l'emprise des doigts de Becca sur sa veste et de sortir de la ruelle qui les dissimulait aux yeux des touristes éméchés.

*
* *

Becca savait pertinemment ce que renfermait cette clé USB aussi sûrement qu'elle avait conscience que Mathias venait de lui mentir. Comment ? Facile, elle l'avait vu sortir de chez Melody. Puis un peu plus tard, elle avait surpris la jeune femme jetant un sac dans le container qui trônait derrière chez elle. Becca s'en était emparée et en l'ouvrant, l'odeur de Mathias sur les vêtements de Melody avait confirmé ses soupçons. Cependant, ce qui lui échappait, c'était les raisons de son geste. La Lux l'avait-elle séduit ? À moins qu'il ne s'agisse d'une manière de la faire chanter pour l'obliger à revêtir ses habits de lumière ? Mais quelque chose ne collait pas. Si le plan était de faire tomber Nick amoureux de cette femme, le fait même que Mathias ait posé ses mains dessus venait de le réduire à néant. Il le connaissait bien, il ne pouvait pas l'ignorer. Alors pourquoi ? Serait-ce possible qu'au fond, il n'aimait pas vraiment Becca mais se servait juste d'elle pour se débarrasser définitivement de son frère et devenir le roi de la ville ? Melody semblait être extrêmement puissante. Ne nourrissait-il pas le désir secret d'en faire sa reine pour asseoir son pouvoir ? La force de Becca tirait principalement sa source dans les liens qui l'unissaient à ses frères. En ôter un de l'équation, le plus téméraire mais aussi le plus fort, ne revenait-il pas à s'affaiblir elle-même ? Si elle devenait plus vulnérable, Mathias la trouverait-il toujours aussi attrayante ? Et s'il décidait finalement de se débarrasser de toute sa famille, elle y compris ? Non, c'était impossible. Leur amour durait depuis des siècles, rien ne pourrait changer cela.

Elle décida tout de même de rentrer chez elle pour voir ce que renfermait cette satanée clé USB qui poussait la Lux à vouloir en finir. Pour se donner du courage, elle pénétra dans le salon et se servit un verre de scotch.

– Mauvaise soirée ? lui demanda Nick.

– Rien de grave, juste une petite divergence d'opinion.

– Avec qui ?

– Une amie.

– Tu n'as aucune amie.

– Ce n'est pas parce que tu ne la vois pas, qu'elle n'existe pas.

– Pourquoi ne me la présentes-tu pas ? Je pourrais jouer les arbitres et vous départager.

– Je vais tâcher d'y penser, répondit Becca en quittant la pièce, son verre à la main.

Arrivée dans sa chambre, elle troqua son verre de Scotch contre l'ordinateur portable qui l'attendait sagement sur sa table de chevet. Elle s'installa confortablement sur son lit, l'ordinateur sur les genoux, puis inséra la clé à l'endroit adéquat. D'une main légèrement tremblante, elle lança la vidéo. Contrairement à Melody, elle regarda chaque seconde du film et n'eut pas besoin de le repasser pour s'assurer d'avoir bien interprété la scène. Tout était parfaitement clair à ses yeux. Et même si les intentions de Mathias n'avaient d'autres buts que de légitimer leur histoire d'amour (ce dont elle doutait de plus en plus), jamais elle ne pourrait cautionner un pareil geste. C'était inacceptable. Et bien que Melody ne représente qu'un instrument destiné à se libérer de l'emprise de son frère, elle ressentait de la peine pour la Lux. Elle aurait souhaité pouvoir lui faire porter le chapeau de ce désastre mais en toute honnêteté, et malgré la jalousie qu'elle éprouvait à la vue de son chéri s'ébattant avec une autre femme qu'elle, il lui était impossible d'ignorer que la Lux était blanche comme neige.

Elle comprenait mieux la réaction de Melody et sa subite envie de passer de l'autre côté. Mais il ne fallait pas. Si elle venait à disparaître, le plan de Mathias en ferait de même et Becca devrait tirer un trait sur son espoir de pouvoir goûter à la liberté. Le temps aidant, elle pourrait accepter l'idée de mettre un terme à son histoire avec le traître, mais jamais elle ne renoncerait à l'idée de vivre une vie normale. Elle devait retrouver cette Lux et l'empêcher de commettre un geste irréparable. Vous pourrez trouver la réaction de Becca égoïste. Moi, c'était de cette manière que je l'avais perçue, pour ne pas dire que je considérais cette fille comme une véritable garce. Mais l'important, pour l'instant, c'était que Becca parte à la recherche de la jeune femme et arrive avant que cette dernière ne saute du toit de son immeuble, sur lequel elle avait trouvé refuge depuis son altercation avec Mathias.

Cela faisait de longues minutes que Melody regardait les gens en bas. Beaucoup riaient et chahutaient, d'autres écoutaient un groupe de jazz dont elle ignorait le nom. Mais ce qui retenait son attention, c'était un couple d'amoureux attablé à la terrasse d'un café. Ils se tenaient la main. Ils ne prononçaient aucun mot, pourtant leurs yeux paraissaient être en pleine conversation. Ils avaient l'air heureux, tellement heureux. Melody jalousait ce sentiment dont Mathias venait de la priver. Je vois bien que la manière de penser de la jeune femme vous laisse sceptique ? Elle n'avait jamais échangé le moindre mot avec Nick, pourtant elle se trouvait totalement éprise de cet homme. Cela vous paraît peut-être curieux, voire exagéré. Toutefois, certaines personnes ici présentes se seront déjà retournées dans une situation similaire et comprendront le ressenti de Melody. Je suis sûre que quelques-uns d'entre vous se seront déjà dits en croisant quelqu'un : "c'est cette personne !" Cela n'a aucune explication rationnelle. On peut parler de coup de foudre. À moins qu'il ne s'agisse juste d'alchimie. Ou peut-être avons-nous été envoyés sur terre avec la moitié d'une âme et que cette dernière reconnaisse, en celle de l'individu qui nous fait face, la partie qui lui manque pour être enfin complète. Melody éprouvait cela dès qu'elle apercevait Nick.

Du haut de son perchoir, elle avait eu beau retourner la situation dans tous les sens, aucune solution ne lui était apparue. Même si elle était parvenue à éliminer Mathias, cela n'effacerait pas l'acte commis ce soir. Vous vous dites sans doute que le roi n'était pas obligé de le savoir. Il serait naïf de penser que la vérité n'éclaterait jamais au grand jour. C'est une arme bien trop puissante pour faire l'impasse dessus. Et même si Melody pouvait s'en assurer, elle, elle saurait le fin mot de l'histoire. Son cerveau, son corps ne pourraient jamais oublier l'intrusion de Mathias dans son moi profond et elle refusait de bâtir une relation sur des mensonges ou des non-dits. Cela aurait été totalement irrespectueux et déloyal. Et alors que Melody se débattait avec des idées plus sombres les unes que les autres, Nick traversa la rue pour rejoindre la libraire. Son cœur se brisa alors en mille morceaux et son pied vint caresser le vide devant elle. Sa jambe toute entière fut engloutie par celui-ci et alors que son autre pied s'apprêtait à troquer la dureté du sol contre la douceur du vide, une main la tira en arrière.

– Lâche-moi ! cria Melody à Becca.

– Hors de question.

– N'as-tu donc pas regardé la vidéo ?

– Si.

– Tu sais alors que jamais je ne pourrais être heureuse, lança Melody en regardant de nouveau le roi flirter avec Emy.

– Tu oublieras ce qu'il a fait, je peux t'y aider.

– Tu ne comprends donc rien.

– Mathias a eu tort mais cela ne doit pas te pousser à renoncer à la vie pour autant.

– Mais quelle vie ? Il n'y a que malheur et déception qui gravitent autour de moi. Lui seul pouvait m'apporter ce dont j'avais besoin.

– Nick ?

– Oui.

– Je pense que tu te méprends sur son compte.

– J'en doute fort.

– Cela fait des années qu'il fait de ma vie un véritable enfer…

– Parce qu'il te refuse le droit d'aimer un menteur, un traître et un violeur, coupa-t-elle Becca dans ses lamentations. Si c'est là sa manière d'aimer alors je donnerais n'importe quoi pour avoir la chance d'être aimée de lui.

– Wahoo ! Je crois ne jamais avoir entendu parler de lui avec autant de dévotion. Mathias a raison, tu es celle qu'il lui faut.

– Jamais il ne voudra de moi à présent, tu le sais pertinemment.

– Nick n'a pas besoin d'être au courant de ce qui s'est passé ce soir.

– Bien sûr que si ! Jamais je ne pourrai occulter une chose pareille. Et si j'étais à ta place, je le supplierais de m'excuser de n'avoir pas tenu compte de ses mises en garde contre Mathias.

– Il ne saurait me pardonner pareille trahison.

– Évidemment que si, puisqu'il t'aime. Tu es de sa famille, tu fais partie de lui. Pour moi, c'est différent hélas…

– As-tu une copie de ce film ?

– Sur mon ordinateur, pourquoi ? demanda Melody un brin intriguée sans toutefois détourner le regard de son roi.

– Regarde-moi. Tu vas rentrer chez toi et effacer la vidéo de la soirée.

– D'accord, répondit Melody qui se trouva sous l'emprise des pouvoirs de Becca.

– Quand cela sera fait, tu iras t'allonger et tu dormiras d'un sommeil paisible. À ton réveil, tu auras oublié les affreuses choses de la veille. Tu ne te souviendras plus de moi, ni même de Mathias. Nick sera devenu un étranger pour toi. Et surtout, reste le plus loin possible du Père Luc, il n'est pas aussi noble et désintéressé que sa fonction pourrait le laisser penser.

– Je crois que je vais aller me coucher à présent, je suis fatiguée.

– Je suis désolée, chuchota Becca alors que Melody reprenait le chemin de son appartement en mode robot.

La soirée aurait très bien pu s'achever sur cette scène mais c'était sans compter sur le besoin irrépressible de Becca de vouloir éclaircir la situation avec le traître. Après s'être assurée que Melody avait suivi ses ordres, elle partit retrouver son chéri chez lui. Et alors qu'il s'avançait vers elle pour la prendre dans ses bras, elle le frappa de toutes ses forces.

– Que les choses soient claires : je sais ce que tu as fait à la Lux et inutile de prétendre que c'était pour nous, je n'en croirais pas un seul mot. Dorénavant, ne m'approche plus, de même que la Lux. Pour son bien, j'ai effacé tous ses souvenirs nous concernant. Tu es un inconnu pour elle. Nous sommes tous des étrangers à ses yeux.

– Tous ? se risqua-t-il à demander.

– Envolés ses sentiments pour Nick. Tu as perdu. Tu peux dire adieu à ton plan.

– Non ! cria ce dernier en renversant sa bibliothèque.

– Jamais il n'aurait voulu d'elle après ce que tu lui as fait. Tu ne peux t'en prendre qu'à toi.

– Je l'hypnotiserai à nouveau.

– Si tu oses ne serait-ce que poser tes yeux sur la Lux, je te tuerai sans la moindre hésitation.

– Pourquoi ? Elle n'est rien pour toi.

– Elle est la seule à l'avoir vu tel qu'il était réellement. C'est une innocente. Je refuse qu'il lui soit fait plus de mal que tu ne lui en as déjà infligé.

– Si cette fille est destinée à aimer Nick, alors rien de ce que tu pourras faire ne saurait les empêcher d'être ensemble. Rien.

– C'est ce que l'on verra, lâcha Becca en quittant l'appartement de Mathias, remplie d'amertume.

9 - LA FACE CACHÉE

Cela faisait trois jours que Melody n'avait pas mis le nez dehors. Elle n'était ni fatiguée, ni triste. Vautrée sur son canapé devant des séries, on ne pouvait pas non plus dire qu'elle s'ennuyait. Tout semblait l'indifférer, y compris les ecchymoses qui ornaient son corps et dont l'origine lui était inconnue. En fait, le sentiment qui prédominait chez elle était le vide. Si bien que lorsque sa mère lui téléphona, elle s'étonna de la trouver si apathique. Bien que sa fille ne soit d'ordinaire pas très expansive, son état semi-léthargique ne lui disait rien qui vaille. Mais Dorothy ne s'évertua pas à en connaître la raison et encore moins à lui proposer son aide. Elle ne la contactait pas vraiment pour prendre de ses nouvelles, mais plutôt, comme vous devez vous en douter, pour essayer de lui soutirer de la monnaie. Seulement, Melody avait cessé d'être Lilith depuis quelques temps et l'argent allait bientôt commencer à se faire rare si elle ne se reprenait pas rapidement. Mais avait-elle réellement envie de continuer ce petit jeu malsain ?

C'est une question à laquelle elle ne répondrait pas ce soir. Privée des souvenirs de Nick, Becca et Mathias, la jeune femme en venait même à se demander pourquoi elle demeurait à la Nouvelle-Orléans. D'ailleurs, entre deux épisodes de Supernatural, l'idée lui traversa l'esprit d'aller explorer une autre ville, ou pourquoi pas un autre pays. Après tout, si elle décidait de continuer à revêtir le costume de Succube, il serait peut-être plus avisé de le faire sur un autre continent pour ne pas éveiller l'attention des forces de l'ordre. Vers 4h00 du matin, elle finit par s'endormir au milieu de miettes de chips et de papiers de bonbons.

Cette nuit-là, Melody rêva. À son réveil, l'horloge du salon affichait 12h45. En mode pilotage automatique, elle se leva et se dirigea vers son bureau avec l'intention de coucher son énigmatique songe sur le papier avant qu'il ne disparaisse dans les méandres de sa mémoire. Mais lorsqu'elle ouvrit le tiroir pour attraper son journal, ce dernier fit partie des abonnés absents. Prise d'un doute, la jeune femme qui émettait de plus en plus de réserve sur sa santé mentale, se demanda si celui-ci avait vraiment existé. Pourtant, il lui semblait se souvenir d'avoir griffonné quelques-unes de ses pages avec le contenu de sa vie onirique. Mais si tel fut le cas, où ce carnet avait-il pu bien passer ? L'avait-elle oublié dans le café du coin de la rue ou à l'église ? Elle aurait voulu s'y rendre pour vérifier, cependant, une petite voix lui murmurait à l'oreille de se tenir loin de ce lieu et du Père Luc. Mais pourquoi ? N'avait-il pas fait preuve de bienveillance à son égard lors de ses précédentes visites ? Elle fouilla son bureau, puis l'appartement tout entier, mais aucune trace du journal. Perplexe bien plus que contrariée par sa perte, elle décida de sortir en acheter un nouveau. Lorsqu'elle ouvrit la porte, elle tomba nez à nez avec le prêtre.

– Que faites-vous ici ? lui demanda Melody méfiante.

– Il y a des jours que je ne vous ai vue à l'église. Je dois avouer que je m'inquiétais pour vous.

– Pour quelle raison ?

– Je ne saurais trop le dire. Vos visites sont assez assidues d'ordinaire, se reprit le Père Luc en comprenant que Melody ne se souvenait pas être venue chercher de l'aide auprès de lui après l'agression dont elle avait été victime quelques jours plus tôt.

– Je vous remercie de votre sollicitude mon Père. J'avais juste envie de rester ici pour me reposer.

– Voulez-vous que je vous tienne compagnie ?

– Cela ne sera pas nécessaire. Je ne doute pas que d'autres paroissiens requièrent votre présence à leurs côtés. Bonne journée, dit la jeune femme en refermant la porte à la figure du prêtre circonspect.

Bien qu'il ne comprenait pas la situation, le Père Luc mettrait sa main à couper que Mathias n'était pas étranger aux nouveaux oublis de Melody. Il se rendit donc directement au repaire de ce dernier et débarqua en plein règlement de compte.

– Vous tombez mal, mon Père !

– Je crois au contraire que j'arrive à point nommé. Qu'a-t-il fait pour mériter un tel châtiment corporel ?

– Il vend de la drogue dans ma ville, et de la mauvaise qualité qui plus est.

– N'est-ce pas plutôt la ville de Nick ?

– En apparence seulement.

– Je vois.

– Que me vaut l'honneur de votre visite ?

– Melody.

– Continuez, l'invita-t-il à poursuivre en congédiant ses soldats d'un geste de la main.

– Méritait-elle également les sévices que vous lui avez infligés ?

– Comment…

– Elle est venue chercher de l'aide auprès de moi après "son agression". Et bizarrement, aujourd'hui, elle n'en garde aucun souvenir.

– Je ne suis pas le responsable…

– Du viol.

– De l'amnésie.

– Plaît-il ?

– Becca a découvert le poteau rose et a décidé de prendre son parti.

– De quelle manière ?

– Elle nous a effacés de la mémoire de Melody.

– Quand vous dites "nous", que dois-je comprendre ?

– Votre hôte ici présent, ainsi que Becca et Nick.

– Nick ! Pourquoi ?

– Pour ne pas que nous puissions nous servir d'elle et de son amour contre son frère. Elle prétend que c'est une innocente.

– Bien.

– Bien ?

– Ne vous méprenez pas, je déteste cet homme. Mais avec vos talents de grands stratèges, je ne doute absolument pas du fait que vous trouverez un autre moyen d'arriver à vos fins, dit le prêtre en tournant les talons.

– Certainement. Il conviendrait mieux de vous inquiéter pour vous.

– Pour moi ? fit ce dernier intrigué en revenant sur ses pas.

– Le roi était la seule raison qui la poussait à résider dans le Vieux Carré. Ignorant à présent son amour pour lui, qu'est-ce qui l'empêchera de quitter la Nouvelle-Orléans ? Comment la transformerez-vous en Lux si elle s'en va ?

– Il faudra que je me montre convainquant.

– Pourquoi ne pas en trouver une autre ?

– Ces créatures font presque partie du mythe tellement elles sont rares.

– Que doit-elle faire pour devenir une des leurs ?

– En quoi cela vous concerne-t-il ?

– Je suis curieux. Vous toucher lui a permis de révéler sa véritable nature, mais cela ne mettra pas en marche la machine, n'est-ce pas ?

– Effectivement.

– Donc…

– Elle doit être prête à céder son âme.

– Céder ? Comment ? À qui ?

– Je l'ignore. Les textes sont rares et très souvent rédigés dans des langues qui me sont inconnues.

– Faites un effort, mon Père. Que va-t'il lui arriver si elle se transforme ?

– Délestée de son âme, elle finira par perdre la tête et se suicidera probablement.

– Vous osez me sermonner pour la misérable correction que j'ai administrée à ce dealer alors que vous envoyez cette pauvre fille à l'abattoir ! Vous êtes un monstre !

– Dit celui qui voulait l'utiliser pour se débarrasser de son pire ennemi.

– L'utiliser, pas lui faire du mal.

– Vous l'avez pourtant violée.

– Ce n'était pas prémédité.

– Mais cela s'est tout de même produit.

– Je me le reprocherai toute ma vie.

– Et Dieu sait à quel point elle sera longue, rétorqua le Père Luc en quittant le repaire de Mathias, sans éprouver le moindre remord pour ce qu'il allait faire.

*

* *

Mathias, fou de rage, se mit à renverser tout ce qui se trouvait à portée de main. Bien que Melody n'eût été qu'un instrument visant à mettre le roi sur le banc de touche, il avait appris à la découvrir. Dorénavant, il ne la voyait plus de la même manière. Il l'appréciait. S'il se montrait véritablement honnête envers lui-même, il lui faudrait dire que des sentiments amoureux faisaient battre son cœur pour cette jeune personne. Mais il ne pouvait pas s'y résoudre. Il ne devait pas. Sinon, il lui faudrait reconnaître que son amour clandestin pour Becca s'était étiolé au fil des années, voire peut-être qu'il n'existait plus. Cette opération perdrait donc tout son sens. Une seule constante persistait. Il voulait être roi à la place de Nick. Ce dernier devait quitter la Nouvelle-Orléans. Cela se résumait donc à une vulgaire lutte pour le pouvoir. Il ne parvenait pas à s'enlever de la tête que la guérilla qui l'opposait à Nick depuis des siècles venait de condamner Melody. Il refusait que cela ne se produise. Et malgré la mise en garde de Becca, il ne voyait qu'elle avec qui partager ces craintes. C'est donc tout naturellement qu'il s'introduisit dans la chambre de son ex.

– As-tu envie de mourir ? demanda Becca à Mathias en l'attrapant par la gorge pour le plaquer contre un mur.

– Melody est en danger.

– Tu ne peux plus rien contre elle.

– Je parlais du Père Luc.

– L'accès à l'église lui est interdit.

– Il est venu la voir chez elle.

– Explique ! lui ordonna-t-elle en lui rendant sa liberté.

– Le prêtre a fait irruption dans mes quartiers après avoir constaté que Melody n'avait plus aucun souvenir de la fameuse soirée. Il semblait ravi qu'elle ne soit plus impliquée dans notre plan.

– Ton plan.

– Comme tu voudras.

– Mais encore…

– Il compte mener le sien à terme.

– Où est le problème ? Elle va passer de Succube à Lux.

– Il ne faut pas.

– Pourquoi diable ? Cela lui fera du bien d'être du côté des gentils pour une fois.

– Elle en mourra.

– Pardon ? s'étonna Becca en s'asseyant sur son lit.

– Le prêtre a dit que pour que la transformation s'opère, elle devra accepter de céder son âme.

– Pourquoi ferait-elle une chose pareille ?

– Tu l'as privée de la seule chose qui lui procurait du bien-être. Rends-lui ses souvenirs.

– Non. Si je fais cela, elle finira par se rappeler de ton geste et elle voudra mourir. Je l'ai déjà rattrapée de justesse l'autre jour alors qu'elle s'apprêtait à sauter du toit de son immeuble.

– Je l'ignorais. Je suis désolé.

– Ce n'est pas à moi que tu devrais faire des excuses.

– Oblige-la à quitter la Nouvelle-Orléans.

– Elle est très puissante, je crains que mes pouvoirs ne résistent pas bien longtemps.

– Alors quoi, on la regarde mourir sans rien entreprendre ? s'emporta-t-il.

– Tu l'aimes.

– Bien sûr que non.

– Ce n'était pas une question.

– Ne sois pas ridicule Becca.

– Ne me touche pas Mathias. Je devrais lui en vouloir, mais je n'y arrive pas. Melody… Je l'aime bien, en fait. Dans d'autres circonstances, nous pourrions être amies.

– Alors aide-moi à la sauver.

– Elle ne sait plus qui je suis. Comment veux-tu que je l'approche ?

– Je te fais confiance, tu trouveras une solution.

– C'est de notre faute. Si nous n'avions pas voulu nuire à Nick, jamais Melody ne se serait retrouvée dans cette situation.

– Je ressens la même chose que toi. Pourtant, je suis fermement convaincu que le prêtre l'avait déjà dans son viseur.

– Pourquoi fait-il cela ?

– Ces raisons m'échappent complètement, dit-il avant de se diriger vers la fenêtre et de disparaître dans le crépuscule.

Ne parvenant pas à trouver le sommeil, Becca décida, sans plus attendre, d'aller faire un petit tour du côté de chez Melody. Elle ne l'y trouva pas, mais son instinct lui souffla où croiser son chemin. Bien qu'ayant changé de couleur de cheveux, la jeune femme semblait s'obstiner à rester un Succube. Mais sûrement était-ce de sa faute, si privée des souvenirs de Nick, elle cherchait du réconfort auprès d'inconnus. Contrairement à ce que Becca imaginait, il ne fut pas si difficile de l'approcher et encore moins de lui faire oublier sa proie de la soirée. Il semblait donc évident que Melody ne courrait pas après la compagnie masculine, mais la compagnie tout court. Et après quelques verres, son idée que la jeune femme puisse un jour devenir son amie se confirma. Elle succombait aux attraits de la personnalité de la Lux tout comme Mathias l'avait fait.

Arrivée devant chez Melody, elle usa à regret de ses pouvoirs sur la Lux pour la persuader de quitter la Nouvelle-Orléans et d'oublier leur soirée. Cette dernière partit donc se coucher, avec l'idée de n'être sortie que pour prendre un repas chinois dans un restaurant à deux rues de chez elle.

– Tu l'aimes bien, n'est-ce pas ? demanda Mathias en surprenant Becca qui ne l'avait pas entendu approcher.

– Tu ne devrais pas être là, sa mémoire pourrait se réveiller.

– Je le savais.

– Je n'ai rien dit de tel.

– Je te connais par cœur.

– Ce n'est pas juste Mathias. Depuis le temps que j'espère trouver une amie comme elle… lança Becca sans parvenir à achever sa phrase.

– Si cela peut te consoler, Nick y perd plus que toi.

– Je ne trouve aucun réconfort dans ces mots. Melody était parfaite pour lui. Je me dis qu'auprès d'elle, il aurait très bien pu devenir un autre homme et qu'à cause de nous, il demeurera cet être cruel et vindicatif pour l'éternité.

– Arrête, tout ceci est l'œuvre du prêtre. Et puis le Père Luc n'est plus tout jeune et Nick est immortel, leur histoire n'est peut-être que différée.

– Mais Melody est humaine. Combien de temps pourront-ils attendre ?

– Je ne sais pas, avoua Mathias. Tu devrais rentrer te coucher, je vais monter la garde pour m'assurer qu'il ne lui arrive rien pendant la nuit. Je resterai à bonne distance, je te le jure.

Becca s'éloigna sans rien ajouter, mais non sans s'inquiéter à l'idée d'abandonner Melody aux mains de son ex.

*

* *

De son côté, le prêtre n'avait pas passé une nuit réparatrice, tant l'idée que Melody puisse quitter la Nouvelle-Orléans le terrorisait. Il ne pouvait pas accepter qu'une chose pareille ne se produise. Et bercé par les ténèbres du soir, deux plans s'étaient imposés à lui. Et c'est bien avant l'aube qu'il s'escrima à les mettre en marche.

Après avoir retrouvé le jeune homme avec qui Melody avait flirté la veille et l'avoir assassiné de ses propres mains, le prêtre s'empressa de téléphoner à la jeune femme en la priant, avec beaucoup d'insistance et de sournoiserie, de le rejoindre à la morgue. Lorsque cette dernière arriva sur les lieux, elle ne reconnut pas le jeune homme et nia en bloc son implication dans le décès de ce dernier. Le prêtre comprit trop tard que quelqu'un était passé avant lui pour faire table rase de la soirée d'hier dans la mémoire de Melody, et de ce fait, mettre son plan en échec. Mais il ne s'avoua pas vaincu pour autant. Et après plusieurs tentatives hasardeuses de ce dernier pour redonner sa place à Nick dans le cœur de la jeune femme, il se résigna à devoir réitérer son épouvantable geste. Mais cette fois, il s'assura de collecter un maximum de preuves contre la Lux : photos, vidéos, témoins… Si bien que lorsque Melody se trouva à nouveau dans cette morgue, face à ce nouveau cadavre, elle ne put qu'admettre qu'elle avait recommencé à faire du mal. Et privée du réconfort de ses souvenirs de Nick ou de Becca, elle n'eut d'autre choix que de se résoudre à accepter l'offre du prêtre de devenir une personne meilleure, une Lux.

10 - PREMIERS PAS FORCÉS DANS L'AUTRE MONDE

Melody ne savait pas vraiment à quoi s'attendre, ni même si les dires du prêtre étaient vrais. Et encore moins ce que sa véritable nature lui imposerait de faire. Au fond d'elle, elle n'espérait pas grand-chose, à part peut-être trouver la paix intérieure. Si elle avait su ce qui allait découler de son nouveau statut, il était indéniable qu'elle y aurait renoncé. Mais qui aurait pu penser qu'un homme d'Église, censé inonder les fidèles de bienveillance, puisse fomenter des idées aussi machiavéliques. Pas Melody. Et lorsque quelques jours plus tard, Mathias, en planque devant chez la jeune femme, assista médusé à sa première transformation, il comprit que les méchants n'étaient pas toujours ceux que l'on croit et se promit de la venger.

Pour l'instant, il ne savait pas ce qu'il devait faire. Perché sur le toit de l'immeuble d'en face, il vit soudain la Lux irradier d'une lumière divine et s'effondrer à terre. Devait-il jouer la prudence et rester à bonne distance ? Cette lumière pourrait-elle le blesser, ou pire, le tuer ? Mais Melody avait fait une sacrée chute, et il redoutait qu'elle ne se soit gravement blessée lorsque sa tête eut frappé le sol. Après une profonde inspiration, il décida qu'il ne pouvait pas rester à ne rien faire et s'introduisit chez la jeune femme. Avec appréhension, il passa sa main à travers le faisceau lumineux et ne ressentit aucune douleur qu'il n'aurait pas su surmonter. D'un rapide geste, il ramassa la Lux et la déposa délicatement sur le canapé. Le canapé. Celui où il avait usé de ses pouvoirs pour satisfaire ses plus bas instincts. Cette pensée lui déchira soudain le cœur et il ne put s'empêcher de mordre sa lèvre en guise de pénitence. Un bref examen suffit à rassurer Mathias sur l'état de santé de Melody. Il attendit toutefois qu'elle ne s'éveille pour quitter son appartement. Il maudit ce satané prêtre d'être passé à l'action, mais encore plus Becca de l'avoir privée de ses souvenirs de Nick, car il demeurait persuadé que sans cela, elle n'aurait jamais accepté de devenir cette chose dont il ignorait tout. Qui était-elle à présent ?

Comme à chaque fois que les choses tournaient mal, Mathias ressentait le besoin d'aller s'épancher auprès de Becca. Toutefois, Melody qui semblait choquée, apeurée même, s'apprêtait à quitter l'appartement. Vraisemblablement, elle désirait recevoir du réconfort du Père Luc, ou du moins, une explication. Mathias ne voulant manquer pour rien au monde une confrontation avec cet homme abject, estima que sa visite à Becca devrait attendre.

*

* *

Melody peinait à refaire surface. Elle tremblait de la tête aux pieds. Tête, qui d'ailleurs, la faisait atrocement souffrir. Elle se souvenait s'être affalée au sol mais ne se rappelait pas comment elle avait regagné le canapé. Mais pour l'heure, c'était le cadet de ses soucis. Ce qu'elle avait ressenti de l'autre côté, ce vide, plus jamais elle ne désirait y être confrontée. Alors chancelante, elle attrapa son sac et sortit de son appartement, avec l'espoir d'obtenir l'aide du Père Luc. Mais une fois arrivée à l'église, elle déchanta très vite. Celui-ci la stoppa dans son compte rendu en lui donnant les règles qui régissaient sa nouvelle fonction.

1 - Ne jamais dévoiler sa véritable nature.

2 - Ne jamais être vue en pleine transformation.

3 - Ne jamais raconter ce qui se passe de l'autre côté à quiconque, même à lui.

4 - Rien, ni personne ne revient de l'autre monde.

– Je ne veux pas y retourner, mon Père ! C'est horrible !

– Tu as choisi de devenir une Lux, rien ne saurait défaire cela Melody, tenta-t-il de couper court à ses plaintes.

– C'est injuste ! J'ignorais tout de ce qui allait se passer. Vous ne m'aviez rien dit.

– J'en suis désolé, mais les textes sur tes semblables sont rares et peu détaillés.

– N'était-il pas de votre devoir de vous informer avant la transformation ? N'êtes-vous pas censé me protéger et me guider dans ma nouvelle vie ? Une nouvelle vie qui d'ailleurs, d'après vos propres mots, devait réduire à néant les démons de mon passé.

– C'est le cas. Tu n'es plus un Succube à présent mais un ange.

– Rien n'a changé ! s'exclama-t-elle.

– Tu fais le bien.

– Mais moi, je suis toujours dans la souffrance mon Père. Quand cette douleur va-t-elle s'arrêter ?

– Tu trouveras de la glace pour ta tête dans la sacristie, se contenta-t-il de répondre.

– J'aimerais connaître la réponse à cette question, dit Mathias une fois que Melody eut disparu.

– Cela ne vous concerne en rien.

– Croyez-vous ? demanda Mathias en plaquant le Père Luc contre le mur.

– J'ai gagné. Vous ne pouvez plus rien faire pour elle, son destin est scellé.

– Comment avez-vous fait ?

– Je lui ai montré tout le mal qu'elle faisait autour d'elle.

– Elle n'en a fait aucun.

– Vous et moi le savons, malheureusement Melody l'ignorait.

– Vous l'avez piégée ! Vous mériteriez que je vous tue sur le champ.

– Mais alors vous ne seriez plus aux premières loges pour admirer le clou du spectacle.

– De quoi parlez-vous ?

– Je vais faire ce que vous n'avez pas eu le courage d'accomplir. Je vais débarrasser cette ville du roi. Et si vous jouez bien vos pions, vous pourrez prendre sa place, rétorqua le Père Luc en se libérant de l'emprise de Mathias.

– Il me suffirait d'un seul mot à Nick pour qu'il ne requière les services de votre Lux, afin de faire passer l'âme d'Emy de l'autre côté.

– J'en doute. Mais en ce qui vous concerne, je ne lui donnerai pas plus de raisons de vouloir se débarrasser de vous qu'il n'en a déjà, nargua-t-il le jeune homme avant d'aller rejoindre Melody.

*

* *

Mathias ne décolérait toujours pas en pénétrant dans la chambre de Becca.

– Tu ne devrais pas traîner ici en pleine journée, c'est trop dangereux.

– Nick n'est pas la personne à craindre pour l'instant.

– Veux-tu bien développer, je te prie ?

– Il a gagné.

– Qui ?

– Il l'a piégée.

– Mais de qui diable parles-tu ?

– Melody est une Lux et c'est de ta faute ! cria-t-il.

– Ma faute ?

– Si tu ne lui avais pas ôté les souvenirs de ton frère, rien ne serait arrivé.

– Comment peux-tu être sûr que c'est une des leurs ?

– Je l'ai vu se transformer. J'étais là quand son âme a quitté son corps et qu'elle s'est écroulée au sol. Et j'ai pu admirer l'état de panique dans lequel elle était lorsqu'elle est allée supplier le prêtre de la débarrasser de ses nouvelles aptitudes.

– Je ne comprends pas Mathias, elle devait quitter La Nouvelle-Orléans. Tu étais là lorsque j'ai usé de mes pouvoirs sur elle.

– Mais le Père Luc a tué ses flirts du moment en lui faisant croire que c'était elle qui les avait menés dans la tombe.

– Mais pourquoi ?

– Il veut terminer ce que nous avons commencé.

– Nick ? Alors tout ça, c'était pour se débarrasser de lui ?

– Il faut croire.

– L'a-t-il déjà contactée ?

– Je n'en ai aucune idée, soupira-t-il en s'asseyant sur le lit de Becca.

– Que peut-on faire ?

– Rien, j'en ai peur.

– Et si nous le devancions et que nous révélions toute la vérité à mon frère.

– Est-ce que tu t'entends parler ? Veux-tu mourir ?

– Je préférerais éviter. Envoyons une autre personne lui faire part de la menace qui pèse sur sa tête.

– Tu ne dois pas ignorer que le messager ne s'en sort jamais indemne.

– Sauf si ledit messager a su, au préalable, gagner son cœur…

– Melody ?

– Qui mieux qu'elle pourrait jouer ce rôle ?

– Il y a trop d'incertitudes dans ton plan. Qui te dit que ton frère va tomber amoureux de cette fille…

– Elle a bien réussi à voler ton cœur.

– Et nous mourrons tous les deux s'il venait à l'apprendre un jour.

– Si les souvenirs de Melody se réveillaient et qu'elle passait aux aveux, je ne donne pas cher de nous.

– Admettons. Mais qui te dit qu'elle va lui révéler la vérité.

– Enfin, tu l'as bien regardée ! Elle est la dévotion et l'honnêteté personnifiées.

– C'est un ange, chuchota Mathias alors que Becca venait le rejoindre sur le lit.

– Lève le sort qui empêche Nick de la voir.

– Et après ?

– Tu l'as dit toi-même, si leur destinée est d'être ensemble, rien de ce que nous ferons ne saurait les en empêcher.

– Si Nick tombe amoureux d'elle, il ne parviendra pas à échapper au sort funeste que lui réservera la sorcière.

– Nous serons tous là pour l'aider. Et puis Melody est puissante ; il me plaît de croire que l'amour triomphera cette fois-ci.

– Puisses-tu avoir raison, lança Mathias un brin sceptique.

11 - DES PRÉSENTATIONS PEU ORTHODOXES

Mathias et Becca veillaient toujours sur Melody, de loin. Et d'après ce qu'ils avaient pu voir et entendre en écoutant aux portes, le plan de la sorcière était entré en action. Après maintes discussions, l'heure de rendre la jeune femme visible aux yeux de Nick venait de sonner. Et alors qu'un soir, attablés autour d'un verre, Mathias et ce dernier comparaient leurs points de vue sur l'organisation d'un premier rendez-vous, l'impensable se produisit. Bien plus que le fait de l'avoir repérée, le roi l'interpella pour lui demander son avis sur le sujet.

– Vous ne semblez pas d'accord !

– C'est un peu trop… "vieille France" ! bredouilla Melody décontenancée, tant la surprise était grande de voir le roi s'adresser à elle.

– Je devrais peut-être lui envoyer un match via un site de rencontres.

– Du calme ! C'est vous qui m'avez demandé mon avis.

– Quelle serait donc la soirée idéale pour vous ?

– Je ne sais pas.

– Tu entends ça, Mathias !

– Peut-être qu'elle n'a jamais vécu une telle soirée, intervint ce dernier.

– Je suis démasquée, vous êtes vraiment trop fort. Fidèle à votre réputation.

– Vous me connaissez donc. Pourtant vous osez me défier, s'étonna Nick.

– Vous craindre reviendrait à avoir peur de la mort, et ce n'est pas le cas.

– De quoi donc avez-vous peur alors ?

– De vivre, susurra-t-elle pour ne pas être entendue des autres clients de l'établissement.

Elle se leva et prit la direction de la sortie en oubliant son livre sur la table. Puis, se ravisant, elle rajouta : elle n'a pas besoin d'être parfaite.

– Plaît-il ?

– La soirée. Tout planifier est dangereux. Pourquoi ne pas juste profiter d'un instant de grâce et voir ce qui se passe ? Aucune attente, aucune déception. Mais peut-être que pour un mania du contrôle, c'est cela la véritable peur : le lâcher prise !

– Prends note Mathias, veux-tu ? Pour qu'une soirée soit inoubliable, il ne faut rien préparer du tout, dit-il en se positionnant juste devant elle.

– Je peux l'écrire si c'est trop difficile pour lui.

– Eh bien ! Je crois que quelqu'un veut mourir ce soir ! railla Mathias.

– Cette scène vous distrait trop pour qu'elle finisse en bain de sang. Mais revenons à nos moutons. Les gens ne sortent pas de chez eux en se disant que dans cinq minutes, ils vont tomber amoureux. L'amour ne prévient pas. Il vous surprend, vous bouscule, vous malmène parfois, mais jamais il ne s'annonce. Pourquoi donc vouloir à tout prix créer quelque chose d'irréaliste ?

– Vous avez un avantage sur moi. Vous me connaissez alors que je n'ai pas eu l'honneur de vous être présenté. Comment dois-je vous appeler ? demanda Nick.

– Comme il vous plaira. Je ne suis personne. Un esprit taquin qui disparaît juste avant qu'on ne le découvre, dit-elle en le contournant pour se diriger vers la sortie.

– Attendez ! ordonna-t-il en lui attrapant le bras.

Il avança encore d'un pas. Il se tenait à présent très près de Melody. Leurs corps se touchaient presque et l'espace d'un instant, elle se perdit dans ses yeux bleus. Il y avait comme de l'électricité entre eux et la jeune femme eut soudain l'impression de l'avoir toujours connu. Puis le téléphone portable de Nick sonna.

– Vous m'excusez un instant ?

– L'éternité si tel est votre souhait.

Elle le regarda s'éloigner un peu, avant qu'il ne lui tourne le dos. Ses yeux s'égarèrent de part et d'autre du bar, puis elle quitta la pièce à toutes jambes.

– Mathias, où est-elle ? demanda le roi une fois son appel terminé.

– Cendrillon s'est volatilisée.

– Minuit approche, elle a dû avoir peur de se transformer en citrouille, intervint Becca.

– Depuis quand es-tu là ? la questionna Nick.

– Assez longtemps pour voir qu'elle a du cran.

– Ou bien elle est suicidaire ! rétorqua Mathias.

– En tout cas, je dois admettre qu'elle a raison. Je me demande qui c'est. Je ne crois pas l'avoir déjà vue ici, mentit éhontément Becca.

– Si quelqu'un a des informations sur cette jeune femme, je serai enclin à me montrer très généreux. Personne ? dit Nick en s'adressant aux clients.

– Nous devrons donc nous contenter de l'appeler Juliette, renchérit la sœur du roi en lui tendant le livre que Melody avait laissé sur la table.

*

* *

– Qu'y a-t-il de si important pour que je doive écourter la confession de Madame Danvers ? rouspéta le Père Luc en prenant place sur un des bancs à côté de Melody.

– Il m'a vue !

– Qui ?

– Nick !

– Il t'a regardée, j'en suis fort ravi. Mais cela ne pouvait-il pas attendre ?

– Il a fait plus que me regarder mon Père. Il m'a parlé ! On était si près que je pouvais sentir son souffle sur moi…

– Épargne-moi les détails, je te prie, lui coupa-t-il la parole.

– Vous n'êtes qu'un rabat-joie.

– Que vas-tu faire à présent ? Apporteras-tu son âme à la sorcière ?

– Non ! s'indigna Melody.

– Non ? Tu sais que tu n'as aucun pouvoir sur les sentiments que peut ressentir le roi. S'il vient à tomber amoureux de toi, il est perdu.

– Cela n'arrivera pas.

– Comment peux-tu en être aussi sûre ?

– Je ferai en sorte de ne plus le croiser.

– S'il veut te retrouver, il a les moyens de le faire, et il le fera assurément.

– C'est très aimable à vous de gâcher ma soirée avec vos idées démoralisantes. Je vais me changer et sortir m'amuser.

– Melody ! l'appela-t-il alors qu'elle s'apprêtait à quitter l'église.

– Oui ?

– N'avais-tu pas un livre avec toi en partant tout à l'heure ?

– Oh non ! J'ai dû le laisser au bar ! Qu'est-ce que je vais faire ?

– Je ne saurais trop te conseiller d'aller le récupérer avant que Nick ne mette la main dessus. Le bar ferme dans une heure.

– Pourquoi si tôt ?

– Réunion à la Mairie.

– C'est peut-être mon jour de chance après tout…

*

* *

À présent toute pomponnée, voilà Melody en train d'essayer de crocheter la serrure du bar, juchée sur des talons de douze centimètres. Risible au plus haut point, vous en conviendrez. D'ailleurs, c'était le sentiment qui prédomina chez la Lux en découvrant son reflet dans la porte vitrée de l'entrée. Laborieusement, elle parvint toutefois à ouvrir la serrure et elle se dirigea prestement vers la table qu'elle occupait plus tôt dans la journée.

– C'est cela que tu cherches, demanda la voix de Nick derrière elle.

Dégoûtée de s'être fait prendre, elle se contenta donc de se diriger vers le roi pour attraper le livre, sans prononcer le moindre mot.

– Pas si vite Juliette. Je reconnais que c'est un chef-d'œuvre, je l'affectionne moi-même beaucoup. Cependant, je n'irais pas jusqu'à commettre une effraction pour le récupérer, surtout dans cette tenue.

– De la bouche de celui qui séquestre sa famille à la moindre contrariété, j'en doute fort. Pour l'effraction, bien entendu, parce que la tenue vous siérait beaucoup moins bien qu'à moi.

– J'en conviens. Qu'a-t-il de si spécial ?

– Rien. Je vous l'offre puisqu'il vous plaît autant. Ainsi, vous pourrez penser à moi quand vous en caresserez les pages, dit-elle en se détournant de lui et en regagnant la sortie.

– Tu croyais vraiment que ce serait aussi facile ? lui demanda-t-il en lui bloquant le passage.

– On passe directement au tutoiement à ce que je vois.

– On dirait bien, répondit-il en se rapprochant dangereusement de la jeune femme.

Elle se sentit soudain attirée par lui comme un aimant. Était-elle réellement en train de remplir sa mission, ou y avait-il plus que cela ? Elle fuit son regard pour reprendre ses esprits.

– Garde tes distances.

– Serait-ce une menace ?

– Un conseil. Inutile de rajouter plus de problèmes à ta liste déjà bien chargée.

– Cela ne me fait pas peur.

– Tu devrais.

– Pourquoi ? la questionna-t-il en rapprochant ses lèvres de celle de la jeune femme.

– Je suis mortelle, le coupa-t-elle dans son élan, avant de le contourner et de disparaître, en laissant Roméo sur sa faim.

*

* *

Melody tenta bien de reprendre le cours de sa soirée, mais le cœur n'y était pas vraiment. Bon nombre de touristes mâles essayèrent de l'amadouer, mais son esprit restait agrippé au souvenir des yeux de Nick et à l'attirance qu'elle ressentait pour lui. Si seulement cette sorcière ne lui avait pas jeté ce satané sort ! s'exaspérait-elle mentalement alors que non loin de là, son roi n'avait d'yeux que pour elle.

– Tu as finalement retrouvé Cendrillon, à ce que je vois, constata Mathias en rejoignant Nick.

– En effet.

– Pourquoi ne vas-tu pas lui parler ?

– Je l'ai déjà fait lorsqu'elle est revenue chercher son livre.

– Que tu as toujours en ta possession. Une explication serait de mise, mon ami.

– Elle me l'a donné.

– C'est très gentil de sa part. Elle te plaît, n'est-ce pas ?

– Il y a quelque chose de fascinant chez elle.

– Envoûtant même, renchérit Mathias.

– Dois-je comprendre que je vais devoir t'affronter en duel pour espérer gagner la chance de la courtiser ?

– Non, mon ami. Je ne suis pas de taille à lutter. Je n'avais jamais vu autant d'alchimie se dégager de deux personnes. Je ne peux que m'incliner devant cela.

– Toi, tu ne l'avais jamais vue. Moi, je ne l'avais jamais ressentie.

– Avec un peu de chance, nous célébrerons peut-être un mariage très bientôt. C'est tout le mal que je te souhaite Nick.

– Trinquons donc à cette possibilité, dit le roi en tendant un verre à Mathias sans se douter une seule seconde que ce dernier avait un coup d'avance sur lui.

12 - LE BAL DES DÉSILLUSIONS

Bien qu'elle s'était promis de rester à l'écart de Nick pour ne pas le mettre en danger, lorsque le prêtre l'avait informée que le roi donnerait une grande fête et que tout le Vieux Carré y était convié, Melody n'avait pu résister à l'envie irrépressible de voir son Nick, sans être vue. Elle avait revêtu la plus belle robe de soirée que son shopping du jour lui avait permis de dénicher. Une robe longue couleur bleue nuit, fendue sur le côté gauche et dont le bustier, ajouré en son milieu, laissait entrevoir sous la mousseline la naissance de sa poitrine. Avant de partir, elle se regarda une dernière fois dans le miroir. Elle se reconnaissait à peine. Elle était resplendissante. Et bien que ce fut son idée de vouloir assister au bal, le stress montait à mesure que la distance qui la séparait de la demeure de Nick s'amenuisait. Elle eut le souffle coupé en pénétrant dans les lieux devant tout ce déploiement de magnificence. Ne se sentant pas à son aise dans toute cette foule, elle éprouva très vite le besoin de s'isoler. Elle emprunta un grand escalier et pénétra dans la première pièce qui se présenta à elle. Elle était vide. Elle en fit le tour et s'assit devant un vieux piano. Elle se risqua à appuyer sur une touche, puis deux. Il semblait bien accordé. Elle jeta un œil autour d'elle pour s'assurer qu'aucun voyeur n'était tapi dans l'ombre. Non, personne. Elle se lança donc dans l'interprétation du morceau de Adèle : Someone Like You, en ralentissant le tempo de celui-ci, afin d'obtenir quelque chose de plus intime. Tellement absorbée par la musique, elle ne s'aperçut pas que Nick venait d'arriver, et ne put contenir un petit cri de surprise lorsque celui-ci applaudit à la fin du morceau.

– Très joli.

– Que fais-tu ici ? demanda Melody en se levant d'un bond.

– C'est ma maison. C'est plutôt à moi de poser cette question.

– Naturellement, répondit-elle gênée.

– Donc ?

– Je ne pouvais pas manquer une soirée donnée par le grand Nick.

– Pourtant, la fête se déroule en bas.

– Je ne me sens pas à l'aise dans la foule, avoua la jeune femme.

– Tu ne sembles pas l'être davantage avec moi, si j'en juge par les regards que tu jettes vers la sortie. Tu sais que je t'aurais rattrapée avant que tu n'atteignes la porte.

– Je n'en doute pas.

– Nous n'avons pas achevé notre dernière conversation.

– Vraiment ? balbutia la Lux paniquée.

– Nick, ta présence est requise dehors, intervint Eric.

– Je suis occupé.

– Je vais tenir compagnie à notre charmante invitée en attendant que tu reviennes.

– Très bien, répondit-il agacé.

– Merci, dit-elle à Eric une fois que Nick eut quitté la pièce.

– Je dois avouer que mon geste n'est pas désintéressé. Vous avez suscité ma curiosité. Accepteriez-vous de danser avec moi ?

– Volontiers, d'autant que je vais avoir besoin de votre aide.

Le frère du roi tendit son bras à Melody et l'escorta jusqu'au bal qui se tenait au rez-de-chaussée. Puis, ils commencèrent à danser.

– Puis-je connaître votre nom ?

– On m'appelle Juliette.

– Mais ce n'est pas votre véritable nom.

– C'est celui dont votre frère m'a affublée et j'avoue qu'il me plaît assez. Vous me voyez ravie de l'intérêt que vous me portez. Mais puis-je en connaître la raison ?

– Vous semblez avoir réveillé certains "sentiments" chez mon frère. J'aimerais m'assurer que vous en soyez digne.

– Absolument pas. C'est pour cela que je requiers votre aide.

– Je ne suis pas sûr de comprendre.

– Gardez-le loin de moi. Racontez-lui n'importe quoi, même les pires infamies, mais il ne doit pas m'approcher. Il a confiance en vous, il croira tout ce que vous lui raconterez.

– S'il a enfin la chance de pouvoir trouver un peu d'apaisement dans sa vie, pourquoi le lui enlèverais-je ?

– Parce que cela le tuera.

– Nous ne pouvons pas mourir.

– Je vous garantis que cela est possible.

– Comment ?

– Ce serait trop long à expliquer, mais vous devez me croire. Je ne veux pas qu'il lui arrive malheur.

– Pourquoi être venue dans ce cas ?

– Je le trouve très attachant, avoua la Lux un peu embarrassée, en détournant le regard.

– C'est très intéressant, ce n'est pas l'adjectif le plus utilisé pour décrire mon frère. Les plus courants étant…

– Cruel, vindicatif, paranoïaque ! le coupa Nick.

– Ces traits de caractère peuvent être utiles dans certains cas, déclara Melody.

– Tu peux disposer, je prends le relais, dit-il en récupérant la main de la jeune femme et en positionnant l'autre dans son dos pour entamer la prochaine danse. "Je vais commencer à croire que tu as jeté ton dévolu sur mon frère."

– Plaît-il ? fit la Lux mal à l'aise.

– Tu étais plus loquace avec lui.

– Dois-je comprendre que tu écoutais aux portes ?

– Cela se pourrait bien. Non, pas cette fois-ci ! dit-il en resserrant son emprise pour l'empêcher de fuir.

– Arrête ! Tu dois rester loin de moi !

– Je doute que tu veuilles faire un esclandre ici. Détends-toi et profite d'un moment de grâce.

– Tu utilises mes répliques contre moi, c'est totalement déloyal, répondit-elle sans pouvoir réprimer un sourire.

– Encore un de mes traits de caractère.

– J'en doute. La loyauté, la famille et la soif de pouvoir sont les fondements de ta personnalité.

– Tu sembles en savoir long sur moi, alors que de mon côté, je peine à entrevoir qui tu es, et ce à quoi tu aspires.

– C'est mieux ainsi, le prévint la jeune femme en le laissant coller sa joue contre la sienne.

– Tu es resplendissante, chuchota-t-il à son oreille.

– Merci, répondit-elle en frissonnant légèrement.

Au fil de la musique, la bouche du roi vint effleurer sa joue, puis la commissure de ses lèvres. Beaucoup de choses se bousculèrent dans sa tête :

son attirance pour Nick, la menace qui pesait sur la tête du roi s'il venait à tomber amoureux d'elle. Elle le laissa tout de même frôler ses lèvres avec les siennes quelques secondes avant de reprendre le contrôle.

– Non, susurra-t-elle.

– Pourquoi ?

– Tu en mourras.

– Je ne peux pas mourir.

– Il y a différentes manières de mourir.

– Et je crois les avoir toutes déjà expérimentées sur mes ennemis.

– Pas celle-ci. C'est la pire de toutes, expliqua Melody en s'extirpant de ses bras et en gagnant la rue au pas de course, suivie de Nick et Eric.

– Restez où vous êtes ! Elle va sentir votre présence.

– Qui ? demanda Eric.

– Je n'ai plus le temps de vous expliquer. Je sens que je suis en train de partir. Ne vous approchez pas de moi, dit-elle en partant en courant vers l'église. Heureusement pour elle que le roi vive tout près de ce bâtiment, parce que vous vous imaginez bien que courir un marathon en robe de soirée et des talons de douze centimètres, c'était peut-être très glamour à la télévision, mais dans la vraie vie, c'était une tout autre affaire. Elle atteignit la première l'édifice et appela désespérément le prêtre.

– Qui a-t-il ? s'inquiéta-t-il.

– Je vais repartir, mais ils arrivent. Empêchez-les de me toucher mon Père, s'il vous plaît !

– Vous ne devez pas rester ici, dit ce dernier aux deux frères en se plaçant devant la jeune femme de manière défensive.

– Je ne reçois d'ordre de personne, aboya Nick.

– Pour votre sécurité, il serait judicieux de vous en aller.

– Hors de question, nous requérons des réponses. Vous semblez connaître cette personne, intervint Eric.

– C'est trop tard, mon Père. Retenez-moi je vous prie, l'intima la Lux avant que son âme ne déserte son corps et que celui-ci ne s'effondre devant l'autel en irradiant d'une lumière blanche.

– Mais que se passe-t-il, mon Père ? s'inquiéta Nick.

– Chut ! Elle va vous entendre.

– Qui ?

– Pas maintenant ! Cela ne devrait pas durer trop longtemps.

– Nick, écoutons-le. Il semble au fait de la situation.

– Comme tu voudras, mon frère.

Au bout de dix longues minutes, Melody n'était toujours pas revenue à elle.

– Je croyais que cela ne devait pas durer longtemps ? s'impatienta Nick qui ne comprenait rien de ce qui arrivait.

– Il y a quelque chose de différent cette fois-ci. Qu'avez-vous fait ce soir ?

– Rien, nous avons juste dansé.

– Est-ce du sang qui coule de ses poignets ? s'inquiéta Eric.

– Cela s'est-il déjà produit auparavant ? renchérit Nick.

– Non. J'ai peur qu'elle n'ait senti votre présence. Je ne sais pas encore très bien comment cela fonctionne de l'autre côté.

– L'autre côté ? le questionna Eric.

– Elle est en train de se vider de son sang. Je vais la soigner.

– Pas avant qu'elle ne soit revenue.

– Et si elle meurt avant ?

– C'est que Dieu l'aura décidé ainsi.

– Vous délirez, mon Père, rétorqua Nick en s'avançant vers eux.

– Arrêtez-le !

– Nick, non ! Attendons encore un peu, le stoppa Eric.

– Je ne la laisserai pas mourir.

– Vous ne la connaissez même pas ! Pourquoi vous mettre en danger ainsi ?

– Je crains fort que Juliette ait touché son cœur, mon Père.

– Il ne faut pas ! Portez votre dévolu sur quelqu'un d'autre.

– Et si c'était impossible ? demanda Nick.

– Alors vous êtes mort.

– Je ne peux pas mourir.

– Aimez-la, et je vous garantis que vous ne serez plus parmi nous bien longtemps.

– Mensonge ! Cela suffit ! Je vais la ramener.

– Non !

– Elle sait tout, dit Melody en revenant à elle.

– Que s'est-il passé ? s'enquit le prêtre.

– Je ne veux pas y retourner, mon Père. Faites quelque chose ! le supplia-t-elle.

– Hélas, tu as été choisie. Personne ne saurait défaire cela.

– Alors moi je le ferai, répondit la Lux en se relevant. Restez où vous êtes !

– Tu as perdu beaucoup de sang, tu vas mourir si on ne te soigne pas, l’avertit Nick.

– C'est l'idée.

– Tu n'as pas le droit de faire cela.

– Je ne vais pas me gêner.

– Le suicide est interdit. Il y aura des conséquences, lui rappela le prêtre.

– Et après ? À chaque voyage, je meurs un peu plus de toute façon. Ils enverront quelqu'un d'autre.

– Je ne te laisserai pas faire, rétorqua le prêtre en lui assénant un coup de poing qui la mit KO.

– Vous avez perdu la tête ? s'indigna Eric.

– Pour rester dans cette ville infestée de créatures surnaturelles, la réponse est forcément oui.

– Laissez-moi l'aider, s'il vous plaît ! le supplia Nick.

– Pas vous.

– Je m’en charge, dit Eric en la déposant sur l’autel et en la guérissant.

– Pourquoi lui ?

– Ce n'est pas à moi de vous l'expliquer.

– Mais Juliette est temporairement dans l'incapacité de le faire.

– Vous avez sûrement entendu parler de personnes ayant frôlé la mort et qui, à leur retour, racontent avoir vu une lumière.

– Fadaises.

– Je pensais comme vous avant de la rencontrer. Puis, j'ai fait des recherches. Très peu de textes parlent de ces êtres mystiques. Il semblerait qu'on les nomme les Lux. Ils sont choisis pour aider l'âme des personnes décédées prématurément de mort surnaturelle à trouver leur chemin vers l'au-delà.

– Choisis par qui ? Et ne me répondez pas : Dieu, le questionna Nick.

– Je ne sais pas.

– Elle semblait terrifiée à l'idée d'y retourner. Pourquoi ? Qu'y a-t-il là-bas ? Est-ce douloureux ?

– Il lui est interdit de parler de ce qu'elle voit de l'autre côté.

– Sinon quoi ? demanda Eric.

– Cette indiscrétion ne serait pas sans conséquences. Mais il vaut mieux qu'elle vous raconte cette partie de l'histoire. Cependant, chaque fois qu'elle aide une âme à trouver sa place, une infime part de la sienne lui est ôtée.

– C'est une mauvaise blague, mon Père ? commença à s'énerver Nick.

– Absolument pas. J'ai essayé de comprendre et de trouver un moyen de la délivrer de ce fardeau, mais j'ai échoué.

– Elle a dit qu'elle allait mourir de toute manière. Pouvez-vous nous expliquer de quoi il retourne ?

– Une fois toute son âme perdue, la lumière s'éteint pour qu'une autre puisse prendre sa place.

– Combien de temps lui reste-t-il ?

– Difficile à dire.

– Je vous saurais gré d'essayer, insista Eric.

– Quelques semaines, peut-être deux ou trois mois. Dès qu'elles ont été appelées, les Lux ne vivent généralement pas plus d'un an.

– Je refuse que cela se produise.

– Vous ne pourrez rien faire pour l'en empêcher.

– Et quel est le rapport avec nous ?

– Avec Nick uniquement, rectifia Melody en reprenant conscience et en s'asseyant sur l'autel, avant de poursuivre : "Un jour, je fus appelée pour faire passer une sorcière. Elle a commencé à me raconter son histoire. Il n'y avait rien d'anormal là-dedans, cela aide les âmes de se livrer. Alors, je l'ai écoutée. Elle a voulu me connaître un peu, m'a posé quelques questions anodines en apparence auxquelles j'ai répondu volontiers. Ensuite, je l'ai laissée attendre que sa porte s'ouvre et j'ai repris possession de mon corps. Mais lorsque je suis revenue avec un nouveau passager, elle m'attendait avec l'âme de mon père. Je ne sais pas comment c’est possible, mais elle a conservé ses pouvoirs, ou une partie du moins."

– Elle te fait chanter pour que tu la ramènes avec toi, supposa Nick.

– Je n'en ai pas le pouvoir et elle le sait.

– Que veut-elle dans ce cas ? s’étonna-t-il.

– Elle souhaite que je me rapproche de toi afin que tu tombes amoureux de moi. De ce fait, le sort qu'elle m’a jeté opérera et ton âme sera propulsée de l'autre côté, où elle sera à la merci de la sorcière.

– Que gagnerez-vous à faire ceci ? la questionna Eric.

– Théoriquement, elle ramènera l’âme de mon père au paradis, d’où elle l'a arrachée.

– Pourtant, tu ne sembles pas vouloir coopérer, dit le roi.

– Sa parole n'a aucune valeur. Cela fait un moment que je vous observe, et pour être honnête, au début, je me suis dit : après tout, s'il est vraiment le monstre que l'on prétend, ce n'est pas si grave.

– Mais tu as changé d'avis, comprit Nick.

– Pour autant, vous vous êtes immiscée dans notre vie, intervint Eric.

– Telle n'était pas mon intention. Mais je suis curieuse et je voulais savoir si ce que l'on racontait sur votre frère était vrai. Et…

– Vous l'avez trouvé attachant.

– Oui.

– Menteuse ! cria Nick.

– Je te jure que je dis la vérité. J'ai fouillé le pays à la recherche d'une sorcière pouvant annuler le sort, en vain.

– Je peux vous le confirmer. J'ai moi-même fait appel à mes connaissances pour l'aider en ce sens, dit le prêtre.

– Décidément, les sorcières nous gâcheront toujours la vie, pesta Nick.

– Pourquoi être revenue dans le Vieux Carré ?

– Je vais mourir bientôt et c'est ici que je me sens le mieux. Et puis, vous m'avez bien regardée ? Combien de chances y avait-il pour qu'il me remarque et développe des sentiments pour moi ! Il ne risque pas grand-chose.

– Vous vous sous-estimez beaucoup trop Chère Juliette.

– Vous n'avez qu'à rentrer chez vous et oublier que j'existe.

– Ce sang, est-ce une punition de la sorcière ? demanda Eric.

– Oui. Elle s'impatiente. Et comme elle vous a entendus parler, elle a su que je ne lui avais pas été dévouée.

– Donc elle va continuer à vous blesser jusqu'à ce que la mission soit achevée, supputa le frère du roi.

– Peu importe. Le temps m'est compté de toute manière. Mais je refuse de faire du tort à votre famille d'une quelconque manière que ce soit. Ce qui m'inquiète, c'est qu'elle n'envoie d'autres Lux.

– Quelles raisons pourraient pousser cette sorcière à vouloir la mort de mon frère ?

– Elle n'en a rien dit, mentit la jeune femme.

– La connaissons-nous ? continua-t-il son interrogatoire.

– J'en ai déjà trop dit. Je suis désolée, mais j'aimerais éviter qu'elle ne me torture davantage.

– Nous vous protégerons, tenta de la rassurer Eric.

– Vous n'en avez pas la capacité.

– Comment pourrions-nous la mettre hors d'état de nuire si nous ignorons qui elle est ? s'exaspéra Nick.

– Vous ne possédez pas un tel pouvoir. Je vous ai prévenus, maintenant, je vais rentrer me coucher.

– Ne vas-tu pas nous aider ? la questionna le roi.

– C'est précisément ce que je fais, en m'éloignant.

– En quoi fuir améliorera-t-il la situation ? monta-t-il en pression lentement.

– Tu préférerais que je lui apporte ton âme ? Je doute qu'elle soit de taille à l'anéantir.

– Ne me sous-estime pas.

– Tu n'as que deux choix : soit tu succombes à une Lux et tu meurs, du moins physiquement parlant, soit tu fuiras toutes les femmes qui oseront te porter de l'intérêt de peur que ce soit l'une d'elles, et dans ce cas, tu vivras une vie solitaire et sans amour. Elle gagne de toute façon. Mais je refuse d'être celle qui l'y aura aidée, clama Melody en descendant de l'autel.

– Je me débrouillerai tout seul alors, répondit Nick en sortant de l'église furibond.

– Mieux vaut ne pas le laisser seul, fit remarquer le prêtre. Dans cet état, il pourrait provoquer un massacre.

– Vous avez raison. Je vous remercie d'avoir dénoncé le complot auquel vous êtes impliquée bien malgré vous. Soyez assurée que je vais chercher un moyen de vous délivrer tous les deux de l'emprise de cette sorcière, déclara Eric.

– Comment as-tu osé mentir dans mon église ? pesta le prêtre une fois le dernier frère hors du bâtiment.

– Mais comment être sûre qu'il s'agisse réellement de leur mère ? Tout ce que je sais, je le tiens de sa bouche. Quel crédit peut-on réellement accorder à ses propos ?

– Si je dénichais une photo d'elle, pourrais-tu l'identifier ?

– Peut-être, si elle ne se sert pas de sa magie pour se déguiser. L'idéal serait de trouver une anecdote que seul sa famille et elle connaissent.

– Je vais faire de mon mieux pour te dégoter cela, mais après, tu devras lui dire la vérité. Tu n'es pas sans ignorer à quel point l'honnêteté et la franchise sont importantes pour lui. Pourrais-tu passer de l'autre côté en sachant qu'il te voue une haine incommensurable pour lui avoir caché cette information ?

– J'ai bien peur que mes aveux arrivent trop tard. Il ne saurait comprendre mon hésitation et décidera peut-être de m'aider à rejoindre le royaume des morts plus rapidement que prévu, dit Melody en quittant également l'église.

13 - ROMÉO ET JULIETTE

Malgré les espions qu'il avait mis sur la piste de sa Juliette, Nick avait été incapable de trouver l'endroit où elle vivait. Bien entendu, il ne lui était pas venu une seconde à l'idée que Becca et Mathias puissent le rencarder sur le sujet. Quant à ces derniers, ils se bornaient à jouer les ignorants en faisant croire qu'ils ne connaissaient pas Melody, priant de toutes leurs forces pour que leur secret ne soit jamais découvert. Car ni l'un, ni l'autre n'était prêt à répondre de leurs actes devant le roi. Si nous étions dans Alice au pays des merveilles, ils perdraient assurément la tête. Mais ici, le châtiment pourrait s'avérer bien plus pénible encore.

Pour retrouver sa Juliette, Nick eut donc recours au Père Luc, qui accepta sans même réfléchir de prêter main forte à celui dont il voulait la mort de manière viscérale. Il téléphona à la jeune femme et lui pria de venir le rejoindre à l'église. Un quart d'heure plus tard, Melody débarquait et se faisait embarquer plus ou moins de force dans la voiture du roi.

– Vas-tu continuer à me faire la tête encore longtemps ? brisa-t-il enfin le silence.

– Toute la vie.

– La tienne ou la mienne ?

– Tu es hilarant aujourd'hui !

– Je me suis légèrement emporté et je sollicite ton pardon.

– Refusé.

– Plaît-il ?

– Ce serait trop facile. Je me suis mise en danger pour toi. J'ai même condamné l'âme de mon père. Et toi, non seulement tu en demandes plus, mais surtout, tu n'écoutes en rien mes mises en garde.

– Je les ai entendues.

– Pourtant, je me retrouve coincée dans une voiture en pleine canicule, avec toi. Pourquoi ? Où allons-nous ?

– Tu le sauras en temps voulu, impatiente Juliette.

– Mon impatience est à la hauteur de l'arrogance de Roméo.

– Arrogant ? Ne me trouvais-tu pas attachant ?

– Hier, peut-être bien.

– Juliette serait-elle inconstante ? la taquina-t-il.

– La lune est inconstante. Mais Roméo, lui, est un abruti. Arrête la voiture !

– Pardon ?

– Arrête la voiture ! cria soudain Melody.

– Peux-tu m'expliquer ce qui te prend ?

– Pourquoi fais-tu ça ? demanda-t-elle en bondissant hors du véhicule.

– C'est moi qui pose les questions.

– Pas aujourd'hui.

– Je n'ai pas coutume de me plier aux exigences de qui que ce soit, je ne vais pas commencer maintenant.

– Je suis perdue, insista la jeune femme.

– Ta compagnie est rafraîchissante. Je refuse de m'en priver.

– Même si cela doit te coûter la vie ?

– Je ferai en sorte que cela n'arrive pas.

– Comment ?

– Nous avons rendez-vous avec une puissante sorcière. Peut-être pourra-t-elle éviter une fin tragique pour Juliette et son Roméo ? Veux-tu remonter dans la voiture à présent?

– Non.

– Je ne saurais trop te rappeler que la patience ne fait pas partie de mes qualités.

– Je ne peux pas remonter dans la voiture.

– Pourquoi ?

– Il y a une affreuse bestiole sur mon siège.

– C'est donc cela. Cet insecte semble te terrifier bien plus que la sorcière de l'autre monde.

– Que la mort elle-même. Enlève-la, s'il te plaît !

– Qu'aurais-je à y gagner ?

– Tout ce que tu voudras.

– Tu devras tenir tes engagements, dit le roi en attrapant la bête avec sa main.

– Je te le jure, mais ne t'approche pas de moi avec cette immonde créature, cria la Lux en s'éloignant en courant.

– Tu peux réintégrer le véhicule.

– Il y en a peut-être d'autres.

– Es-tu sérieuse ?

– Chacun compose avec ses peurs, essaya-t-elle de se défendre.

– Aucun insecte à l'horizon, la rassura-t-il après avoir inspecté la voiture toute entière.

– Merci, répondit Melody en reprenant sa place sur le siège passager et le laissant refermer la portière derrière elle.

Nick ne s'était pas imaginé que Juliette soit aussi têtue. Une vraie cabocharde, pensait-il. Le reste du trajet se passa donc dans un silence d'outre-tombe. Mais il ne s'avouait pas vaincu pour autant. Il appréciait Melody et comptait bien tout mettre en œuvre pour avoir la chance de la découvrir davantage.

– Veux-tu te presser un peu ? commença-t-il à râler en arrivant dans le Bayou.

– Pourquoi n'irais-tu pas seul ? Je ne suis d'aucune utilité.

– Effectivement, mais il me plaît de te torturer.

– Qu'y a-t-il ?

– Ne panique pas, mais tu as une bête dans les cheveux.

– C'est quoi ? Enlève-la moi !

– Non.

– Tu ne vas pas me laisser avec un monstre sur la tête ?

– Elle est très grosse, je ne tiens pas vraiment à mettre mes mains dessus.

– En tant qu'être immortel, que veux-tu qu'elle te fasse ? T'arracher un bras ?

– Tu n'as pas été très gentille avec moi aujourd'hui.

– S'il te plaît, Nick, le supplia la Lux en commençant à perdre le contrôle de mes émotions.

– Excuse-toi, et je reconsidérerai ta demande d'aide.

– Je te demande pardon, chuchota Melody les larmes aux yeux.

– Cela sonne faux.

– Nick, je t'en prie. Aide-moi !

– Tu n'as nul besoin de mon concours.

– Pourquoi ? Est-elle partie ?

– Elle n'a jamais existé.

– Mais c'est ignoble ! s'offusqua la jeune femme.

– Presse le pas veux-tu.

– Non. Je vais attendre dans la voiture.

– J'en doute, ricana-t-il en pointant son doigt vers un gros insecte de nature non identifié qui venait de se poser sur la portière côté passager.

– OK, je viens, changea-t-elle d'avis.

– Totalement prévisible.

– Pourquoi avoir choisi de rencontrer la sorcière ici ? Saloperie de bestiole ! cria-t-elle en essayant d'esquiver une énorme libellule et se blottissant inconsciemment dans les bras du roi.

– Pour le plaisir de te sentir te coller contre moi.

Embarrassée, Melody mit de la distance entre elle et le roi. Puis ils entrèrent dans la cabane où la sorcière les attendait déjà. Là, Juliette lui fit un rapide exposé de la situation, ce à quoi la sorcière répondit qu'elle ne détenait pas les pouvoirs nécessaires pour rompre un tel maléfice. Seule son instigatrice pourrait le défaire.

– Je te l'avais bien dit, j'ai vu des dizaines de sorcières qui m'ont toutes répondu la même chose, râla la Lux à l'idée de s'être déplacée jusqu'ici pour rien.

– Je tenais à l'entendre de mes propres oreilles.

– Pourquoi ? Penses-tu que je te mente ?

– Je n'ai rien dit de tel.

– Vraiment ?

– Il n'est pas temps de laisser s'exprimer ta susceptibilité. Nous avons un sortilège à briser.

– Elle vient de te dire que c'est impossible.

– Rien ne l'est. Il nous faudra juste trouver quelqu'un de plus puissant.

– Tu perds ton temps. Lâche l'affaire. Il est inconcevable que tu développes des sentiments pour une fille comme moi, donc tu ne risques rien. Passe ton chemin.

– Et si j'avais attendu toute ma vie de ressentir enfin ces sentiments ? Si tel était le cas, devrais-je y renoncer ?

– Sans le moindre doute, rétorqua Melody avant de remarquer qu'un insecte montait le long de sa jambe et de plonger dans les bras de Nick en faisant tomber la dite bestiole au passage.

– Je m'y refuse, susurra-t-il à son oreille.

– Désolée. Peut-on y aller à présent ? demanda la jeune femme stressée par cette faune effrayante.

– Après toi.

– Non, attends ! Te serait-il possible de faire le tour de la voiture, juste au cas où ?

– Si c'est là le seul moyen pour que Juliette accepte de monter dans le carrosse, Roméo y consent, fit-il en sortant de la pièce.

– J'ai une question, se hâta-t-elle de dire à la sorcière.

– Je t'écoute.

– Comment être sûre que les sentiments qu'il serait susceptible de ressentir à mon égard ne résulteraient pas d'un enchantement ?

– Donne-moi ta main. Je vais prélever un peu de ton sang avec cette aiguille. Ne bouge pas.

– Aïe.

– Si des sentiments devaient naître, ils ne viendraient que de lui. Mais ce que je vois est bien plus grave pour toi. Tu dois lui avouer le nom de la sorcière qui veut sa perte. Fais-le vite avant que tu ne perdes sa confiance.

– Comment peux-tu être sûre qu'il s'agisse bien de sa mère ?

– C'est un truc de sorcière, une signature énergétique en quelque sorte.

– Si tu as raison, c'est pire que ce que j'avais imaginé. On est tous morts.

– Dépêche-toi de passer aux aveux avant qu'un autre s'en charge. Il n'est pas homme à se coucher devant la trahison.

– Mais qu'est-ce que vous avez tous à répéter ça ? Ce n'est pas un monstre. Et puis, j'attendais juste d'être certaine de mes informations avant de les lui livrer.

– C'est chose faite.

– Génial. Je fais comment, moi ? Je l'invite au restaurant, et entre le fromage et le dessert, je lui lance "au fait, la sorcière qui veut ta peau, c'est ta mère. Désolée de ne pas te l'avoir dit dans l'église, mais j'espérais de tout mon cœur me tromper. Tu ne m'en veux pas j'espère ?"

– Dis comme ça…

– Tu n'aurais pas, à tout hasard, un sort de protection à me filer pour éviter qu'il ne m'étouffe avec le gâteau que j'aurai commandé ?

– Tu n'as pas besoin de moi pour ça, tu n'as qu'à te servir de tes pouvoirs.

– De quels pouvoirs parles-tu ? demanda le roi qui venait de les rejoindre.

– Ne me regarde pas de cette manière, je n'ai aucune idée de ce à quoi elle fait allusion. Es-tu sûr qu'elle est douée dans son domaine ?

– Comment peux-tu l'ignorer ? s'étonna la sorcière. Tu es une Lux, tu en as forcément, sinon comment pourrais-tu passer de l'autre côté ?

– Je ne me suis jamais posé la question. Une porte s'ouvre, je la franchis. Voilà tout.

– Es-tu en train de dire que c'est Juliette qui l'ouvre ?

– Absolument.

– Non, tu dois te tromper. Le prêtre a fait des recherches, il m'en aurait parlé, réfuta-t-elle cette hypothèse.

– À moins qu'il se méfie de ce que tu ferais de ta magie, renchérit Nick. Je crois qu'une conversation avec lui s'impose.

– Évite de le tuer, lui suggéra la sorcière.

– Il ne lui fera aucun mal.

– Crois-tu ? demanda Nick.

– Je le sais.

– Je vais faire des recherches sur les Lux et leurs capacités, mais je ne vous garantis pas de trouver quelque chose d'utile. Leur existence a toujours été tenue secrète.

Sur ces mots, Roméo et Juliette regagnèrent la voiture. Ne tenant plus face au silence qui s'était installé entre les deux tourtereaux, Nick décida de faire halte dans un restaurant.

– Tu es bien silencieuse. Dois-je en conclure que tu es toujours fâchée ? demanda Nick une fois assis à table.

– Il faut que je te parle d'un truc.

– Si j'en juge par ton expression, cela ne va pas être plaisant à entendre. Il est donc préférable de différer cette discussion à plus tard.

– C'est très important.

– Pas maintenant. J'ai envie de profiter de ce moment. Pas toi ?

– Si…

– Alors mangeons.

– Crois-tu que ce soit vraiment moi qui ouvre la porte vers l'autre monde ?

– C'est possible.

– Mais comment ? J'ai plutôt le sentiment d'être happée par l'autre côté.

– Je suppose que le prêtre saura nous l'expliquer.

– Peut-être n'en a-t-il pas le droit. Révéler l'existence de ce qui se passe là-bas, c'est s'exposer à de pénibles conséquences.

– Mais le prêtre est au courant.

– C'est un homme d'Église, cela doit être différent.

– Et nous ?

– Aucune idée. Peut-être que la sentence ne tardera pas à tomber. Ou bien, vous êtes intouchables.

– Je penche plutôt pour la deuxième hypothèse, sinon la sorcière n'aurait pas eu besoin de jeter ce stupide maléfice. Elle aurait juste fait en sorte que je te vois t'illuminer.

– Ou peut-être l'ignore-t-elle ?

– Assez parlés des sorcières pour aujourd'hui. J'ai envie de penser à des choses agréables pour une fois.

– Comme quoi ? demanda Melody alors que la serveuse débarrassait leurs assiettes et s'apprêtait à servir le dessert.

– À nous.

– Ne fais pas ça ! Il ne peut pas y avoir de nous !

– C'est ennuyeux parce qu'il me semble que c'est déjà le cas. Ne sommes-nous pas en train de dîner en tête-à-tête, dans un restaurant des plus romantiques de la Nouvelle-Orléans ?

– Non…

– Non ?

– Si, en effet, reconnut la jeune femme, même si elle avait l'impression d'avoir été piégée.

– Je voulais te remercier.

– De quoi ? demanda-t-elle très étonnée.

– De la confiance que tu me portes. Tout le monde, ma famille la première, ne me voit plus que comme un monstre. Mais malgré tout ce que j'ai pu faire d'horrible, tu n'envisages pas immédiatement le pire.

– J'ai compris ta manière de fonctionner et je l'accepte. Je ne dirais pas que je l'approuve toujours, mais elle a souvent montré son efficacité.

– Cela veut-il dire que tu ne serais pas prête à me soutenir dans chacun de mes choix ?

– Je n'ai pas besoin de les approuver pour me montrer solidaire. S'il existe quelqu'un sur cette terre en qui je pourrais faire preuve de dévotion, c'est bien toi. Mais je doute que tu en aies besoin, tu as ta famille et tes amis.

– Tu te trompes. Pendant des siècles, j'ai recherché en vain auprès de mes frères et sœurs ce que tu es prête à me donner en quelques jours à peine, dit-il en entrelaçant ses doigts à ceux de sa Juliette.

– Ne les condamne pas trop vite, je n'ai pour l'instant pas eu l'occasion de subir ton courroux.

– Et tu n'auras jamais à l'affronter.

Le cœur de Melody battait la chamade. Elle ne savait pas quoi répondre. Culpabilisant du terrible secret qu'elle dissimulait.

– Juliette ?

– Je suis désolée, Nick, bredouilla-t-elle mal à l'aise avant de sortir en courant du restaurant.

– Qu'y a-t-il ? C'est à cause de la menace qui plane au-dessus de ma tête ? demanda Nick en rattrapant Melody dans la ruelle derrière le restaurant et en lui attrapant le bras pour la forcer à s'arrêter.

– Je voulais te le dire tout à l'heure mais tu n'as pas voulu m'écouter.

– Parce que ce n'était pas important.

– Au contraire. Je t'ai menti l'autre jour et je le regrette. Mais je ne peux plus garder ça pour moi. Je connais l'identité de la sorcière qui te veut du mal. C'est…

– Ma mère, lui coupa-t-il la parole.

– Comment le sais-tu ?

– Je m'en suis douté à l'instant même où tu as parlé de sorcière. Je suis d'ailleurs très étonné que mon frère n'y ait pas pensé.

– Alors tout ce que tu viens de dire, c'était juste pour voir si j'allais cracher le morceau ?

– Non. Je pensais chaque mot que j'ai prononcé. J'étais certain de ta loyauté, je savais que tu passerais aux aveux. Mais là, j'avais juste envie de profiter de ce moment en ta compagnie.

– Ne m'en veux-tu pas ?

– Si, peut-être un peu. Mais j'ai plus envie de faire ceci que de te punir, dit-il en l'embrassant tendrement.

Après avoir terminé de dîner, Nick, en parfait gentleman, raccompagna sa Juliette chez elle. Il l'escorta jusqu'à sa porte et déposa un chaste baiser sur ses lèvres. Puis il disparut sans tenter d'aller plus loin dans leur relation, laissant Melody un brin fébrile. Bien qu'elle appréciait son comportement, elle ne pouvait s'empêcher de ressentir une légère frustration. Mais je vous rassure, rien qui ne saurait ternir le bonheur immense qui inondait son cœur et la faisait se sentir enfin vivante. C'est donc le sourire aux lèvres qu'elle s'endormit cette nuit-là. Une nuit qui serait, pour une fois, exempte de cauchemars.

14 - CROIRE EN L'AMOUR

– Tu rentres tôt Nick. Doit-on en conclure que ton charme n'opère pas sur Juliette ? l'interrogea Becca qui se trouvait confortablement installée sur le canapé du salon avec Eric.

– Ce sourire me porte à croire que tu te fourvoies sur la situation, renchérit Eric.

– Laisse-la. Elle ignore ce que c'est que d'être respectée par un homme.

– Je te demande pardon ?

– Je n'ai aucune envie de la faire fuir en me montrant trop pressant.

– Ce n'est pas une enfant, Nick. Je ne risquerais rien à mettre ma main à couper en disant qu'elle n'est plus vierge, railla Becca. Qui a-t-il ?

– On dirait que l'idée qu'un autre homme ait pu poser ses mains sur Juliette l'indispose.

– Effectivement. Et si je croise la route de l'un d'eux, je l'enverrai rejoindre le monde des morts. Tiens, Mathias ! Joins-toi donc à nous !

– Désolé, je ne voulais pas interrompre une réunion de famille.

– Tu es mon ami, tu ne me déranges jamais.

– Il y a une affaire qui requiert ton attention, sur les docks.

– Je vous abandonne, le devoir m'appelle !

– Il y avait fort longtemps que je ne l'avais vu d'humeur aussi légère, s'enthousiasma Eric.

– Effectivement, déclara Becca en lançant un regard inquiet à Mathias, terrifiée à l'idée de ce qui pourrait survenir à ce dernier si le roi venait à avoir connaissance du faux pas de son ami.

– Tu ne sembles pas enchantée par cette histoire d'amour. Te méfies-tu de Juliette ?

– Plutôt de la sorcière.

– Tant qu'il ne tombe pas amoureux, il ne risque pas grand-chose.

– Comment pourrait-il ne pas succomber ? Juliette représente tout ce qu'il a toujours désiré.

– Tu ne l'as aperçue qu'une seule fois, pourtant on dirait qu'elle t'a fait une très bonne impression. Je pensais au contraire que tu la verrais comme une rivale. N'as-tu pas peur qu'elle te prive de l'amour de notre frère ?

– Aucunement. Je ne souhaite que son bonheur. Mais s'il l'obtient…

– Ne t'inquiète pas, Becca, je vais trouver une solution, la rassura Eric en déposant un baiser sur son front avant de rejoindre sa chambre.

*

* *

– Des fleurs ! Sérieusement ? railla Becca lorsque Nick débarqua au petit déjeuner avec un bouquet à la main.

– Tu désapprouves.

– N'as-tu pas peur que Juliette trouve cette attention trop "vieille France" ? continua-t-elle à se moquer.

– Très drôle.

– J'ai peur que notre sœur ne soit tombée que sur des goujats. Elle semble ignorer ce qu'est un gentleman, soupira Eric.

– Tu ne diras pas que je ne t'avais pas prévenu.

– Je prends le risque.

– Tu as entièrement raison. Fais-lui mes amitiés.

– Tu pourras le faire toi-même car je compte la convier à déjeuner avec nous.

– Excellent ! s'enthousiasma Eric.

– Seras-tu des nôtres, Becca ?

– Je ne manquerai cela pour rien au monde, répondit cette dernière, faussement enjouée.

Un mystérieux message de Nick réveilla Melody. Et voilà qu'après s'être préparée en vitesse et être sortie attendre le roi devant chez elle, un sentiment de culpabilité commença à émerger au fond d'elle. La Lux aimait beaucoup Nick. Vraiment, vraiment beaucoup. Peut-être trop pour jouer ainsi avec le feu et le laisser risquer sa vie. Il fallait qu'elle le protège, même si pour cela, elle devait disparaître de sa mémoire. Elle n'eut pas à réfléchir longtemps, cette solution s'imposa d'elle-même. Elle attendit que le roi parte régler l'addition de leur petit déjeuner pour fouiller dans son téléphone portable et se transférer ce qu'elle pensait être le numéro de téléphone de la sorcière qu'ils avaient vue dans le Bayou. Melody prétexta ensuite devoir aller faire un petit tour aux toilettes, et une fois sûre d'être seule, elle se pressa de mettre son plan à exécution. Hélas, la sorcière l'informa que seul un membre de la famille du roi pourrait l'effacer de la mémoire de ce dernier. Mais l'un d'entre eux accepterait-il de lui rendre ce service ? Elle en doutait fortement. Pourtant, elle était bien décidée à tenter sa chance et ce déjeuner, bien que très stressant au demeurant, lui offrait la possibilité de rentrer en contact avec Eric. Il lui avait semblé bienveillant. Et à défaut de donner une suite favorable à sa demande, Melody ne doutait pas qu'il comprendrait sa démarche.

Il était encore tôt quand Nick et Juliette, comme il aimait la nommer, arrivèrent à la maison du roi. Il lui fit faire le tour du propriétaire, puis ils s'installèrent sur le canapé du salon. Nick semblait avoir beaucoup de mal à réfréner le désir qu'il éprouvait pour la jeune femme. Melody quant à elle, de plus en plus tiraillée entre ses sentiments et son attirance de mettre le roi hors de danger, redoutait de se retrouver seule avec lui. Heureusement, Eric finit par faire son entrée, accompagné de Mathias. Lorsque celui-ci lui prit la main et déposa un baiser dessus en guise de salut, Melody ressentit comme un malaise. Cependant, elle se trouvait bien en peine de pouvoir l'expliquer. Alors elle mit cela sur le compte du stress que lui provoquait ce déjeuner et finit par ne plus y prêter attention.

Eric avait perçu le trouble de la jeune femme, mais prit sur lui de ne pas lui en faire part. Il préférait, dans un premier temps, se faire sa propre opinion sur la personne de la Lux. Elle était certes charmante et dévouée, seulement un petit détail le dérangeait. Et à l'instar de Melody qui attendait de ce déjeuner un moyen de requérir de l'aide pour sauver son roi, Eric espérait que ce dernier lui permettrait de lever les doutes qui planaient sur la personne de Juliette. Et alors que Mathias et Nick se retirèrent quelques instants pour discuter de nouveaux problèmes dans la gestion du Vieux Carré, il fut fort surpris lorsque Melody lui demanda de bien vouloir l'effacer de la mémoire de son frère. Son plaidoyer était très convaincant et parut des plus sincères. Il s'apprêtait donc à accepter d'accomplir cette tâche lorsque Nick débarqua furibond, criant au scandale.

– Tu disais que tu me soutiendrais toujours même si tu désapprouvais mes choix, et je te trouve en train de comploter contre moi ! s'insurgea-t-il.

– J'essaie de te sauver la vie, ne le vois-tu pas ? tenta-t-elle de se défendre.

– Tout ce que tu veux, c'est soulager ta conscience, rien de plus. Ose dire que c'est faux !

– Je n'ai pas envie d'être celle qui causera ta perte. Pourquoi tiens-tu absolument à mourir ?

– Ce ne sera pas le cas. Et si tu mettais autant d'énergie à la combattre plutôt qu'à essayer de me faire fuir, elle serait déjà morte.

– Tu es injuste Nick, intervint Eric. Nous n'avons même pas de plan de bataille. Comment voudrais-tu te débarrasser de ce nouvel ennemi dont nous ne savons rien ? renchérit-il.

– Nous avons l'arme la plus puissante au monde : une Lux.

– Tu divagues, Nick. Je ne sais même pas s'il m'est réellement possible de contrôler mes pouvoirs.

– Aie confiance en moi. Arrête de me combattre et allie-toi à moi. À nous deux, nous pourrons régner sur la terre, dit-il en prenant le visage de Melody dans ses mains.

– C'est là ce que je représente pour toi : un moyen d'asseoir ta suprématie ?

– Tu as su voler mon cœur avant même que je sache qui tu étais, en profita-t-il pour lui voler un baiser.

– Je suis lasse de tout ceci, fais donc ce qui te plaira. Je ne t'empêcherai plus de vouloir braver la mort, abdiqua-t-elle en essayant de sortir de la maison.

– Seras-tu à mes côtés pour me soutenir ? osa-t-il demander, une lueur d'inquiétude dans le regard.

– Je ne sais pas…

Melody n'eut pas le temps de terminer sa phrase car elle fut happée par l'autre monde. Mathias, qui avait déjà assisté à une de ses transformations, anticipa sa chute et la rattrapa avant qu'elle ne s'effondre sur le sol. Et tandis qu'il l'allongeait délicatement sur le canapé, Eric ne put s'empêcher de remarquer la manière que celui-ci avait de poser ses mains sur cette dernière. Un détail qui sembla totalement échapper au roi sur le moment, tant il était inquiet pour sa Juliette. Eric, lui, ne quittait plus Mathias des yeux, guettant un signe qui viendrait corroborer ses soupçons. Mais il n'en aurait pas pour l'instant, car Melody réintégrait déjà son corps en lâchant le nom de la mère de Nick.

– Pourquoi ne sembles-tu pas surpris, mon frère ? l'apostropha Eric.

– Parce que c'était évident.

– Juliette le savait et elle nous a menti ! Que nous a-t-elle caché d'autre ? s'insurgea le frère qui n'était pas dans la confidence.

– Ne t'en prends pas à elle, le menaça-t-il.

– Tu la défends ?

– Elle a toute ma confiance, dit-il en se plaçant à ses côtés pour appuyer ses dires, avant d'ajouter : "De plus, elle m'en avait informé".

– Je ne te reconnais plus. Tu en as tué pour moins que ça.

– N'était-ce pas ce que tu as toujours voulu pour moi, mon frère : que je me tempère ?

– Cela va de soi. Mais que pouvons-nous contre maman ?

– Est-ce que ceci pourrait vous être utile ? demanda la Lux en sortant un petit objet de la poche de son jean.

– C'est la broche de notre mère. Comment l'as-tu eue ?

– Je ne sais pas trop. La sorcière était en train de décharger sa colère sur moi. J'ai vu le bijou et d'un coup, il a atterri dans ma main.

– Tu as donc le pouvoir de déplacer les objets par la pensée.

– Crois-tu ?

– C'est indéniable, renchérit Nick.

– Je n'ai pourtant rien fait, bredouilla la jeune femme.

– Tu penses n'avoir rien fait, nuance.

– Je n'aurais pas dû le rapporter, commença-t-elle à stresser.

– Elle va être très agacée par cette disparition, mais elle s'en remettra, dit le frère du roi.

– Non, tu ne comprends pas. D'ordinaire, on ne peut ramener de l'autre monde ni personne, ni objet. C'est purement interdit ou impossible, je ne sais pas trop. Toujours est-il que rien ne sort de là-bas.

– Ce geste ne restera pas sans conséquence, réfléchit Eric à haute voix.

– Si notre mère se rend compte que tu as le pouvoir de faire traverser quelqu'un, elle t'obligera à la ramener de l'autre côté. Tu ne dois pas y retourner.

– Je n'ai pas vraiment le choix.

– C'est toi qui ouvres la porte, alors assure-toi qu'elle reste close, insista Nick.

– Même si je savais comment faire, ils ne le permettront jamais. Ils vont me supprimer.

– Qui ?

– Ceux qui s'évertuent à cacher l'existence des Lux et les pouvoirs qui les habitent, déclara la jeune femme.

– Le prêtre semblait tomber des nues quand nous l'avons interrogé tout à l'heure.

– "Nous", répéta Eric amusé. Je n'en crois rien. Peut-être qu'une nouvelle visite l'aiderait à retrouver la mémoire.

– Si tu penses que cela est nécessaire, mon frère. Fais-toi plaisir.

– Avez-vous l'intention de le malmener ? s'inquiéta Melody.

– Je veillerai à ne pas trop l'amocher, répondit-il en sortant de la pièce.

– Je l'accompagne, déclara Mathias, anxieux à l'idée que le prêtre ne vende la mèche.

– Vas-tu le laisser faire ? s'enquit la Lux.

– Je ne me mêle pas de ses affaires.

– Nick !

– Aucune torture physique ne lui sera infligée. Ça, c'est ma spécialité.

– Devrais-je être rassurée ?

– Absolument.

– J'y vais.

– Non. Nous avons plus urgent à régler ici, la stoppa-t-il.

– À quoi fais-tu allusion ?

– Il faut trouver un moyen d'accéder à tes pouvoirs.

– C'est impossible.

– Si tu y retournes, elle t'obligera à la faire traverser ou te tuera. Les deux options sont aussi inacceptables l'une que l'autre.

– As-tu une idée ? Parce que je ne sais même pas ce que c'est d'avoir un pouvoir et encore moins comment on s'en sert.

– Ils sont souvent liés à nos émotions. Nous devons donc les tester toutes, sans exception.

– Cela ne me semble pas très plaisant.

– Toutes les émotions ne sont pas négatives, dit-il en se rapprochant d'elle.

– Que fais-tu ?

– Je t'aide à les explorer, dit-il en l'embrassant.

Puis, il fit descendre sa main gauche le long de son dos jusqu'à trouver un passage pour s'introduire sous son tee-shirt et remonter jusqu'à sa poitrine.

– Non ! Arrête !

– Dis-moi que tu n'en as pas envie…

– S'il te plaît, arrête ! J'ai dit non ! cria Melody en le repoussant tellement violemment qu'il chuta lourdement sur le sol.

Les vitres et quelques objets se trouvant dans la pièce se mirent à exploser, extirpant au passage un cri de stupeur à la Lux.

– Nous savons à présent avec certitude que tu possèdes bien des pouvoirs et ce qui les déclenche. Voyons à présent quelle en est l'étendue, dit-il en s'approchant à nouveau de sa Juliette.

– Non, c'est trop dangereux Nick, chuchota-t-elle alors qu'il l'embrassait dans le cou.

Il la plaqua contre le mur, puis saisit ensuite ses poignets qu'il maintint prisonniers dans ses mains, au-dessus de la tête de Melody. Elle sentait le désir monter en elle et son corps répondait favorablement aux assauts du roi, bien malgré elle. En moins de temps qu'il n'en faut pour le dire, elle se retrouva en soutien-gorge au milieu du salon qui souffrait toujours des attaques de son pouvoir. Puis Nick la souleva dans ses bras pour la conduire jusqu'à sa chambre, où Roméo et Juliette continuèrent leurs ébats dans le lit baroque de ce dernier.

Pendant qu'ils se rhabillaient, ils entendirent une porte claquer au rez-de-chaussée, puis des voix.

– Que s'est-il passé ici ? demanda Eric en revenant de son entrevue avec le prêtre.

– Notre frère bien-aimé essaie de "stimuler" les pouvoirs de Juliette. N'y a-t-il que moi qui trouve que cette fusion est irresponsable ? ronchonna Becca en ramassant les morceaux de verre éparpillés dans tout le salon.

– Elle lui fait du bien.

– J'ai cru entendre, en effet.

– Je ne parlais pas de cela. Et puis, il faut reconnaître qu'il ne s'est pas trompé. Elle est apparemment très puissante, elle a saccagé tout le salon.

– Mais s'il n'y a que la tension sexuelle qui la transforme en arme de destruction massive, comment va-t-il s'y prendre lorsqu'elle sera piégée dans l'autre monde avec notre mère ?

– J'y travaille petite sœur, dit Nick en pénétrant dans la pièce.

– C'est moi qui ai fait ça ? demanda Melody, étonnée.

– Oui. J'imagine que ceci t'appartient, dit Becca en lui tendant son tee-shirt.

Rouge de honte, elle baissa la tête et n'osa plus ouvrir la bouche. Elle écouta Eric dire qu'il n'avait rien réussi à tirer du prêtre, en ramassant les débris de verre qui jonchaient le sol. Puis le déjeuner terminé, elle prit congé, et après être passée chez elle se changer, elle se rendit à l'église s'assurer que le prêtre se portait bien.

*

* *

Rassurée sur le sort du Père Luc, Melody resta quelques instants dans le bâtiment à déambuler entre les colonnes. Elle se sentait bien ici. Mais pour l'heure, elle éprouvait surtout le besoin de prier. Elle s'assit sur un banc et entama une conversation mentale, ou devrais-je plutôt dire, un monologue avec le créateur. Bien entendu, c'était pour Nick qu'elle s'inquiétait bien plus que pour elle. Enfin, si elle voulait être parfaitement honnête, il lui faudrait admettre que plus elle passait de temps avec le roi, et moins ses intentions étaient altruistes. Si elle avait abdiqué aussi facilement devant lui plus tôt dans la journée, c'était parce qu'elle adorait être à ses côtés, se blottir dans ses bras… Parfois, il lui arrivait même d'oublier que ce bonheur n'était que temporaire et que sa mort ou celle de Nick mettrait un point final à leur histoire. Elle s'en voulait de se montrer si égoïste et priait Dieu de les épargner tous les deux. Mais pour toute réponse, un doux baiser vint se planter dans son cou.

– Que viens-tu faire ici ? s'enquit la jeune femme.

– Tu me manquais. Serait-ce un sourire de satisfaction qui illumine soudain ton visage ?

– Absolument pas, mentit-elle en tentant désespérément de faire disparaître ce dernier.

– Juliette, Juliette, Juliette ! Mentir dans un lieu aussi sacré que celui-ci n'est pas digne de toi.

– Encore faudrait-il que ce bâtiment le soit réellement, lâcha-t-elle sans trop savoir pourquoi, tout en se levant pour regagner la sortie.

– Plaît-il ?

– Oh, oublie. Je ne sais même pas pourquoi j'ai dit une telle chose.

– Ce doit être la fièvre qui brouille ton esprit.

– La fièvre ?

– Celle que te provoque le contact de ma peau contre la tienne, murmura-t-il en l'entraînant dans le confessionnal dans le but de s'ébattre.

– Vous ne respectez vraiment rien, les morigéna le prêtre en débarquant après la bataille.

– Il ne s'agit pas d’un péché de chair, mais de démonstration d'amour, mon Père. Votre patron ne saurait donc nous en tenir rigueur, lui qui prône l’Amour.

– Ne dis pas ça ! s'exclama Melody en s'éloignant de lui pour se réajuster.

– Pourquoi ?

– Parce que s'il s'agit de la vérité, il y aura de funestes conséquences.

– Préférerais-tu que je mente ?

– Oui !

– Je m'y refuse ! J'ai enfin trouvé ce qu'il me manquait depuis des siècles, je n'ai nulle envie de le cacher.

– Tu devrais t'en aller.

– Juliette…

– S'il te plaît, dit-elle tout bas.

– Comme il te plaira. Mais ne crois pas que je vais renoncer à toi, abdiqua-t-il en déposant un tendre baiser sur sa joue.

Nick sortit de l'église et le prêtre disparut dans la sacristie, laissant la Lux seule avec son lot de doutes et de peurs. Elle s'assit devant le piano et en fit résonner quelques notes. Elle avait besoin de sa dose de musique pour se sentir vivante, mais vous avez dû vous en rendre compte. Elle se lança donc dans l'interprétation de Breathe Me de Sia. Un sentiment de sécurité l'envahissait à mesure que les notes emplissaient l'énorme bâtisse, tellement qu'elle se mit à chanter sans s'en rendre compte. Elle ne prêta donc pas attention à Mathias et Becca qui l'espionnaient, cachés derrière une des colonnes de l'édifice. Une fois le morceau terminé, elle quitta l'église submergée par l'émotion de ses blessures passées, et l'âme déchirée par la distance qu'elle imposait entre elle et Nick. Elle était folle de cet homme. Elle pourrait mourir pour lui. Mais égoïstement, à cet instant précis, elle désirait ardemment être dans ses bras. Serait-elle assez forte pour ne pas céder à ses besoins ? En avait-elle seulement envie ? Serait-il raisonnable de croire que l'amour finirait par triompher ?

15 - LA VALSE DES TRAÎTRES

– Que faites-vous ici ? demanda le Père Luc à Mathias et Becca en les découvrant derrière le pilier qui leur servait à se dissimuler du regard de Melody.

– Je voulais vous remercier de ne pas nous avoir dénoncés lorsqu'Eric est venu vous questionner tout à l'heure.

– Je ne l'ai pas fait pour vous. Cependant, il semblerait que nos existences soient intrinsèquement liées à présent, et dans la mesure où la vie de l'autre côté ne me tente guère…

– Mon Père, avez-vous entendu les propos de Melody concernant votre église qui ne serait plus un lieu sacré ? s'inquiéta Becca.

– Effectivement, j'ai toujours une oreille qui traîne.

– Qu'a-t-elle voulu dire ?

– Rien, ne faites pas attention. Elle a toujours douté que cet endroit puisse être un havre de paix pour quiconque.

– Elle ne s'est pas trompée, renchérit Mathias.

– Croyez-vous que ses souvenirs soient en train de refaire surface ? demanda Becca à l'homme d'Église.

– Pour notre salut, il conviendrait d'espérer qu'il n'en soit rien.

– Mais imaginons un instant que cela se produise ?

– Becca !

– Que ferons-nous dans ce cas-là ?

– Rien, trancha le Père Luc. Il est évident qu'elle est totalement éprise du roi. S'il lui venait l'envie de lui révéler les agissements de Mathias, elle perdrait

Nick aussitôt. Elle gardera son secret pour elle. Et nous aussi, clama-t-il en allant accueillir un jeune couple venu pour un entretien préalable à la préparation de leur mariage.

– Sortons, Becca.

– Je pense que le prêtre se fourvoie concernant les intentions de Melody.

– Juliette. Fais attention, il ne faudrait pas faire de gaffe.

– Pardon. Mais dévouée comme elle est à mon frère, je doute fort que Juliette ne lui révèle pas le poteau rose.

– Nous verrons.

– Nous verrons ?

– OK. Admettons que tu aies raison. Tu ne lui as rien fait. Tu lui as même sauvé la vie en la privant de quelques souvenirs douloureux.

– J'ai couvert un viol ! Penses-tu que Nick réagira comment en découvrant cela ?

– Il n'existe aucun mot pour désigner la fureur qui l'habitera. Mais regarde l'acte odieux qu'a perpétré le prêtre. Il a piégé Juliette pour qu'elle devienne une Lux en sachant pertinemment qu'elle allait en mourir. Ça, c'est à mon sens largement pire.

– On est tous morts, soupira Becca en s'asseyant sur le banc devant l'église.

– Inutile de paniquer pour l'instant. Nous ignorons si Juliette aura des réminiscences de cette fameuse soirée.

– Et si le Père Luc sentant que l'étau se resserre décidait de t'offrir en pâture à Nick ?

– Nous pourrions faire de même, répliqua Mathias.

– Mais s'il agit en premier.

– Si ton intuition se confirme, il faudra peut-être l'éliminer avant qu'il ne parle à ton frère.

– C'est un homme d'Église ! s'exclama Becca.

– C'est un monstre, Becca. Quand je vois la manière dont il s'y est pris pour piéger Juliette alors que nous la protégions, il est évident qu'il n'en est pas à son coup d'essai. Je me dis que son placard doit regorger de cadavres.

*
* *

– Nick ne m'a pas prévenu de ta visite, s'étonna Eric en voyant débarquer Juliette.

– Il n'est pas au courant de ma venue.

– Je suis navré Juliette, mais il n'est pas à la maison.

– D'accord. Inutile de lui dire que je suis passée. Il n'était pas raisonnable pour moi d'être ici de toute manière.

– Mais quand la raison et le cœur sont en opposition permanente, il est difficile de faire les bons choix, déclara Eric.

– C'est peu de le dire.

– Entre un instant je te prie.

– OK.

– Installe-toi.

– À ton avis Eric, lequel de mon cœur ou de ma raison dois-je écouter ?

– Je ne peux pas répondre à cela. Je n'en ai pas le droit.

– Je te le donne. S'il te plaît !

– Mon frère, ma famille, sont ce qu'il y a de plus important pour moi…

– Oui, tu as raison.

– Non, intervint Becca.

– Comment peux-tu dire une chose pareille ? s'étonna Eric.

– Juliette est ce qui pouvait arriver de mieux à Nick. Elle lui fait du bien. Elle l'apaise et le rend plus humain.

– Mais je vais aussi causer sa perte.

– Ce n'est qu'un détail.

– Tu plaisantes, j'espère ! s'offusqua Melody.

– Tu n'es en rien responsable de ce sortilège, tu n'es qu'un instrument dans cette sordide affaire.

– Merci, répondit-elle sarcastique.

– Je t'en prie.

– Je ne suis peut-être pas l'instigatrice de tout ceci, mais c'est à cause de moi qu'il risque sa vie.

– S'il compte autant à tes yeux, que fais-tu ici ? Pourquoi ne quittes-tu pas la Nouvelle-Orléans ? l'interrogea Eric.

– Parce que justement il compte pour moi. Oh seigneur, que c'est compliqué ! Dites-moi de partir, que c'est le mieux à faire pour lui et je vous promets que je disparaîtrai pour toujours !

– Tu devrais rester, dit Becca.

– Eric ?

– On réussira bien à contrecarrer les plans de notre horrible mère.

– D'accord, lâcha Melody soulagée en s'appuyant contre le dossier du canapé.

– Dis-moi Juliette, avais-tu déjà rencontré Mathias ?

– Il était au bar le soir où Nick et moi avons fait connaissance.

– Et avant cela ?

– Je ne me rappelle pas lui avoir adressé la parole avant cela. Mais il n'est pas impossible que nous nous soyons croisés en soirée. Il fut un temps où j'aimais errer dans les rues du Vieux Carré lorsque la nuit faisait tomber les masques que la société nous oblige à porter. Pourquoi poses-tu cette question ? M'aurait-il aperçu dans une situation peu flatteuse ?

– Non, rassure-toi. Il ne s'agit là que d'assouvir ma vile curiosité.

– Avons-nous de la visite ? demanda Nick en entendant des voix provenant du salon.

– On dirait bien que quelqu'un est venu te faire une surprise, attisa-t-il la curiosité du roi pour le pousser à les rejoindre.

– La plus belle de toutes, lâcha ce dernier en découvrant Melody et en s'installant à ses côtés. Je ne pensais pas te trouver ici, tu m'en vois ravi, chuchota-t-il à son oreille en lui prenant la main.

– Juliette, pourquoi ne nous ferais-tu pas l'honneur de jouer un morceau de piano ? J'ai cru entendre l'autre jour que tu étais en parfaite communion avec celui-ci.

– C'est très exagéré Eric.

– Ne joue pas les modestes Juliette, renchérit Becca.

Eric ne releva pas l'information, mais il ne lui échappa pas que Becca n'était pas censée connaître les talents de musicienne de Juliette, puisqu'elle n'avait pas encore fait son entrée au moment où Melody laissait courir ses doigts sur le clavier. Le cerveau d'Eric se mit alors en ébullition mais fut stoppé net dans son élan car Juliette venait de s'illuminer et n'allait pas tarder à tomber. Il se saisit d'elle au vol et l'installa sur un des canapés du salon, en attendant qu'elle revienne à elle. Mais cet instant tardant à arriver, et après l'apparition de quelques ecchymoses sur le corps de la Lux, ils firent quérir le prêtre. Très inquiet, Nick transporta Juliette dans sa chambre. Là, son corps, de plus en plus marqué de bleus, attendait patiemment installé sur le lit que l'âme de cette dernière ne veuille bien le réhabiter, en vain. Le roi ne pouvait s'empêcher de faire les cent pas à son chevet, et c'est avec un visage défait qu'il accueillit l'homme d'Église. Hélas, le Père Luc ne fut pas d'un grand secours. Il partit faire des recherches qui ne donnèrent évidemment rien, puisqu'il en venait à penser qu'il courrait moins de risques si Juliette trépassait. Seule, exilée dans un monde qui n'était pas le sien, La Lux ne devrait donc compter que sur ses pouvoirs pour revoir un jour le monde des vivants.

16 - LE MOT DE TROP

Cela faisait une semaine maintenant que l'âme de Melody avait été arrachée de son corps. Tous se mirent à douter qu'elle ne le regagne un jour. Nick, perclus de douleur, ne quittait plus sa bien-aimée, refusant même d'envisager l'idée qu'il l'avait perdue pour toujours. Et alors que la vieille sorcière continuait de punir Melody pour ne pas avoir respecté sa part du marché, elle entendit la voix de Nick. D'abord, ce fut juste un murmure, puis le volume augmenta jusqu'à ce que la Lux soit en mesure de comprendre le sens des mots qu'il prononçait. Cela rendit son châtiment plus supportable de savoir qu'il pensait à elle, jusqu'à ce que son bourreau ne les perçoive également. Alors, cette dernière arrêta de torturer Melody et se mit à rire à gorge déployée.

– Finalement, je me suis peut-être montrée un peu trop dure envers toi. Car je constate que ce n'est plus qu'une question de temps avant que l'âme de mon fils ne vienne me rejoindre.

– Vous ne gagnerez pas.

– C'est déjà fait. Malgré toutes tes tentatives pour le mettre en garde, ou justement grâce à ton honnêteté, tu as su toucher son cœur. Félicitation Melody, ton père va pouvoir retourner au paradis.

– Tu es plus forte qu'elle ma chérie. Ne te préoccupe pas de moi et sauve-le, intima Louis à Melody.

– Mais…

– Tu mérites de connaître le bonheur. Je t'aime mon cœur.

– Je vous sauverai tous les deux, déclara-t-elle avant de dégager une énergie telle que l'âme de la sorcière et celle du son père furent propulsées à travers l'antichambre où elles se trouvaient.

Puis, la Lux sentit qu'elle quittait l'autre monde et ne tarda pas à reprendre possession de son corps.

Du côté des vivants aussi, une onde traversa la chambre de Nick, ou devrais-je plutôt dire, l'étage entier. Surpris par ce vacarme soudain, Eric, Becca et Mathias se précipitèrent dans les appartements du roi à temps pour voir Juliette s'éveiller. Nick, fou de joie, se jeta sur elle pour l'enlacer. Eric, bien que soulagé, gardait son regard fixé sur Becca et Mathias. Ils paraissaient tous deux bien trop émus de savoir Juliette saine et sauve pour la connaître depuis si peu de temps. Il les suspectait fortement de cacher quelque chose.

Melody reprit ses esprits. Passé le bonheur de revoir Nick, la douleur des blessures infligées par sa belle-mère se rappela à ses bons souvenirs et elle se tordit littéralement de douleur. Becca se proposa d'aller lui préparer une décoction pour la soulager. Mathias et Eric, quant à eux, s'éclipsèrent afin de laisser un peu d'intimité aux amoureux. Une fois que le breuvage fut administré, et que Juliette se fut endormie, tout le monde se réunit dans le salon.

– Juliette t'a-t-elle raconté ce qui lui est arrivé de l'autre côté ? demanda Eric en entrant directement dans le vif du sujet.

– Non, et je n'ai nulle envie de l'obliger à se souvenir des tortures que notre horrible mère lui a infligées.

– Il le faut, Nick. Sans cela, nous n'aurons aucune chance de te sauver.

– Ou Juliette, renchérit Mathias dont l'intérêt pour le sort de Melody aiguisait davantage les soupçons d'Eric.

– J'ai dit non, trancha le roi. Nous trouverons un autre moyen. L'important pour l'heure est qu'elle soit de nouveau parmi nous.

– Eric a raison. Qui dit que maman ne va pas la rappeler à elle une nouvelle fois. Comment pouvoir éviter cela si nous ne savons rien de ce qui se passe là-bas ?

– Après les derniers jours que je viens de passer, je ne saurais trop vous conseiller de ne pas contredire mes attentes. D'ailleurs, il faut prévenir le Père Luc que sa Lux s'est enfin réveillée.

– Non ! objecta Becca un peu trop vivement.

– Il vaudrait peut-être mieux qu'il la pense encore dans l'autre monde. Elle est convalescente, inutile de le voir débarquer ici et l'assommer avec toutes ses questions. Je passerai lui annoncer la bonne nouvelle un peu plus tard dans la journée, renchérit Mathias.

– Tu as sans doute raison, rien ne presse, approuva le roi.

– Toutefois, mon frère, permets-moi de te signaler qu'avec toute cette histoire, les gens ne t'ont pas beaucoup vu et j'ai bien peur qu'ils commencent à répandre des rumeurs qui pourraient attirer nos ennemis dans notre ville, l'informa Eric.

– Je ne veux pas laisser Juliette seule.

– Je veillerai sur elle. Nul ne troublera son sommeil réparateur, je t'en fais la promesse, le rassura-t-il.

– Dans ce cas, je vais de ce pas remplir mes obligations, se résigna Nick en les abandonnant dans le salon.

– Il serait peut-être bon de surveiller ses arrières, suggéra Eric.

– Je m'en charge, dit Mathias qui comprenait que sa présence dans cette maison n'était plus légitime.

– Bon, si tu n'as pas besoin de moi, je vais me remettre de mes émotions en allant faire un peu de shopping.

– Nous serions bien trop de deux pour surveiller notre blessée. Tu peux donc disposer de ton après-midi de la manière qu'il te plaira.

– Il reste de la décoction dans la cuisine, si les douleurs de Juliette se réveillaient, rajouta Becca avant de quitter la maison prestement.

Eric choisit un livre dans l'impressionnante bibliothèque puis remonta à l'étage. Il déplaça un fauteuil qui trônait dans la chambre de Nick de façon à être tout près de la Lux.

Il était confortablement installé, et aucun bruit ne venait déranger sa lecture. Pourtant, Eric ne parvenait pas à se concentrer sur les mots qui dansaient devant ses yeux. Il trouvait de plus en plus curieuse l'attitude de Mathias à l'égard de Juliette. Il mettrait même sa main à couper que ce dernier demeurerait toujours ici s'il ne l'avait pas gentiment congédié. Pourquoi ? Bien que dans la clandestinité quasi-totale, cet homme vouait un amour sans faille à Becca depuis une éternité. Seulement, aujourd'hui, cela ne semblait plus être d'actualité. De son côté, Becca paraissait fortement apprécier Juliette. Se trouverait-il face à un triangle amoureux ? Ou plutôt un carré… Le roi n'avait pas pour qualité d'être prêteur. Une telle situation finirait certainement dans un bain de sang.

Cette explication pourrait en effet expliquer bien des choses, mais Eric la trouvait trop facile. Alors, lorsqu'il vit Melody commencer à s'agiter dans son sommeil, il tendit son esprit vers elle pour s'insinuer dans son rêve. Il eut un bref aperçu de ce qui s'était passé dans l'autre monde. Mais tandis qu'il espérait en découvrir davantage, chose qui ne se produisait jamais, la Lux le repéra et l'expulsa de sa vie onirique grâce à la même onde de choc qui lui avait permis d'échapper à la sorcière. Elle se réveilla aussitôt en sursaut. Elle s'assit d'un bond sur le lit et chercha Nick du regard.

– Où est Nick ?

– En ville. Il règle quelques affaires, mais il ne devrait pas tarder à revenir.

– Qu'est-ce que c'était ?

– De quoi parles-tu ?

– Comment as-tu fait pour entrer dans ma tête ?

– J'aurais bien du mal à l'expliquer.

– Peut-être serais-tu plus à même de me dire pourquoi t'y trouvais-tu ?

– Je voulais comprendre ce qui t'étais arrivé de l'autre côté.

– Tu mens. Mes marques suffisent amplement à t'éclairer sur le sujet. Et si tu voulais plus d'informations, tu pouvais simplement me les demander.

– Vois-tu, chère Juliette, mon frère a interdit à quiconque de revenir sur ta séquestration par la sorcière.

– Tu l'as vue. Est-ce bien votre mère ?

– Absolument.

– Tu doutes de moi. Pourquoi ?

– Depuis quand connais-tu Mathias ?

– Il me semble avoir déjà répondu à cette question.

– J'aimerais te la reposer.

– Ma réponse serait inchangée.

– C'est faux.

– Me traites-tu de menteuse ? s'indigna Melody.

– Je pense que tu crois réellement ce que tu dis.

– Je ne suis pas sûre de comprendre, Eric.

– J'ai dans l'idée qu'on a supprimé une partie de tes souvenirs.

– Pourquoi quelqu'un ferait une chose pareille ? s'étonna-t-elle.

– Pas quelqu'un. Mathias.

– Dans quel but agirait-il de la sorte ?

– Peut-être as-tu involontairement mis le nez dans une affaire qu'il préférerait ne pas ébruiter.

– Tu n'as pas l'air convaincu par cette hypothèse.

– Son attachement pour toi me pousse à croire que ses motivations sont d'ordre plus personnel.

– Mais quel attachement ? Tu divagues, Eric.

– Je ne pense pas. Tu as eu l'air gêné lorsqu'il t'a fait un baise main l'autre jour.

– C'est curieux, j'ai l'impression que c'était ce matin.

– Hélas tu es restée sous la coupe de ma mère pendant une semaine. Mais revenons à Mathias, veux-tu ?

– Oui, c'est possible. Mais je suis incapable de savoir qu'elle était la cause de ce sentiment déplaisant.

– Je peux peut-être t'aider à le savoir.

– Comment ?

– Je pourrais retourner dans ta tête.

– Non ! Je refuse que tu violes à nouveau mon intimité ! commença-t-elle à s'emporter en tentant de s'extirper du lit.

– Pourquoi ? Aurais-tu des choses à cacher ?

– Bien entendu. Je suis un être humain, j'ai des secrets, comme tout le monde. Mais aucun ne concerne ta famille, lança-t-elle avant d'être prise d'un vertige et de finir sa course dans les bras d'Eric.

– Je te tiens.

– Tu ne dois pas faire ça, Eric.

– Nous tenons peut-être là le seul moyen de vous sauver tous les deux.

– Trouves-en un autre. Je t'en prie.

– Je n'en connais aucun qui pourrait te faire recouvrer la mémoire.

– Rien ne dit que mes souvenirs aient été effacés.

– Je pense fortement le contraire. N'as-tu pas ce sentiment de vide au fond de toi ? Ou de non-sens ? Juliette ? insista-t-il en voyant la jeune femme se murer dans le silence.

– Les sentiments de Nick à mon égard n'ont pas lieu d'être. Mais sans cela, ma vie est vide de sens. Vas-tu réellement m'enlever ce fugace bonheur ? le supplia Melody du regard.

– Que se passe-t-il ici ? dit Nick en faisant son entrée.

– Juliette a été prise de vertiges, mais on dirait qu'elle va mieux à présent.

– Tu peux donc la lâcher, s'empressa-t-il de dire en allant récupérer sa compagne.

– Mathias n'est pas avec toi ?

– Le devrait-il ?

– Je supputais qu'il t'escorterait.

– Il n'en a rien fait. Cela dit mon frère, je suis assez grand pour assurer ma sécurité tout seul.

– Évidemment, fit-il en lançant un regard méfiant à Juliette.

– Tu devrais te recoucher.

– J'en ai assez d'être allongée. J'aimerais profiter d'une accalmie de douleur pour explorer votre magnifique bibliothèque.

– Je te conseille cet ouvrage, intervint Eric en tendant à la jeune femme le livre qui lui avait tenu compagnie pendant sa sieste.

– Les Hauts de Hurlevent, fit Melody intriguée par le choix d'Eric.

– Tu pourrais le lire ici, confortablement installée sur ce somptueux lit.

– Ou sur le canapé du salon. Oh, s'il te plaît Nick, cela fait une semaine que je suis maintenue allongée de force…

Melody ne termina pas sa phrase, consciente d'avoir laissé échapper un élément de l'autre monde qu'il aurait mieux valu taire. Il passa une ombre indescriptible dans le regard du roi, avant que ce dernier ne se reprenne et n'abdique.

– Roméo y consent, si Juliette lui permet de la porter jusqu'au divan.

– Juliette lui en serait extrêmement reconnaissante.

Eric ne put réprimer un sourire devant cette charmante scène. Mais intérieurement, il avait peur. Peur pour Juliette, que leur mère avait prise en grippe. Peur pour son frère, qui semblait s'attacher beaucoup trop vite à la Lux. Car il est inutile de vous rappeler que la vie de Melody possédait une date de péremption relativement courte. Que se passera-t-il lorsqu'elle disparaîtra ? Le roi perdrait-il la raison et décapiterait-il des têtes à tour de bras ? Qui aurait à souffrir de ses sautes d'humeur ? Mathias, ou Becca peut-être, qui semblaient tous deux être intimement liés à la Lux ? S'il y avait un truc qu'Eric détestait, c'était de ne pas pouvoir anticiper les choses. Et dans la mesure où il nageait dans un flou artistique le plus total, il ne pouvait que ressentir ce sentiment de malaise. Impuissance serait le mot juste. Pourtant, il savait où trouver les réponses qui lui manquaient : dans la tête de Juliette. Sauf que cette dernière lui en refusait l'accès. Pourquoi diable ? Qu'avait-elle de si grave à cacher ?

Installé dans un des fauteuils du salon, il regardait ce joli petit couple que formaient Nick et Juliette. Le roi avait allongé sa compagne sur le canapé et s'était trouvé une place sous ses jambes. Une main sur le genou de la jeune femme, l'autre tenant le livre, il lisait à haute voix pour le plus grand plaisir de la petite assemblée. Sa voix faisait résonner les mots en une si douce mélodie, que sa Juliette finit par s'assoupir un instant. Il n'en fallut pas plus à

Eric pour tendre à nouveau son esprit vers celui de la Lux et lui chuchoter quelques mots, orientant ainsi son rêve vers l'endroit de sa mémoire qu'il voulait atteindre. Malheureusement pour lui, il fut très vite démasqué et expulsé nonchalamment de la tête de Melody.

– Tout va bien, s'enquit le roi, alors que la jeune femme s'éveillait en sursaut.

Elle ne répondit rien, se contentant de hocher la tête et de sourire. Puis, elle attendit que Nick reprenne sa lecture pour plonger son regard dans celui du violeur d'esprit.

– Je t'ai demandé d'arrêter de faire ça ! aboya-t-elle mentalement, peu sûre qu'il entendrait son message.

– Pas si fort. Je ne suis pas sourd.

– Désolée. Non, en fait, je ne le suis pas du tout. C'est toi qui devrais l'être.

– Comment fais-tu cela ?

– Quoi ?

– Cet échange mental.

– Je ne fais rien. C'est toi.

– Absolument pas. Je ne possède pas ce pouvoir.

– Mais tu n'arrêtes pas d'entrer dans ma tête.

– Dans tes rêves uniquement. Je ne peux pas agir de la sorte lorsque les gens sont en état de pleine conscience.

– Tu dois forcément te tromper Eric. Cela ne peut pas venir de moi.

– Et pourquoi pas ?

– Admettons que je possède des pouvoirs, ils auraient forcément un lien direct avec le passage dans l'autre monde. Or, celui-là ne serait d'aucune utilité là-bas. C'est ridicule.

– Que se passe-t-il ? questionna Nick un brin agacé.

– *Peut-il nous entendre ? s'inquiéta Melody.*

– *À ma connaissance, il ne détient pas ce talent.*

– Alors ? Lequel de vous va répondre ? s'impatienta-t-il.

– *Vas-y toi, intima la Lux avant de rompre le contact visuel.*

– Je sais que cela va te contrarier…

– Je le suis déjà, le coupa le roi en refermant le livre et le posant sur les genoux de Juliette.

– Il faudrait que nous sachions ce qu'a vécu Juliette lorsqu'elle nous a été enlevée.

– "Il faudrait" ou "tu voudrais" ?

– Je pencherais pour la deuxième possibilité, lança la jeune femme.

– Sois raisonnable Juliette.

– Je t'ai déjà dit non. N'insiste pas, dit-elle en quittant le canapé pour trouver refuge derrière le piano.

– J'ai dû rater un épisode, fit le roi décontenancé.

– Mais qu'est-ce qui empêchera ma mère de te rappeler à elle dès que bon lui chantera ?

– Elle ne le fera pas, déclara la jeune femme en laissant courir ses doigts sur les touches.

– Pourquoi ?

– Parce que.

– Juliette…

– Eric, bon sang ! cria-t-elle en stoppant sa progression sur le clavier.

– Laisse-la tranquille ! intervint Nick.

– Pourquoi t'a-t-elle libérée ?

– Elle ne l'a pas fait. Je me suis enfuie.

– Comment ?

– Je ne sais pas.

– Fais un effort.

– Eric, arrête ! gronda le roi, que personne ne semblait écouter.

– J'ai entendu la voix de Nick. Et alors qu'elle la percevait également et qu'elle se réjouissait du bon travail que j'avais accompli en gagnant le cœur de son fils, mon père m'a intimée de sauver Nick au détriment de son âme. Et puis, boum ! Une onde de choc les a envoyées valser et je suis revenue parmi les vivants. Es-tu satisfait à présent ?

– Absolument pas. Pour ta sécurité Nick, tu devrais t'éloigner de Juliette un moment.

– Hors de question !

– Il a raison, Nick, lâcha Melody en reprenant le cours de Rêverie, le seul morceau de Debussy qu'elle arrivait à jouer à peu près correctement.

– Plaît-il ?

– Tu connais mon point de vue, inutile que je revienne là-dessus.

– Dois-je comprendre que tes sentiments à mon égard ne sont pas assez forts pour que tu te battes à mes côtés ?

– Ils le sont trop pour ne pas regretter de t'exposer à un tel danger, répondit-elle avant de se laisser absorber par la musique.

– Mais que va-t-on faire ? s'inquiéta Eric.

– À propos de quoi ? questionna Becca qui faisait son apparition accompagnée de Mathias, les bras chargés de paquets.

– C'était là que tu étais mon ami ! railla le roi.

– On devrait interdire aux femmes de posséder une carte de crédit.

– Ce n'est pas que pour moi ; la moitié est pour Juliette. Elle n'a quasiment rien à se mettre. Tu devrais essayer ceci, ça ira bien avec ta nouvelle couleur de cheveux, dit-elle en commandant à Mathias de confier à la Lux les paquets qu'il tenait à bout de bras.

– Ce n'était pas nécessaire.

– Un merci suffira.

– Merci…

Alors que Melody attrapa les sacs, ses doigts effleurèrent ceux de Mathias et un énorme sentiment de malaise la submergea. Eric le remarqua et tenta d'interroger la Lux de manière discrète. Hélas, il ne put que frapper à la porte de son esprit qui semblait être occupé ailleurs. De plus, un nouvel indice venait de s'ajouter à ceux qu'il avait déjà collectés : comment Becca pouvait-elle être au courant des changements capillaires de la Lux ?

– Ne fais pas ça ! hurla-t-il alors, espérant parvenir à dissuader Juliette de fouiller elle-même les souvenirs de Mathias.

Mais Eric s'était trompé de cible. La jeune femme se perdait déjà dans le dédale de pensées de Becca. Elle s'y serait probablement noyée, si les cris d'Eric ne lui avaient pas permis de retrouver son chemin.

– Juliette ? Quelque chose ne va pas ? s'inquiéta Nick devant son apathie soudaine.

– Pardon ? Désolée, j'étais perdue dans mes pensées, mentit-elle sans pouvoir s'empêcher de chercher le regard d'Eric.

– As-tu mal ? la questionna Becca.

– Presque pas. Je vais monter. J'ai très envie de découvrir ce qui se cache dans ces paquets, s'enthousiasma-t-elle faussement avant de disparaître à l'étage.

– J'aurais peur à sa place, railla Mathias.

– Que dois-je comprendre ?

– Tes goûts en matière de mode sont parfois "limites", expliqua Eric.

– Espérons que tu ne transformes pas ma dulcinée en poupée de bas étage, renchérit Nick.

– Votre compagnie est fort déplaisante. Je préfère aller voir si Juliette a besoin de mon aide.

17 - LE VOILE SE LÈVE

Melody monta bien au premier, mais ce ne fut pas dans la chambre de Nick qu'elle déposa tous ses sacs. Non. À cet instant précis, elle violait l'intimité de Becca à la recherche de ses souvenirs perdus. Car bien qu'elle ne voulut pas l'admettre devant Eric, la jeune femme était consciente que sa mémoire se trouvait amputée de quelques éléments. Et après ce qu'elle avait réussi à entrevoir dans l'esprit de sa belle-sœur, il ne lui fallut que quelques petites minutes pour remettre la main sur les journaux que cette dernière lui avait dérobés. En les feuilletant rapidement, elle eut déjà quelques réminiscences.

– Tu t'es trompée de chambre, dit soudain la voix de Becca derrière elle.

– Vraiment ? Alors que font mes affaires ici ? l'interrogea Juliette en montrant les carnets.

– Ce n'est pas ce que tu crois. J'ai agi dans ton intérêt.

– Mon intérêt ?

– Certains événements te rendaient triste. J'ai voulu apaiser ta souffrance.

– Quelle grandeur d'âme ! Je vois très bien ce que renferment ces carnets, mais qu'y a-t-il sur cette clé USB ?

– Tu ne t'en rappelles pas ?

– Non.

– Il vaut mieux alors que cela reste ainsi.

– Mieux pour qui ? Pour toi ou pour ton chéri ?

– Pour toi. Ce que tu as mis dessus causera ta perte.

– Penses-tu réellement que je vais me contenter de ce semblant d'explication ?

– Je l'espère de tout mon cœur. Tu dois avoir confiance en moi.

– Pourquoi ? Parce que nous sommes de la même famille à présent ?

– J'ai attendu très longtemps de trouver une amie comme toi. Et même si tu ne te souviens pas, nous avons passé d'agréables moments ensemble. Effacer ta mémoire était la décision la plus difficile que j'ai eu à prendre depuis longtemps.

– Si tu veux que cette amitié perdure, raconte-moi la vérité.

– Je suis désolée, Melody…

– Tant pis, je la découvrirai par moi-même.

– Je ne te laisserai pas faire !

– Tu ne pourras pas m'en empêcher.

– Donne-la-moi, Melody !

– Arrête, Becca ! cria la Lux alors que son interlocutrice venait de lui arracher la clé USB de force des mains et la brisait en deux.

– Qu'est-ce qui se passe ici ? intervint Eric.

– Becca vient de détruire le seul moyen pour toi d'obtenir les réponses à tes questions, lâcha la jeune femme en pleurs.

– Veux-tu bien t'expliquer, chère sœur ?

– Il n'est dans l'intérêt de personne, et j'insiste bien sur le mot "personne", de faire remonter les souvenirs de Juliette à la surface, essaya-t-elle de temporiser la situation.

– Il n'est guère l'heure d'entamer cette conversation, Nick nous attend pour dîner. Nous reparlerons de ceci plus tard, trancha Eric.

Melody chargea ses bras des paquets offerts par la traîtresse de Becca et sans un regard pour quiconque, elle quitta la pièce et partit se réfugier dans la chambre de son roi.

Bien que Nick soit enclin à se montrer clément avec elle, elle n'était pas sans savoir que la patience ne faisait pas partie de ses plus grandes qualités. Elle vida négligemment le contenu des sacs sur le lit et partit à la recherche d'une tenue acceptable pour le repas de ce soir. Car il faut bien l'avouer, Becca avait tendance à arborer des vêtements assez provocants et, bien que fort jolis au demeurant, Melody ne possédait pas l'assurance nécessaire pour les porter. Elle s'empara d'une combinaison qui semblait de circonstance et disparut dans la salle de bains, emportant avec elle la palette de maquillage trouvée sous cette montagne d'habits. En l'ouvrant, elle découvrit de jolis fards à paupières aux tons chauds. Elle en choisit un rouge cuivré qui rappelait son ancienne couleur de cheveux et mettait nettement en valeur le bleu de ses yeux. Inutile d'essayer de dissimuler ses ecchymoses, cela aurait été une pure perte de temps. Elle revêtit donc la combinaison. Puis après avoir enfilé une paire de chaussures à talons prise au hasard, elle descendit s'attabler avec tout le monde.

Elle n'avait pas mis les pieds dans la salle à manger depuis une minute, que déjà l'ambiance lui pesait. Nick se leva pour tirer sa chaise. Il l'a complimenta et lui vola un baiser au passage. Ce spectacle provoqua une expression à mi-chemin entre le dégoût et la colère sur le visage de Mathias, que seul Nick ne sembla pas remarquer. De la jalousie, bien entendu. Qu'est-ce que cela pouvait être d'autre ?

Becca le foudroya du regard dans le but de lui faire reprendre ses esprits, sans se soucier d'être repérée par Eric. Elle avait pleinement conscience que bientôt des aveux s'imposeraient, mais elle ne perdait pas l'espoir de parvenir à convaincre Melody et Eric de garder ses révélations pour eux. Non qu'elle s'intéresse au sort que Nick réserverait à Mathias. Il avait dépassé les bornes et méritait amplement de mourir. Si elle ne l'aimait pas encore, elle s'en serait chargée elle-même. Ce que redoutait réellement Becca, c'était de perdre sa Juliette, son amie, comme elle aimait la considérer. Elle doutait que l'histoire d'amour naissante de Nick et Melody ne résiste aux tsunamis d'émotions qu'engendrerait l'annonce des manigances de Mathias. Mais ce qu'elle redoutait le plus, c'était la réaction de la Lux face aux ébats forcés avec le bras droit du roi. Ils avaient déjà failli la conduire à se suicider. Parviendrait-elle à lui sauver la vie une nouvelle fois ?

– Je conçois que l'idée de m'imaginer en couple puisse vous décontenancer, d'autant plus vu la situation dans laquelle nous nous trouvons. Toutefois, inutile de faire une tête pareille. Personne ne va mourir. Mangeons et amusons-nous ! déclara Nick en volant un nouveau baiser à Juliette, qu'il avait pris soin d'installer à sa gauche.

– Le roi a parlé. Levons notre verre à Nick et Juliette ! lança Mathias en alliant le geste à la parole.

Tous l'imitèrent. Puis l'ambiance se détendit un peu. L'alcool aidant, Melody parvint à oublier quelques instants ses préoccupations et apprécia pleinement son statut de reine. Puis ses yeux croisèrent ceux de Mathias et un frisson lui parcourut le dos. Nick s'en aperçut et proposa d'aller lui chercher une veste. Elle refusa poliment, ravie d'avoir une excuse pour s'absenter de la soirée un instant. Trouver ce qu'elle cherchait dans cet amas de tissu ne fut pas une mince affaire. Mais une fois chose faite, elle ne redescendit pas immédiatement. Elle récupéra les carnets qu'elle avait temporairement cachés sous le matelas de Nick. Elle prit quelques bonnes minutes à les étudier et fut choquée de ce qu'elle y découvrit. Elle se sentit soudain comme un imposteur, dont la présence dans cette demeure n'était en rien légitime. Le chagrin s'empara d'elle tellement violemment, qu'il se diffusa sur le canal mental qui la reliait à Eric. Celui-ci ne tarda pas à faire irruption dans les appartements de son frère, sans prendre la peine de s'annoncer. Il trouva la Lux recroquevillée à même le sol, dans un coin de la chambre. Des larmes ruisselaient le long de ses joues. Ses yeux étaient ouverts, mais son esprit ne semblait plus être dans cette pièce.

– Juliette, l'appela-t-il en s'agenouillant devant elle.

Il n'obtint hélas aucune réponse. Il ne tenta pas d'établir une nouvelle fois le contact. Inutile, la Lux venait de disparaître dans un dédale de pensées. Pour la ramener, il devait lui aussi user de ce pouvoir pour accéder à ce labyrinthe. Seulement, ses aptitudes ne prenaient vie que dans le sommeil des gens. Cependant, Juliette laissait une signature énergétique tellement puissante derrière elle, que s'en servir et la rattraper fut chose aisée.

– *Juliette. Il faut rentrer maintenant. C'est dangereux de se promener ici.*

– *Becca avait raison.*

– *Reviens avec moi et nous en parlerons.*

– *Je regrette, c'est impossible. Je ne suis pas la personne que tu crois, pas même celle que j'imaginais. Ma place est ici Eric.*

– *Tu pourrais te perdre dans les pensées d'autres gens.*

– *Pas celle de Mathias en tout cas. Je ne parviens pas à l'atteindre.*

– *Repars avec moi, et je te promets que l'on découvrira le fin mot de l'histoire.*

– *Vas-y sans moi. Je ne pourrai pas regarder Nick en face en sachant qui je suis.*

– *Juliette.*

– *Je m'appelle Melody.*

– *S'il te plaît.*

– *Je regrette, Eric...*

Eric ne voyait pas comment ramener la Lux sans son consentement, et hélas, il se heurtait à un mur. De plus, l'onde de souffrance qu'elle dégageait devenait de plus en plus difficile à supporter, même pour un immortel comme lui. Il en venait à se dire qu'autant de pouvoirs dans un si petit être, et qui plus est, laissés à la dérive, ne pouvaient qu'engendrer une fin funeste. Il luttait pour rester à ses côtés, mais ne pouvant plus tenir, il dut accepter l'idée de repartir dans le véritable monde en laissant Juliette ballottée par les pensées des gens aux alentours. En revenant à lui, il remarqua les journaux de la Lux et entendit un chuchotement lui donnant l'autorisation de les lire.

Ce qu'il découvrit le laissa, tout d'abord, sans réaction. Puis, il comprit mieux la peur de Melody à réintégrer son corps et affronter Nick. Cela dit, il ne voyait rien que son frère ne serait à même de lui pardonner. Auprès d'elle, il avait acquis de nouvelles prédispositions pour la clémence. Toutefois, des pièces du puzzle manquaient encore, et n'apparaissaient aucunement dans les journaux de la jeune femme. Comment avait-elle fait la connaissance de Becca et Mathias ? Pourquoi ressentait-elle un tel malaise au contact de ce dernier ? Que pouvait-il bien y avoir sur cette clé USB ? Si Juliette avait pris la peine de mettre des fichiers à l'abri dessus, c'est qu'elle se doutait que sa mémoire était régulièrement effacée et que ce souvenir devait impérativement demeurer intact. Lui non plus ne parvenait pas à entrer dans la tête de Mathias. Cela résultait probablement d'un sortilège, du moins c'est ce qu'il supputait. Et le prêtre dans tout ceci ? Il ne lui avait pas semblé que ce dernier se soit donné beaucoup de mal pour la ramener de l'autre monde. Quelle pouvait bien en être la raison ?

– Qu'est-ce que vous faites ? Que lui arrive-t-il ? s'inquiéta Becca en pénétrant à son tour dans la chambre et en découvrant Juliette dans cet état.

– Elle se souvient.

– De quoi au juste ?

– Je ne saurais le dire avec certitude.

– Pourquoi est-elle apathique ? Que lui as-tu fait ?

– Ce n'est pas mon œuvre. C'est le sien.

– Veux-tu bien m'expliquer, je te prie ?

– Comme moi, elle possède le pouvoir de rentrer dans la tête des gens. Sauf qu'elle, elle y arrive lorsqu'ils sont éveillés.

– Et dans la tête de qui est-elle en ce moment ?

– Je dirais de toutes les personnes se trouvant à quelques kilomètres à la ronde.

– Mais comment est-ce possible ?

– Elle n'a pas supporté de découvrir ce que renfermaient ses journaux intimes et elle s'est laissée glisser dans le flot de pensées.

– Qu'attends-tu pour aller la chercher ?

– Cette remarque est très insultante. J'y suis déjà allé, mais elle refuse de revenir.

– Ramène-la de force.

– Cela ne fonctionne pas de cette manière, Becca. De plus, elle est bien plus puissante que moi.

– Mais on ne peut pas la laisser là-bas ! Nick l'attend. Il l'aime, ou du moins il pourrait l'aimer réellement. Elle doit revenir.

– Il n'y a qu'elle qui puisse faire ce choix.

– Je refuse de la perdre une nouvelle fois.

– Que dis-tu ?

– Rien. Tu prétends qu'elle possède la capacité d'entendre les pensées des gens qui gravitent dans les parages.

– En effet.

– De n'importe quelle personne ?

– Je ne suis pas sûr. Mathias semble déroger à la règle.

– Retourne auprès d'elle et oblige-la à écouter celles de Nick, lui ordonna

Becca en se dirigeant vers la porte.

– Becca ! Qu'y avait-il sur cette clé ?

– Quelque chose qu'elle ne doit jamais découvrir.

– Mais encore ?

– Les informations contenues dedans feront l'effet d'une bombe sur nous tous, mais Juliette en mourra assurément. Si tu tiens un peu à elle, ou juste par amour pour notre frère, laisse cette porte fermée pour toujours, dit-elle en sortant de la chambre.

Pendant qu'Eric retournait auprès de Melody et l'incitait de manière subtile à écouter dans la tête de son frère, Becca rejoignait les deux hommes dans le salon.

– Où sont donc passés mon frère et ma compagne ? Je vais commencer à croire qu'ils s'acoquinent derrière mon dos.

– Cesse donc d'être aussi parano, Nick. Ils discutent littérature. Et tu n'ignores pas qu'Eric est très loquace sur le sujet.

– Aurais-tu des doutes sur ta dulcinée ? le questionna Mathias, qui venait contrecarrer les plans de Becca.

– Ne sois pas ridicule Mathias. Tu ne trouveras pas de personne plus dévouée que ces deux êtres. Ils seraient prêts à mourir pour lui, l'un comme l'autre.

– D'ailleurs, l'une de ces personnes semble vivre ses dernières heures. Est-il prudent de t'amouracher d'un cadavre ambulant ?

– Mathias ! gronda Becca.

– Elle ne mourra pas ! se contenta de clamer le roi.

– Si ce n'est pas ta mère qui porte l'estocade, c'est sa partie Lux qui s'en chargera. Ce n'est qu'une question de temps. Il ne sert à rien de se voiler la face. Que peut-on faire pour empêcher cette fin à la Roméo et Juliette ?

– On trouvera, répondit Nick.

– Quand ?

– Tu désapprouves, j'ai compris le message.

– Je n'ai rien dit de tel. J'aimerais juste éviter que tu ne souffres de sa disparition.

– Je trouverai une solution, répéta le roi vraisemblablement agacé par la tournure que prenait la discussion.

– Et s'il n'y en avait aucune. T'es-tu au moins préparé à cette éventualité ? osa demander Becca.

– Jamais. Elle est la personne que j'ai toujours rêvé de rencontrer. Elle est faite pour moi. Il ne saurait y avoir de Roméo sans Juliette, peu importe la fin de l'histoire. Pour l'heure cette discussion est terminée. Je vais de ce pas arracher Juliette des griffes de mon intellectuel de frère.

Inquiète de ce que pourrait découvrir Nick en pénétrant dans ses appartements, Becca se hâta de lui emboîter le pas, suivie par Mathias.

– Juliette ! cria Nick en la découvrant au sol.

– Eric ? l'appela Becca en constatant que ce dernier se trouvait dans le même état que la jeune femme.

– Mais qu'est-ce qui s'est passé ici ? s'étonna Mathias alors qu'Eric reprenait conscience.

– Parle mon frère, lui intima le roi.

– Le passage vers l'autre côté essaie de s'ouvrir.

– Pourquoi est-elle toujours dans le dédale ? le questionna Becca.

– Elle est plus difficile à repérer là-bas, tenta d'expliquer Eric sans trop révéler d'informations susceptibles de compromettre la Lux.

– Si elle y reste trop longtemps, elle pourrait ne plus jamais pouvoir revenir, déclara Becca.

– Je ne comprends rien à votre histoire, s'impatienta Nick. Juliette, reviens, je t'en prie. J'ai besoin de toi, chuchota-t-il à son oreille.

Une onde de choc renversa tout sur son passage, y compris les occupants de la pièce. Puis l'âme de Melody réintégra son corps, pour le plus grand plaisir de tous.

Nick fut le premier à courir au chevet de Juliette. Becca lança un regard à Eric pour lui montrer les journaux intimes de la Lux qui venaient de glisser sur le sol et se trouvaient à présent aux pieds du roi. Eric s'en approcha discrètement et les fit passer à sa sœur, qui les dissimula sous sa tunique.

– As-tu réussi à le refermer ? demanda-t-elle à Melody qui n'avait pas encore prononcé le moindre mot.

– On dirait bien, répondit la Lux un léger sourire de satisfaction aux lèvres.

– Bien. Sur cette bonne nouvelle, je vous propose d'aller nous coucher. Il sera encore temps de débriefer de la situation demain matin, intervint Eric.

– Je vote pour, déclara Becca avant d'embrasser Juliette sur le front et de gagner ses quartiers, Mathias sur les talons.

– Eric, ne part pas ! le supplia mentalement la Lux. Que dois-je lui dire ?

– Rien pour l'instant. J'ai lu les carnets et je peux t'assurer que la situation n'est pas aussi catastrophique que tu le penses. Cesse de réfléchir et profite de ses bras réconfortants.

– Me détestes-tu ?

– Jamais je ne saurais éprouver de tels sentiments à ton égard. Repose-toi maintenant.

– Eric !

– Oui ?

– Merci…

– Mon Dieu, Juliette ! J'ai eu tellement peur ! s'exclama Nick avant de l'embrasser fougueusement.

La bienséance aurait voulu que Melody passe aux aveux. Mais elle avait tellement peur de le perdre qu'elle préféra garder le silence. Il la prit dans ses bras pour l'amener jusqu'au lit, qu'il débarrassa d'un geste vif de la main, de la montagne de vêtements qui l'encombrait. Il déposa sa bien-aimée dessus et laissa son corps lui montrer la grandeur de ses sentiments.

*

* *

Pendant ce temps, deux pièces plus loin, Becca et Mathias se retrouvaient seuls pour la première fois depuis leur virée shopping.

– Je n'ai aucune envie d'attendre demain. Quel est le problème ?

– Elle se souvient.

– De quoi au juste ? s'inquiéta soudain Mathias.

– Pas de ça. Du moins, pas pour l'instant. N'aie pas l'air surpris. Ses pouvoirs sont plus grands que les nôtres, ce n'était qu'une question de temps avant qu'elle ne retrouve la mémoire.

– Que fait-on ?

– Quitte la Nouvelle-Orléans avant que Nick ne te tue de ses propres mains.

– Jamais. C'est chez moi ici, Becca. Chez nous.

– Il ne saurait y avoir de nous après ce que tu lui as fait.

– Nous n'allons pas laisser le prêtre s'en tirer aussi facilement, j'espère ?

– Je ne sais pas. Et pour tout te dire, le Père Luc est le cadet de mes soucis. Melody a très mal réagi lorsqu'une partie de ses souvenirs est revenue…

Elle n'acheva pas sa phrase, submergée par l'émotion à l'idée de voir Juliette disparaître. L'espace d'un instant, elle se demanda si elle agissait de la sorte pour offrir à Nick la chance d'être aimée ou si ses intentions étaient purement égoïstes. Melody faisait du bien à tous ceux qui avaient la chance de croiser son chemin, Becca y compris. Ceux qui l'avaient désignée comme Lux ne s'étaient pas trompés : Melody était vraiment un ange.

– Rentre chez toi à présent.

– Je ne m'enfuirai pas, Becca. J'assumerai mes fautes, même si elles doivent me coûter la vie, déclara Mathias avant de quitter la demeure du roi.

18 - PLUS DOUCE SERAIT LA MORT

La nuit de Melody fut exquise. Lovée dans les bras de Nick, nul affreux rêve ne troubla son sommeil. Mais, à l'instar des premiers rayons du soleil qui se frayaient un chemin à travers les persiennes, la mauvaise conscience de la jeune femme commençait à inonder son cœur.

– Tu te lèves déjà ? demanda-t-elle à son roi en le voyant déserter le lit.

– J'aimerais organiser une soirée en ton honneur, ce soir.

– Non ! Pourquoi ?

– Parce que je suis fier de parader à ton bras et que je souhaite t'introniser au rang de reine. Lorsque je ne serai pas là, je désire que mes hommes te traitent avec le même respect qu'ils font preuve à mon égard, sinon plus.

– Ce n'est absolument pas nécessaire.

– Et je dirais même totalement hors de propos, résonna la voix d'Eric derrière la porte de la chambre de Nick.

– Tu peux entrer mon frère. Même tes remarques moralisatrices ne sauraient entacher ma bonne humeur.

– J'en suis ravi, car Becca et Mathias nous attendent autour d'un petit déjeuner pour débriefer des derniers événements.

– Il est toujours là celui-là, chuchota Melody en oubliant que les immortels possédaient une ouïe ultra fine.

– Plaît-il ? s'enquit Nick.

– Oh, rien, fit la jeune femme très embarrassée.

– Mathias est mon ami.

– En es-tu sûr ? laissa-t-elle échapper sans le vouloir.

– *Juliette, ne fais pas ça ! l'intima mentalement Eric.*

– Désirerais-tu porter à ma connaissance des éléments qui laisseraient penser le contraire ?

– Non. Aucun. La confiance n'est pas quelque chose d'inné chez moi.

– Je vois. Mais je peux te garantir que je pourrais lui confier ma vie et la tienne sans la moindre crainte, tenta-t-il de la rassurer avant de déposer un doux baiser sur son front.

– Nous t'attendrons dans la salle à manger, dit Eric en refermant la porte de la chambre derrière lui.

– *Apprends-moi à contrôler mon pouvoir. Je veux pouvoir entrer dans la tête de Mathias.*

– *Impossible.*

– *Il le faut. Tu as lu mes carnets. Il est dangereux pour Nick ; je dois connaître ses intentions.*

– *Son esprit est verrouillé par un sort de protection. Nul ne pourra le pénétrer.*

– *Merde !*

– *Il n'y a qu'une seule solution.*

– *Non, je refuse que tu entres dans ma tête.*

– *Tu es bien dans la mienne.*

– *C'est différent. Je me contente de communiquer avec toi, je ne soulève pas les tapis pour voir ce qui se cache dessous.*

– *Tu pourrais.*

– *Je n'en ai aucune envie.*

– Dépêche-toi de te préparer avant que Becca ne fasse une gaffe.

– Qui te dit que je ne suis pas déjà en train de le faire ?

– Je n'entends aucun bruit venant de la chambre, hormis le bruissement des draps de satin.

– Oh, toi et tes satanées oreilles ! Pitié, empêche-le d'organiser cette fête ! maugréa Melody.

– Je crains qu'il soit vain d'imaginer pouvoir le faire changer d'avis.

– Tu n'es vraiment d'aucune utilité aujourd'hui, ronchonna la jeune femme en posant le pied au sol.

– Je le concède avec regret.

Melody ne prit pas la peine de choisir une tenue. Elle enfila la première chose qui lui tomba sous la main. Ce fut une des chemises appartenant à son chéri, agrémentée d'un leggings noir. Elle attacha ses cheveux en queue haute et descendit pieds nus. Elle inspira profondément et pénétra dans la salle à manger. Tout juste eut-elle le temps de s'asseoir que les questions se mirent à fuser de toutes parts.

– Stop ! Inutile de vous époumoner, je n'ai aucune idée de comment j'ai refermé le passage, ni même si c'est vraiment mon œuvre. Et dans l'hypothèse que je sois l'instigatrice d'un tel acte, rien ne prouve que je serais en mesure de réitérer cette action.

– On dirait bien que l'affaire est classée, ironisa Mathias.

– En effet, rétorqua la Lux.

– J'ai une question, intervint le roi.

– Nous sommes tout ouïe, dit Becca un peu nerveuse.

– Quel sera le thème de la soirée ?

– Nick, veux-tu bien être sérieux deux minutes ? Nous avons une mère prête à vous tuer tous les deux, sans compter que la date de péremption de notre Lux adorée se rapproche à grands pas. Ne serait-il pas plus judicieux de chercher un moyen de vous sauver ?

– Merci Becca, répondit Melody.

– Nous sommes les immortels, nous pouvons aisément faire les deux. Et puis, si je dois passer l'éternité à me faire torturer par maman, je veux remplir mon esprit d'agréables souvenirs qui rendront ses châtiments plus supportables.

– Tu trouves ça drôle ? demanda la Lux à son compagnon, avant de quitter précipitamment la table furibonde, faisant éclater quelques ampoules ça et là sur son passage.

– Juliette, attends ! Becca, je compte sur toi pour que cette soirée soit inoubliable, dit Nick avant d'aller rejoindre Juliette dans la chambre.

– Ça pour être inoubliable, j'ai bien peur qu'elle le soit, soupira Becca.

– Pas si vite Mathias, assieds-toi. J'exige des réponses.

– Tu n'es pas en droit d'exiger quoi que ce soit de moi ! rétorqua ce dernier.

– Serais-tu stupide au point de vouloir me provoquer en duel ?

– Arrêtez ! les stoppa la seule femme encore présente autour de la table.

– Pourquoi être entré en contact avec Melody à son arrivée dans le Vieux Carré ?

– Il a lu les carnets de Juliette, l'informa Becca.

– Je la trouvais très jolie et elle semblait s'ennuyer, répondit Mathias.

– L'as-tu courtisée ?

– On peut dire cela. Mais c'est elle qui est venue me chercher la première.

– Vraiment ?

– Absolument. Tu es loin de savoir qui elle est réellement.

– Que voulait-elle ?

– Mon charme ne suffit-il pas à justifier son intérêt pour ma personne ?

– Non, répliqua Eric du tac au tac.

– Elle souhaitait que je l'aide.

– À faire quoi ?

– Me renseigner sur le prêtre. Sur les réelles motivations qui le poussaient à vouloir faire de Melody une Lux.

– Dois-je comprendre que le Père Luc est responsable de la transformation de Juliette ?

– Mathias, non, intervint Becca.

– Il l'a piégée pour qu'elle accepte sa véritable nature, en omettant bien entendu de lui dire que sa nouvelle mission la tuerait.

– Si vous le saviez, pourquoi ne pas l'avoir et avoir ôté tous ces souvenirs de sa mémoire ?

– On a essayé. Pendant des mois, nous avons veillé sur elle en gardant nos distances. Mais nous ne nous attendions pas à ce que le prêtre s'abaisse à user de tels stratagèmes, se défendit Becca.

– S'il est l'instigateur de cette transformation, alors peut-être peut-il l'annuler ? supputa Eric un brin d'espoir dans la voix.

– Je n'y compterais pas beaucoup à ta place. Il préférait la voir morte.

– Si Juliette venait à trépasser en emportant son secret dans la tombe, Nick n'aurait donc aucune raison d'abréger sa vie, expliqua Mathias.

– Cela explique son manque de réactivité lorsque Juliette s'est retrouvée prisonnière de l'autre côté, renchérit Becca.

– Qu'as-tu découvert sur le Père Luc ?

– Rien. Il est très doué pour enterrer ses cadavres.

– D'après ses journaux, Juliette se méfiait de toi. Pourquoi se serait-elle adressée à toi pour l'aider ?

– Peut-être parce que j'avais vu son petit manège. Elle essayait désespérément d'attirer l'attention de Nick sans succès, et comme je te l'ai déjà dit, elle s'ennuyait. Tu as lu ses carnets, tu sais qu'elle était obsédée par lui. Elle aurait fait n'importe quoi pour s'en rapprocher.

– De quels carnets parlez-vous ? demanda Nick qui entrait dans la salle à manger, main dans la main avec Juliette. Juliette ? Quelqu'un veut-il se donner la peine de répondre ? enchaîna le roi face au mutisme de la Lux.

– Mathias, ferme-la, lui ordonna Becca.

– Connaissais-tu Mathias avant cette soirée au bar ? Juliette ! commença-t-il à perdre son sang froid.

– Je crois que oui, chuchota la jeune femme.

– Tu crois ? Tu te fiches de moi ?

– Sa mémoire avait été effacée, l'informa Becca.

– Ce n'est pas à toi que je pose la question.

– Mais elle est incapable de te répondre.

– Vu que tu sembles dans la confidence, pourrais-tu avoir l'extrême gentillesse de me dire qui a ôté ces souvenirs de son esprit ?

– Bien sûr puisque c'est moi.

– Pourquoi ? s'étonna le roi.

– Parce que je savais que si tu apprenais un éventuel copinage entre Juliette et Mathias, tu ne voudrais plus d'elle. Et tu l'as dit toi-même hier, c'est la femme qu'il te faut.

– As-tu couché avec Mathias ?

– Je n'en ai pas le souvenir.

– Merveilleux ! éclata-t-il d'un rire nerveux. Mathias, peux-tu nous éclairer ?

– Elle dit vrai.

– Pourtant je vois dans ton regard qu'il s'est passé quelque chose, n'est-ce pas ?

– J'ai fait l'amour avec Juliette.

– Non ! C'est impossible ! cria Melody.

– Je te jure que si, dit Mathias.

– Tu mens, cela n'apparaît dans aucun de mes journaux, se défendit la jeune femme.

– Effectivement. Tu avais sauvegardé la vidéo de nos ébats sur une clé USB.

– Était-ce celle que tu as détruite ? demanda Eric à Becca.

– Oui.

– Tout le monde est donc au courant de l'existence de ces carnets et de la fameuse clé, comprit le roi très vexé.

– Je n'ai rien fait de tel, Nick, je te le jure, dit Melody en tentant de lui reprendre la main.

– Pourquoi devrais-je croire une inconnue plutôt que mon meilleur ami ?

– Je t'en prie, Nick !

– Je veux que tu quittes cette maison sur le champ, n'emporte que ce que tu portes sur toi. Tu n'existes plus pour moi. Tu es morte ! lâcha le roi amer en la foudroyant du regard.

– Nick… tenta de négocier Becca.

– Si tu n'approuves pas ma décision, tu es libre de partir avec elle. Tu devrais être contente, il n'y aura finalement pas de fête ce soir.

– Ne fais pas ça, Nick. Je t'aime… cria Melody en pleurs en le voyant disparaître dans l'escalier.

Le monde de Melody venait soudain de s'effondrer. Sans Nick, elle ne se sentait pas capable de contrôler son côté démoniaque de Succube, et encore moins d'affronter la sorcière de l'autre monde. Une douleur immense déchirait son cœur et rien au monde, dans celui-ci ou un autre, ne pourrait jamais la faire taire. À cet instant précis, elle ressentait juste le besoin de disparaître.

– Juliette, attends ! l'appela Becca alors que cette dernière quittait la maison en courant, sans ses chaussures. Tu es fier de toi Mathias ? Pourquoi as-tu fait une chose pareille ?

– Par jalousie. Ne t'en déplaise ma sœur, mais il est amoureux de Juliette, peut-être même depuis l'instant où elle a mis les pieds dans le Vieux Carré. N'était-ce pas ton plan depuis le début : réduire l'histoire d'amour de Nick et Juliette en cendres ? Si tu ne pouvais pas avoir Juliette, alors Nick ne l'aurait pas non plus. Ai-je tort ?

– Melody, tu veux dire. Il ne sait pas qui elle est. Il ignore même jusqu'à son prénom. Ce n'est pas un ange, elle ne l'a jamais été. Elle est Lilith, répondit Mathias en quittant la demeure de son ami à son tour.

*
* *

Alors que Melody errait dans les rues en détruisant tout sur son passage, Nick s'était enfermé dans son bureau. Il se sentait blessé, trahi. Un énorme coup dans la porte fit exploser cette dernière et laissa entrer Becca, un sac à la main.

– Tu as décidé de m'abandonner et de partir avec elle ? la questionna-t-il.

– Elle refusera probablement de m'adresser la parole après ce que je lui ai fait. Ce sac contient les affaires que tu lui as interdit d'emporter. Je vais les déposer devant chez elle.

– Je me suis pourtant montré très clair, Becca.

– Je n'ai que faire de tes directives ! Tu l'as condamnée avant même de savoir ce qui s'était réellement passé.

– Mathias a dit…

– Mathias est un menteur ! Comment peux-tu ne pas voir qu'il convoite tout ce que tu possèdes depuis des années ?

– Il est mon ami.

– Absolument pas. Lis les carnets de Juliette et tu verras qu'elle n'est pas celle qu'il t'a décrite, dit-elle en lançant les dits objets sur le bureau.

– Reviendras-tu ?

– Pas si elle meurt.

– Pourquoi serait-ce le cas ?

– L'idée de ne pouvoir être avec toi l'a déjà conduite à vouloir en finir. Heureusement, je n'étais pas loin. C'est pour cela que j'ai effacé sa mémoire. Elle est ton âme sœur, et toi, tu l'as répudiée. Tu ne mérites pas l'amour inconditionnel qu'elle te voue. Ta place est auprès de maman, lâcha Becca en quittant la pièce.

Nick attrapa un des carnets, puis le reposa aussitôt. Bien plus que déçu par sa Juliette, il tremblait littéralement de peur à l'idée de ce que pouvait renfermer ces journaux. Pour rien au monde, il ne souhaitait apprendre que sa bien-aimée s'était jouée de lui, aspirant uniquement à bénéficier de sa protection et de son pouvoir.

Il voulait croire que Mathias ait menti et que jamais Juliette n'aurait pu s'adonner au plaisir charnel avec lui. Cependant, il le connaissait depuis de nombreuses années et aucun signe montrant qu'il ne disait pas la vérité ne venait lui donner le moindre espoir.

– Auras-tu le courage de les lire ? lui demanda Eric en s'asseyant en face de son frère.

– Le faut-il vraiment ?

– Tu ne saurais l'aimer réellement si tu ignores qui elle est.

– Elle s'est acoquinée avec mon meilleur ami ! lâcha-t-il en tapant du poing sur la table.

– Si cela est vrai, il est important que tu te souviennes que vous n'étiez pas encore ensemble. Vous ne vous étiez même jamais adressé la parole.

– À l'instar de Becca, douterais-tu de ces révélations ?

– Notre sœur s'est vraisemblablement retrouvée au cœur de sombres machinations. Toutefois, elle semble avoir fait de son mieux pour protéger Juliette et de ce fait, se trouve mieux informée que nous sur la situation.

– Comment la forcer à cracher le morceau ? demanda Nick.

– Impossible. Elle lui sera dévouée jusqu'à la mort. J'avais un plan, mais à présent, Juliette, déjà très réfractaire, refusera d'y participer.

– Quel était-il ?

– Entrer dans sa tête et faire sauter les verrous qui bloquent ses souvenirs.

– Je refuse ! Cette option est inacceptable !

– Pourquoi ?

– Parce que... Tu sauras tout d'elle. Tu la connaîtras mieux que moi.

– C'est déjà le cas. À part si tu te décides à lire ses carnets. Celui-ci devrait t'intéresser tout particulièrement, dit Eric en repoussant l'un d'eux devant Nick.

Il sortit ensuite de la pièce pour lui laisser l'intimité dont il avait besoin. Ses oreilles aux aguets, il entendit son frère saisir l'objet, puis en feuilleter les pages. Il crut même entendre ce dernier pleurer. Il comprit alors qu'il devait tout faire pour réconcilier les deux amants. Mais pour cela, il lui faudrait mettre la main sur Juliette avant qu'elle n'intente à ses jours.

19 - INTROUVABLE

Hélas ni Becca, ni Eric ne réussirent à mettre la main sur Melody, malgré les nombreuses traces de passage qu'elle laissait derrière elle. Entre vitrines cassées et incendies, le Vieux Carré ressemblait à un champ de bataille. Dans un premier temps, la Lux était retournée chez elle. Mais en proie à une profonde détresse, et ne parvenant pas à maîtriser ses pouvoirs, elle avait littéralement saccagé son appartement. Terrifiée par la violence de ses gestes, elle partit alors se réfugier dans l'église déserte. L'heure était tardive et même le Père Luc ne s'y trouvait plus. Après avoir fait les cent pas, elle tenta de retrouver ses esprits en s'asseyant derrière le piano et en interprétant Not About Angels de Birdy. Mais alors que le pouvoir de la musique opérait, un invité inattendu vint semer à nouveau le chaos dans la tête de Melody.

– Casse-toi ! lui hurla-t-elle dessus.

– Je te demande pardon, Lilith.

– Ne m'appelle pas comme ça !

– Pourquoi ? N'est-ce pas la personne que tu es véritablement ?

– Plus maintenant.

– Penses-tu vraiment avoir gagné au change en troquant Lilith contre le personnage de Juliette ? Est-il à la hauteur de tes attentes ?

– Que veux-tu Mathias ?

– M'assurer que tu ne feras rien d'irréfléchi.

– Tout ce que je fais l'est. Sois plus précis.

– Je ne veux pas que tu meures.

– Pour ça, il aurait fallu que tu m'empêches de devenir une Lux.

– J'ai essayé.

– Et tu as échoué. Mon pauvre Mathias, on dirait que tu n'es vraiment bon à rien. Comment arrives-tu à vivre avec le poids de tous tes échecs ?

– Et toi ? Tu as tenté de devenir une autre pour être aimée de Nick, et regarde comment cela a fini.

– Espèce d'enfoiré ! cria Melody en quittant le piano et projetant Mathias dans les airs.

– Du calme Lilith ! Je suis de ton côté.

– Cesse donc avec ce surnom.

– Jamais. Tu seras toujours Lilith au fond de toi, et c'est peut-être ce qui te sauvera la vie.

– Explique-toi ! lui intima la jeune femme en lui rendant sa liberté.

– Le prêtre a menti. Tu n'es pas un ange. Il y a en toi un savant mélange d'ange et de démon.

– Comment pourrais-je te croire, après ce que tu as raconté sur moi tout à l'heure ?

– Je n'ai rien inventé.

– Non… Je n'aurais jamais fait ça…

– Nous avions beaucoup bu. Cela arrive tous les jours. Il n'y a pas matière à en faire toute une histoire Lilith, je t'assure.

– Si tu prononces encore ce nom, je te tuerai sans la moindre hésitation.

– OK, abdiqua Mathias. Viens, je vais te reconduire chez toi.

– Je n'ai aucune envie d'…

– D'être seule ?

– D'être là-bas.

– Où voudrais-tu te trouver ?

– De l'autre côté, avoua-t-elle en laissant ruisseler des larmes le long de ses joues.

– Oublie, ce n'est pas une option acceptable.

– Qu'attends-tu de moi ?

– Ce soir, rien du tout.

– Et demain ?

Il ne répondit rien, se contentant de la guider vers la sortie d'un geste de la main.

En constatant les dégâts dans l'appartement de Melody, il jugea préférable de ramener la jeune femme chez lui. En gentleman qu'il n'était pas, il lui laissa le lit et s'installa sur le canapé. Mathias vivait dans un loft. De l'endroit où il se trouvait, il pouvait aisément surveiller ses faits et gestes. Et pour l'heure, il constatait avec un pincement au cœur que Melody inondait l'oreiller de la peine engendrée par sa rupture avec Nick. Bien entendu, la pensée lui vint d'aller la réconforter, mais cela aurait été fortement déplacé, même pour lui. Alors, impuissant, mais ravi de la distance qu'il venait d'instaurer entre Nick et Melody, il se contenta de veiller sur elle, de loin. Puis au petit matin, alors qu'exténuée, la jeune femme finit par s'endormir, Mathias sortit discrètement du loft pour préparer l'offensive contre son soi-disant ami.

La première décision qu'il prit fut de jeter un sort qui rendrait Melody impossible à localiser. Il ne voulait pas que Nick ou Eric ne viennent chercher la jeune femme durant son absence. Il fut d'ailleurs bien avisé d'agir de la sorte, car chez le roi, la disparition de leur Juliette avait mis les habitants sur le pied de guerre et tous les moyens seraient bons pour la retrouver.

*
* *

– Elle n'est nulle part, annonça Eric en pénétrant dans le salon où Nick et Becca débriefaient de la situation.

– Comment est-ce possible ? On ne disparaît pas comme ça ? s'énerva le roi.

– Becca ? demanda Eric en espérant qu'elle ait eu plus de chance que lui.

– Rien de mon côté non plus. Lorsque je suis arrivée chez elle, j'ai trouvé la porte ouverte et l'appartement complètement dévasté. Mais aucune trace de Juliette. Pas même sur le toit.

– Rien à l'église non plus. Toutefois, l'état de l'autel atteste de son passage, expliqua Nick.

– Où peut-elle être ? s'inquiéta Becca.

– J'ai fait le tour de la ville deux fois, sans succès, ajouta Nick.

– Et si elle était… Enfin, vous voyez… bafouilla la jeune femme sans parvenir à prononcer le mot tant redouté.

– Impossible, répondit Eric.

– Comment peux-tu en être aussi sûr ? le questionna le roi.

– Elle est entrée dans ma tête.

– Qu'est-ce que cela signifie ?

– Juliette tâtonne avec ses pouvoirs. Donc pour faire simple, c'est comme si nous étions au téléphone et qu'elle avait oublié de raccrocher. Je n'entends pas ce qu'elle dit, mais je peux la sentir à l'autre bout du fil. Elle propage une vague de détresse tellement grande qu'un sourd pourrait l'entendre.

– Peux-tu lui parler ? s'enquit Nick.

– Cela ne fonctionne pas de cette manière. La plupart du temps, je frappe à sa porte et j'attends de voir si elle désire l'ouvrir, ou pas.

– Et dans le cas présent ? intervint Becca.

– Je ne parviens pas à l'atteindre. C'est comme si elle était partout et nulle part à la fois. Mais sa douleur est insoutenable. Il faut vite la retrouver.

– Tout ceci est de ta faute, Nick ! Si jamais il lui arrivait quelque chose, sois assuré que maman sera le cadet de tes soucis ! déclara Becca.

– Stop ! Nous diviser n'arrangera pas la situation, trancha Eric.

– Que proposes-tu mon frère ?

– Nous allons avoir besoin des services de ton amie sorcière, expliqua-t-il.

– Un sort de localisation ? demanda Becca.

– Exactement.

– Je m'en charge immédiatement, dit Nick en sortant de la pièce.

– Elle aura besoin d'un objet lui appartenant, l'apostropha Eric.

– Et Juliette nous en a laissé plusieurs, clama le roi en allant récupérer un des carnets dans son bureau.

– Attends ! le stoppa Eric.

– Qu'y a-t-il ? lui demanda l'immortelle.

– J'ai perdu le contact.

– Plaît-il ?

– Je ne sens plus Juliette.

– Qu'est-ce que cela veut dire ? s'inquiéta Becca.

– Je l'ignore, dit Eric.

– Où peut-être le sais-tu trop bien ? lâcha Nick en sortant précipitamment de leur maison.

– Nick !

– Laisse-le. Il a besoin de se retrouver seul.

– Penses-tu qu'elle soit morte ?

– J'ai peur qu'elle ne se soit noyée dans le raz-de-marée de pensées qui l'entourent.

– Ne peux-tu pas aller la récupérer comme l'autre fois ?

– Si je m'étais trouvé plus près d'elle, peut-être… Mais pas dans ces conditions. Je suis désolé Becca.

*

* *

– Tu es réveillée. Ça tombe bien, je viens de passer prendre à déjeuner. J'ai également fait un détour par ton appartement pour te récupérer quelques affaires.

– Suis-je ta prisonnière ?

– Absolument pas.

– La porte était verrouillée.

– Et voici un double des clés. Je n'ai pas l'habitude de recevoir, je te prie de bien vouloir excuser mes manières de vieux garçon.

– Je suis donc libre de partir.

– Si tu voulais vraiment quitter ce loft, il te suffisait de faire exploser la porte. Où désirerais-tu te rendre ?

– Nulle part, avoua Melody en s'asseyant sur le rebord de la fenêtre pour regarder dehors. Tout n'est plus que cendres et éclats de verre. Où pourrais-je bien aller ?

– Tu es en sécurité ici. Je sais que pour l'instant tu es triste, mais tu dois reprendre des forces.

– Pourquoi ? Propager le chaos dans toute la ville ? Dans le pays tout entier ?

– Pour rester en vie.

– Trop tard. Je suis déjà morte. Le Père Luc n'avait pas tort, je suis bien un ange, l'ange de la mort. Samaël le destructeur.

– Ce n'est pas vrai.

– Enfin regarde ce que j'ai fait à cette ville, Mathias !

– Mieux vaut la ville que ma personne.

– Très drôle.

– Moi, ce que je vois, c'est ce que tu pourrais faire.

– Quoi par exemple ? T'aider à te débarrasser de Nick pour que tu puisses devenir roi à sa place ? Parce que c'est bien de cela qu'il s'agit, n'est-ce pas ?

– Il est vrai qu'en alliant nos forces, nous pourrions régner tous les deux sur la Nouvelle-Orléans.

– Tous les deux ? Comme un couple ? pouffa-t-elle de rire.

– Comme il te plaira. Tu fixeras tes conditions.

– Je n'ai pas pour ambition de devenir une reine.

– Foutaise. Tu peux mentir à tout le monde, mais je te connais Melody et je sais qu'être un Succube te procurait beaucoup de plaisir.

– J'ai tué des gens.

– Des méchants : des voleurs, des dealers, des pédophiles…

– Comment peux-tu savoir cela ? le questionna la Lux soudain très intriguée.

– Tu m'avais demandé de fouiner dans la vie du prêtre et cela m'a ramené vers ton passé.

– Je refuse de faire du mal à Nick ou à un membre de sa famille.

– Il ne mérite pas autant de dévotion de ta part après la manière dont il t'a traitée.

– Je ne changerai pas d'avis.

– Même si ta vie en dépendait ?

– Oserais-tu me menacer ? s'indigna la jeune femme.

– Absolument pas, répondit ce dernier en finissant de dresser la table et en l'invitant à le rejoindre d'un signe de tête.

– Je t'écoute.

– Ton côté Lilith est bien plus fort que ton côté Lux. Si tu laisses Lilith reprendre le pouvoir, alors la Lux cessera d'exister et tu conserveras ce qui te reste de ton âme.

– Mon âme ne saurait supporter de répandre la mort autour de moi.

– Elle l'a fait jusqu'à ce que tu te transformes en Lux.

– Je refuse de tuer des innocents.

– Je n'ai rien suggéré de tel. La ville a besoin de faire peau neuve. Il faudrait la débarrasser de quelques individus nuisibles.

– Ce qui te conférerait plus de pouvoirs.

– Exactement. Tu restes en vie, et moi, je récupère la ville. Qu'en dis-tu ?

– Tu me donnes envie de vomir, lâcha-t-elle en retournant se coucher.

– Pourtant, tu restes sous mon toit.

– Je n'ai nulle part où aller, se justifia-t-elle.

– J'ai mandaté une entreprise pour remettre ton appartement en état. Ton supplice ne durera pas plus d'une semaine.

– C'est déjà trop long, ronchonna-t-elle.

Mathias encaissa cette remarque sans broncher. Il délaissa la table pour s'installer sur le canapé. Il alluma la télévision dont il prit soin de régler le volume assez fort pour couvrir les pleurs de Melody. Une partie de lui se trouvait peinée de ne pouvoir conquérir le cœur de la jeune femme, bien plus que par son refus de s'allier à lui. Cependant, il ne s'avouait pas vaincu pour autant. Il détenait l'éternité pour racheter ses fautes et peut-être que par habitude ou lassitude, la belle finirait par apprécier la bête qu'il était. Quant à l'autre partie, me direz-vous ? Il ne pouvait que se réjouir de constater que Melody ne s'était pas enfuie. Même si elle le détestait et l'ignorait, il préférait son silence à son absence.

Mais alors que trois jours s'étaient déjà écoulés, et que dans la demeure du roi tous les habitants, sous le coup de l'échec du sort de localisation, spéculaient sur le sort de Juliette, Mathias voyait Melody devenir de plus en plus apathique jusqu'à ce que son esprit disparaisse dans le néant. Il fit appel au sorcier qui avait lancé le sort de dissimulation sur Melody, hélas sans résultat. Impuissant, il se résigna à contacter Eric. Ce dernier, surpris par son appel, accepta toutefois de venir au rendez-vous, seul, et sans en informer les autres membres de sa famille. Il ne lui fallut pas plus de quelques secondes pour comprendre la situation.

– Depuis quand est-elle comme ça ?

– Elle a sombré lentement dans un état apathique, mais depuis hier soir, la catatonie l'a dévorée.

– Je vois.

– Qu'est-ce qu'elle a ?

– Elle se meurt de chagrin.

– Mais comment ? Je n'ai jamais rien vu de tel.

– Juliette lit dans la tête des gens.

– Elle perçoit les auras, je sais.

– Non. Elle fait plus que cela. Elle possède le pouvoir de s'immerger dans les pensées des gens qui l'entourent.

– Wahoo. C'est un sacré don !

– C'est surtout extrêmement dangereux. D'autant plus si on ne sait pas l'utiliser. On peut disparaître dans les pensées d'autrui et ne plus pouvoir revenir.

– Ou ne plus avoir envie de revenir, comprit soudain Mathias. Peux-tu la ramener ?

– Je peux essayer de la trouver si tu annules le sort de dissimulation qui l'entoure. Cependant, je ne possède pas la capacité de la ramener de force. Elle doit le décider.

– Elle refusera assurément. Eric, qu'allons-nous faire ?

– Prier pour que je trouve les mots qu'elle a besoin d'entendre…

20 - SERAIT-CE DES REMORDS ?

Une semaine s'était écoulée depuis qu'Eric avait laborieusement extirpé Melody du flot de pensées. Et malgré l'insistance de ce dernier, la jeune femme avait refusé de repartir avec lui. Il s'était donc vu contraint de l'abandonner aux griffes de Mathias, lui promettant de ne pas révéler l'endroit où elle se cachait à Nick et Becca.

Vint ensuite le moment pour Melody de regagner son appartement fraîchement réparé. Mais contre toute attente, la jeune femme choisit de demeurer chez Mathias, chose qui dérangeait grandement Eric. Il n'avait aucune confiance en Mathias. Et même si la seule réelle menace pour Melody, c'était Melody elle-même, il n'avait de cesse de s'inquiéter pour la jeune femme. Pourtant, cette dernière ne risquait pas grand-chose avec Mathias. Bien sûr, nous connaissons tous la vérité sur leur rapprochement physique. Toutefois, le jeune homme, en proie à d'affreux remords, usait de tous les stratagèmes possibles pour racheter ses fautes.

Melody souffrait toujours de sa rupture avec Nick. Mais les jours passant, elle s'était habituée à la présence du traître, comme elle le désignait dans ses carnets. Loin de trouver sa compagnie désagréable, on ne pouvait pas dire pour autant que des liens d'amitié s'étaient créés entre eux. Il tentait de l'empêcher de se laisser à nouveau emporter par le flot de pensées soit en la faisant rire, soit en attisant sa colère. Il était là, pour elle. Évidemment, il serait tentant de dire : "pour la pérennité de ses pouvoirs". Mais cela frôlerait l'injustice.

Bien qu'elle soit autorisée à sortir du loft sans son hôte, Melody ne mettait jamais un pied dehors. Peut-être ne se sentait-elle en sécurité qu'entre ces murs ? À moins qu'elle n'ait peur d'affronter le désastre qu'elle avait causé ? Ou encore qu'elle soit juste tétanisée à l'idée de croiser Nick au détour d'un coin de rue ? Sachant cela, Mathias redoutait l'annonce qu'il s'apprêtait à lui faire.

– Déjà de retour ? le questionna Melody en le voyant passer la porte avant même la tombée de la nuit.

– Comme tu vois.

– Qu'y a-t-il ? demanda la jeune femme en percevant son angoisse.

– Ta présence est requise dans deux heures, à la librairie d'Emy pour brainstormer sur le sujet épineux de la sorcière de l'autre monde : la possibilité de la voir revenir ici avec l'idée de nous éliminer tous, etc., etc.

– Brainstormer avec qui ?

– Nick, sa famille et le prêtre.

– Viens-tu ? s'enquit Melody.

– Je n'ai pas été convié, expliqua Mathias.

– Dans ce cas, je vais décliner l'offre et rester ici devant la télévision.

– Te savoir avec le roi ne m'enchante guère. Toutefois, tu ne peux pas continuer à te cacher ici.

– Oh, je vois. Ma présence t'indispose. À présent il est temps pour moi de m'en aller, lâcha-t-elle amère.

– Absolument pas. Tu es chez toi ici. Mais il est important de nous débarrasser de la menace qui pèse sur ta tête.

– Elle n'en est plus une depuis que je sais comment empêcher le portail de s'ouvrir. De plus, l'anéantir reviendrait à supprimer la seule chance que tu possèdes de te débarrasser de Nick pour toujours. Est-ce vraiment ce que tu désires ?

– Et toi, Melody ? Veux-tu réellement le voir disparaître ? J'en doute fort, vu le temps que tu passes à pleurer son absence. Et puis, cela ne concerne pas que lui.

– Je ne comprends pas.

– En refermant le portail comme tu le fais, tu condamnes l'âme des personnes fraîchement décédées à rester dans notre monde. Et d'après ce que mes hommes m'ont rapporté, elles sont très en colère et se sont regroupées en une sorte de milice.

– Une milice ! railla-t-elle.

– C'est très sérieux, Melody. Elle provoque des incidents un peu partout en ville. Mais j'ai peur que leur but final soit de s'en prendre à toi.

– Qui est au courant de cela ?

– Pour l'instant, rien que nous. Mais les autres en auront vent bientôt. Va à cette réunion et trouve un moyen de détruire cette sorcière. Séparément, vous n'êtes pas assez forts. Mais en unissant vos forces, vous pouvez anéantir cette vieille folle une fois pour toute.

– Accompagne-moi, s'il te plaît ! le supplia-t-elle.

– C'est impossible. Nick repérerait ma présence à des lieues à la ronde et annulerait tout. De plus, je dois rencontrer mon ami sorcier pour discuter avec lui de la milice. Melody regarde-moi. Ça va bien se passer. J'ai confiance en toi. Et si tu as le moindre souci, n'hésites pas à m'appeler et j'accourrai.

– OK, répondit la jeune femme en s'enfonçant dans le canapé et en repliant ses jambes sur son ventre de manière défensive.

– Je vais nous préparer à manger.

– Mathias !

– Oui.

– Ton sorcier ne pourrait-il pas lancer un sort de dissimulation sur moi, ce qui empêcherait la mère de Nick de déceler ma présence lorsque j'irai à nouveau déposer des âmes de l'autre côté ?

– Je lui poserai la question. Toutefois, l'autre côté est censé être exempt de magie.

– Pourtant la sorcière continue de pratiquer. Comment est-ce possible ?

– C'est peut-être là que réside la clé de notre problème.

Bien que Mathias cuisine à merveille, l'appétit de Melody était aux abonnés absents. Le jeune homme ne s'en offusqua pas. Toutefois, la voir s'apprêter pour honorer son rendez-vous avec Nick piqua sa jalousie. C'était lui qui veillait sur elle et tentait de recoller les morceaux de son cœur, sans rien obtenir en retour. Et c'est pour l'individu qui lui avait fait tant de mal qu'elle désirait être belle. Le cœur serré mais affichant un sourire de façade, il l'accompagna jusqu'à la porte et la regarda quitter le loft pour la première fois depuis presque deux semaines. Une pensée traversa soudain son esprit : reviendra-t-elle auprès de lui ?

*

* *

– Juliette ! s'enthousiasma Becca en voyant son amie pénétrer dans la librairie.

– Dois-je déduire de ce débordement d'affection que je t'ai manqué ? demanda Melody alors que Becca l'étouffait par son étreinte.

– Veux-tu bien la laisser respirer, intervint Eric.

– Désolée, dit Becca.

– Je suis ravi que tu aies accepté de venir. Tu as l'air d'aller bien, rajouta Eric.

– Tu mens toujours aussi mal, mais c'est gentil, le taquina la Lux.

– À présent que nous sommes tous réunis, pouvons-nous commencer ? s'impatienta Nick en mettant ainsi un terme aux effusions.

– On dirait qu'il y en a un à qui je n'ai pas beaucoup manqué, lâcha Melody avant de prendre place à côté du Père Luc.

Nick ne releva pas cette remarque. À dire vrai, il ignorait totalement la jeune femme. Elle tenta de concentrer son attention sur les propos échangés, mais cette proximité avec le roi devenait de plus en plus difficile à supporter. Elle allait bientôt s'effondrer. Il fallait qu'elle quitte cette pièce. Alors sans rien dire, elle se leva et se dirigea vers la sortie de la boutique.

– Où vas-tu ? s'enquit Becca.

– Je ne suis d'aucune utilité, je vous laisse régler les préparatifs. Je jouerai le rôle qui m'aura été assigné. Non, restez mon Père. Vous devez veiller à ce que la sécurité des humains ne soit pas oubliée dans cette horrible bataille. Je vous retrouverai plus tard à l'église.

– Laissez-la partir, mon Père. Elle n'est visiblement pas intéressée par le sauvetage de l'humanité.

– Nick ! le sermonna son frère.

– C'est ton sauvetage qui m'indiffère, chuchota Juliette en quittant la pièce.

– Pourquoi ce regard noir, mon Père ? Je vais dire à mes hommes de la suivre discrètement.

– Ce n'est pas pour sa sécurité que je m'inquiète, mais pour son âme. Pourquoi agir de la sorte avec elle, alors qu'il est pourtant tellement évident que vous éprouvez des sentiments à son égard ? le questionna l'homme d'Église.

– Ceci ne vous regarde en rien, aboya-t-il en tapant violemment sur la table avec ses deux poings.

– Tu devrais aller faire un tour pour reprendre tes esprits, mon frère. Nous ne déciderons rien sans toi, je peux te l'assurer. Père Luc ?

– Faites donc, j'ai tout mon temps. Plus personne ne vient se confesser de toute manière, ironisa ce dernier.

– Moi j'ai deux ou trois péchés que je souhaiterais expier, mon Père, si vous voulez bien, dit Becca.

– Plutôt deux ou trois cents, chère sœur, clama Nick depuis l'entrée de la librairie.

*
* *

Melody déambulait dans les rues du Vieux Carré, essayant de se remettre des émotions provoquées par la vue de Nick. Elle l'aimait tellement. Jamais elle n'avait connu de sentiments aussi forts. Son regard fut soudain attiré par un jeune couple avec un bébé. Une jolie petite fille. Machinalement, sa main se posa sur son utérus exempt de vie, et de petits cristaux de diamants se frayèrent un chemin hors de ses yeux bleus.

– Vous allez bien Mademoiselle ? la questionna la jeune maman.

– Vous avez une merveilleuse famille, se contenta-t-elle de répondre.

– Un jour prochain, vous pourrez jouir du même bonheur. J'en suis convaincue, dit la femme en remarquant la main de Melody posée sur son ventre.

– Probablement…

Sur ces mots, Melody reprit sa route, suivie à bonne distance par Nick. Elle pouvait sentir sa présence sans même le voir, tellement son regard sur elle était insistant. Elle décida de tourner subitement au coin d'une rue et d'attendre patiemment qu'il accoure.

– Je t'ai connu plus discret. Que veux-tu ? lança-t-elle l'assaut alors qu'il venait de tomber dans son piège.

– Le prêtre ne me pardonnerait jamais s'il venait à t'arriver malheur.

– Fadaise. Personne n'ose poser les yeux sur moi, alors m'attaquer…

– La jeune femme avec son bébé ne paraissait pas effrayée.

– Des touristes probablement. Retourne à la librairie planifier ta guerre.

– Becca a réquisitionné le prêtre. Il semblerait qu'avec la fin approchant à grand pas, elle ait eu besoin de se confesser.

– Le pauvre, il va en avoir pour toute la nuit.

– Ce n'est pas très gentil.

– Je dis cela avec beaucoup d'affection. Je n'ai rien contre ta famille.

– Juste contre moi.

– Arrête tout de suite, Nick ! C'est toi qui as décidé que je n'étais pas digne de faire partie de ta vie. À l'avenir, il conviendrait de faire appel à des intermédiaires si tu as un message à me faire passer.

– Comme Mathias ?

– Je pensais plutôt à ton frère, mais si tu préfères que ce soit Mathias, alors va pour Mathias.

– Il a des vues sur toi. Le savais-tu ?

– Tout le monde le sait. Quelle fierté ce serait pour lui de parader au bras de ton ex. Il n'y a que pour toi que c'est une honte, dit Melody en tournant les talons.

– Te plaît-il ? la questionna-t-il en la plaquant au mur.

– Tu n'as pas le droit de m'interroger de la sorte. Je suis à présent libre d'offrir mes charmes à qui je veux.

– Je te l'interdis !

– Pourquoi ? Parce que c'est ton ami ?

– Non, parce que je t'aime, avoua-t-il en tentant de l'embrasser.

– Ne fais pas ça. C'est trop cruel. On sait tous les deux que tu ne pourras jamais oublier mon faux pas, alors restons sur la décision que tu as prise. De plus, tu sais pertinemment que ce n'est pas la réalité, sinon tu serais déjà de l'autre côté à distraire ta mère.

– Une décision prise sous le poids de la colère ne peut être juste, prononça-t-il en voyant la jeune femme disparaître dans le tsunami de touristes.

Et tandis qu'elle regagnait l'église en pleurs, suivie discrètement par Mathias, Nick quant à lui, broyait du noir en contemplant son royaume du haut des toits de la ville, le titre Down, de Jason Walter résonnant dans sa tête.

– Ne comptes-tu pas aller lui parler ?

– Que pourrais-je bien lui dire, mon frère ?

– Que tu es un imbécile.

– Ne me provoque pas !

– Je ne crains pas de devoir t'affronter. Le prêtre a raison : tu l'aimes. Et elle éprouve la même chose à ton égard.

– Je sais.

– Alors va lui présenter tes excuses et profite du bonheur immense d'être à ses côtés.

– C'est impossible.

– Pour quelle raison ?

– Elle m'a trahi.

– Tu sais pertinemment qu'il n'en est rien. Les faits datent d'avant votre rencontre.

– Peu importe.

– Ce sont des excuses que tu te racontes pour fuir le bonheur. La trahison, les manigances, les abandons nous sont coutumiers. Nous savons comment réagir face à ceux-là. Mais l'amour, Nick, est une chose devant laquelle notre famille se trouve totalement démunie. Il nous effraie parce que c'est un étranger. Ne fais pas l'erreur de passer à côté, par peur de l'inconnu. Tu y as droit. Tu le mérites mon frère. Ne laisse pas notre mère gagner.

– Cela semble tellement facile à t'entendre. Alors pourquoi es-tu toujours seul, Eric ?

– Mon amour est mort.

– Mais il y a d'autres femmes dans le Vieux Carré qui pourraient aisément faire ton bonheur.

– Voici juste mon avis de grand frère : je ne voudrais pas que quelqu'un de peu scrupuleux ne te prive de cette chance, dit-il en désignant Mathias d'un signe de tête.

– Foutaise ! Il m'est dévoué, tenta-t-il de se convaincre.

– Il a souvent fait montre du contraire. Méfie-toi de lui, le prévint Eric avant de disparaître et de laisser le roi méditer sur ses propos.

21 - SOIF DE POUVOIR

– Mathias, est-ce que cela va durer encore longtemps ? Je m'ennuie, s'impatienta Melody alors que son acolyte se trouvait en pleine négociation depuis près de deux heures.

– Reprends donc un verre pendant que je finis de discuter avec ces messieurs.

– Ce n'est pas ce que nous avions convenu ! Tu ne devais pas me tenir à l'écart de tes petites manigances, lui rappela sa nouvelle partenaire.

– La table des négociations n'est pas ouverte aux concubines, railla l'interlocuteur principal de Mathias.

– Cela va mal finir, dit Nick à Eric, qui observaient tous deux la scène de l'autre bout du bar.

– Non, assieds-toi mon frère ! Nous ne devons pas intervenir. Laisse-la régler ça.

– Concubine ! répéta Melody.

– Il plaisante, affirma Mathias en essayant de temporiser les choses.

– Suis-je la seule à penser que la musique laisse à désirer ? demanda la jeune femme de manière purement rhétorique, avant d'envoyer valser les musiciens d'un simple geste de la main.

– Melody, soupira Mathias, conscient de l'impair qu'il venait de commettre.

– Peut-être serait-il temps de mettre les choses au clair, car tout le monde semble ignorer qui je suis ?

– Ce n'est pas vraiment le moment, ma puce.

– Au contraire. Qui suis-je Mathias ? Qui suis-je ? répéta la jeune femme en criant et en faisant exploser tous les verres trônant sur la table de ces messieurs.

– Tu es la reine du Vieux Carré.

– Plus fort, je te prie. Je ne suis pas sûre que tout le monde t'ait bien entendu.

– Melody…

– Mathias ! insista-t-elle.

– Tu es la reine du Vieux Carré.

– Merci. Effectivement, je suis la reine. Et en tant que telle, j'aspire à ce que l'on me témoigne du respect. Que comptes-tu faire pour effacer l'affront que je viens de subir ? Non, non, ne réponds pas Mathias. En fait, je n'ai nul besoin de tes services pour réparer celui-ci, déclara-t-elle avant de soulever dans les airs l'interlocuteur de Mathias et de lui briser la nuque d'un simple geste de la main. Quelqu'un d'autre voudrait-il me manquer de respect ? Non, vraiment personne ? C'est dommage, je commençais à m'amuser.

– Melody, as-tu perdu l'esprit ?

– Ne m'appelle plus comme ça ! Tu devrais être content, Lilith est revenue ! Mais retourne donc à tes affaires pendant que je distrais la clientèle de ce bar, lança la jeune femme en s'emparant d'une bouteille de Scotch qui traînait sur le comptoir.

– Comment suis-je censé faire, puisque mon interlocuteur vient de trépasser ?

– Nous ne traitons qu'avec des rois. Mais ce monsieur, vois-tu chéri, n'était rien de plus qu'un valet. J'aurais très bien pu te faire gagner du temps si tu ne m'avais pas laissée sur la touche.

– Tu as lu dans ses pensées, comprit Mathias.

– Gagné ! Tu devrais me remercier car, à présent, je suis convaincue que plus personne n'enverra d'intermédiaire, répondit la jeune femme.

– Je ne la reconnais plus, dit Nick à Eric.

– Nous devrions partir, renchérit Eric.

– Effectivement, vous devriez, intervint Melody en passant près d'eux pour rejoindre la scène.

Les musiciens, envoûtés par les pouvoirs de Lilith, ou juste terrorisés à l'idée de connaître le même sort que l'usurpateur, acceptèrent de jouer tous les morceaux que la jeune femme demandait. La bouteille d'alcool dans la main gauche, le micro dans la droite, elle commença sa prestation scénique par I'm Going Under du groupe Evanescence, avant de poursuivre avec Make Me Wanna Die de The Pretty Reckless, le tout sans quitter Nick des yeux une seule seconde. Mais quand la jeune femme commença à interpréter The Kill du groupe Thirty Seconds To Mars, ce fut trop pour Mathias qui tenta d'inviter Melody à descendre de scène. Mais cette dernière, passablement éméchée, manifesta son refus en lui lançant la bouteille de Scotch dessus. Il l'esquiva et décida d'attendre la fin de sa chanson avant de la ramener de force au loft. C'était évidemment sans compter sur l'entêtement de la jeune femme qui enchaînait déjà sur Crawling de Linkin Park.

– Veux-tu un coup de main Mathias ? demanda Nick un brin narquois.

– Ça ira, merci.

Soudain la jeune femme eut une attitude très étrange. Elle se mit à parer des coups d'adversaires invisibles, avant de prendre sa tête dans ses bras en criant.

– Qu'est-ce qui se passe ? s'enquit Mathias en se précipitant auprès de la jeune femme, suivi d'Eric et Nick.

– Ne les vois-tu pas ?

– Voir quoi ? demanda Eric.

– Tu avais raison Mathias, elles sont là pour moi. Protège-moi !

Mais Mathias se trouvait bien en peine de pouvoir honorer cette requête. Il intima au barman de faire sortir tous les clients ainsi que les musiciens, puis appela son ami sorcier à la rescousse.

– Vas-tu enfin nous dire de quoi il retourne ? s'énerva Nick.

– En aucune façon. De toute manière, tu serais aussi impuissant que moi. Rentre chez toi.

– Je refuse.

– Ils finiront par le savoir, balbutia la jeune femme en se tordant de douleur.

– Tout ça c'est de ta faute ! grogna Mathias.

– Plaît-il ? s'étonna Eric.

– Depuis qu'elle garde le portail fermé pour éviter de faire entrer votre mère dans notre monde, les âmes des défunts se retrouvent coincées de ce côté. Et elles n'apprécient pas du tout.

– C'est-à-dire ?

– Elles ont créé une milice et n'hésiteront devant rien pour obtenir que Melody les fasse traverser le portail.

– Pourquoi ne pas nous en avoir informés avant ? pesta Eric.

– Je lui ai défendu, les informa la jeune femme.

– Je pense savoir comment gagner du temps jusqu'à ce que ton sorcier ne remédie à ce désagrément.

– Vraiment ? lâcha Mathias agacé.

– Juliette, il faut que tu te réfugies dans le flot de pensées.

– Impossible, j'ai trop bu. Je m'y perdrais assurément.

– Je te retrouverai.

– Tu me le jures ?

– Je te le promets.

Peu encline à subir les tortures des âmes en colère, elle se précipita dans le flot.

– Que fais-tu, Mathias ?

– Je la ramène chez nous.

– Ce n'est pas sa maison.

– C'est là où elle a choisi de vivre. De plus, j'ai déjà fait installer quelques protections.

– Qui te dit qu'elles seront suffisantes ? insista Nick.

– Cela ne pourra pas être pire qu'ici, déclara Mathias.

– Il a raison, Nick. Laisse-le passer.

– Je suis désolé, mais tu ne viens pas. Melody n'a besoin que d'Eric.

– Hors de question ! aboya l'ancien roi.

– Du calme, mon frère. Je veillerai sur elle. Je t'en fais le serment, tenta-t-il de le rassurer.

Impuissant, Nick regardait son ancien ami amener Melody loin de lui. Mais après tout, n'était-ce pas que justice, vu la manière dont il avait traité la jeune femme ?

*

* *

L'autorisation de pénétrer dans le loft de Mathias fut donnée à Eric uniquement après le départ du sorcier. Le nouveau protecteur de Melody n'avait pas fait les choses à moitié. En plus de ne pouvoir localiser cet appartement, ce dernier était protégé des oreilles indiscrètes. Eric se trouvait donc bien en peine de savoir ce qui se disait à l'intérieur. Il devait reconnaître que la jeune femme n'aurait pu être plus en sécurité qu'en ces lieux.

Bien que l'alcool paralysait toujours les pouvoirs de la Lux, il ne lui fut pas trop difficile de retrouver Melody, et encore moins de la ramener dans la vraie vie. Mais exténuée, cette dernière s'endormit immédiatement, sans même avoir pu lui exprimer sa gratitude pour ce nouveau sauvetage. Eric tenta de questionner Mathias quant aux mesures prises pour délivrer la jeune femme de toutes ces âmes revanchardes, mais il se heurta à un mur. Ne désirant pas risquer de voir Juliette se retourner contre lui s'il s'en prenait physiquement à Mathias, il réfreina son envie de lui casser la figure. Il prit donc congé, non sans un pincement au cœur à l'idée de ne pouvoir ramener Juliette à son Roméo. Mais il ne perdait pas espoir de voir la vie rapprocher à nouveau ces deux êtres très bientôt. Et c'est sur cette pensée joyeuse qu'il se hâta de retrouver Nick afin de le rassurer sur le sort de Juliette. Cependant, ses paroles suffiraient-elles à apaiser les craintes de son frère et la douleur de savoir sa bien-aimée sous la protection d'un autre ? En toute honnêteté, il en doutait fortement.

22 - DITES ADIEU AUX DERNIERS VERROUS

– Juliette ! Je suis ravie de voir que tu t'es remise de tes dernières péripéties. Que me vaut le plaisir de ta visite ? Mais au fait, comment dois-je t'appeler : Juliette, Melody… ? demanda Nick à la Lux.

– Lilith. Mais j'aimerais autant que tu ne m'appelles pas.

– Que fais-tu ici dans ce cas ?

– Je cherche ton frère, expliqua la jeune femme.

– Tu ne l'y trouveras point.

– Excuse-moi. J'étais persuadée qu'il m'avait demandé de le rejoindre chez vous, dit Melody très embarrassée en regagnant la sortie.

– Sans doute a-t-il été retenu. Tu es libre de l'attendre, si le cœur t'en dit.

– Je ne suis pas sûre…

– Que Mathias apprécierait, lui coupa-t-il la parole.

– Ce n'est pas ce que j'allais dire. Mais effectivement, il détesterait me savoir ici.

– Raison de plus pour rester. Rien ne t'oblige à me faire la conversation pendant que tu patientes, l'incita-t-il à demeurer ici.

– Je ne sais pas…

– La reine doit-elle justifier de ses allers et venues au roi ?

– Je ne couche pas avec lui.

– Ce n'est pas ce que je voulais dire.

– Seulement ce que tu désirais savoir.

– Le nouveau roi ne possède qu'un seul lit dans le taudis qu'il prend pour son palais.

– Et je m'y sens bien seule.

– Pourquoi restes-tu là-bas ?

– J'aime les endroits cosy.

– Dois-je comprendre que ma maison ne l'était pas assez pour toi ?

– Les proportions de cette demeure me mettaient mal à l'aise.

– Une reine doit avoir ce qu'il y a de mieux.

– Tout ce que je voulais, c'était toi, laissa échapper Melody.

– Tu as pourtant choisi Mathias.

– Faut-il te rappeler que tu m'as congédiée sans ménagement ?

– Parce que tu l'avais préféré à moi !

– Tu ne sais pas ce qui est arrivé ce soir-là.

– Et toi ?

– Même si c'était le cas, tu as perdu le droit de me questionner sur ce sujet.

– Je n'aurais pas dû te répudier de la sorte. Je suis désolé. Si tu en ressentais l'envie, nous pourrions aisément t'installer dans une des nombreuses chambres vacantes, dit Nick en se rapprochant dangereusement de Melody.

– Si le roi et la reine résidaient à deux adresses différentes, cela ne pourrait que nuire aux affaires. Nous perdrions en crédibilité, lança la jeune femme en reculant d'un pas.

– J'entends ton rythme cardiaque s'accélérer, l'informa son ancien amant en l'acculant contre le piano, un sourire tentateur aux lèvres.

– S'il te plaît…

– Tu sembles beaucoup moins sûre de toi que lorsqu'il s'agit d'asseoir ton autorité devant tes sujets, la taquina-t-il en rapprochant sa tête de celle de Melody, vraisemblablement dans le but de l'embrasser.

– Ne fais pas ça !

– Pourquoi ?

– La situation est bien plus simple ainsi, admit la jeune femme.

– Je t'ai perdue.

– Tu m'as quittée.

– Et pour te venger, tu as aidé mon ami à voler ma ville.

– Je n'ai rien fait de tel. Mais si ton attention s'était portée davantage sur elle que sur moi, tu aurais vu ce qui se tramait derrière ton dos. Je l'ai remarqué dès l'instant où mes pieds ont foulé le Vieux Carré.

– Toi qui te disais dévouée, pourquoi n'es-tu pas venue m'informer de tes suspicions ?

– Serait-ce de la mauvaise foi ou ta mémoire te jouerait-elle des tours ?

– Plaît-il ? s'étonna Nick.

– J'ai tenté de te mettre en garde contre ton soi-disant ami. Mais tu t'obstinais à ne jurer que par lui. D'ailleurs, ta réaction face à ma supposée histoire avec Mathias le prouve aisément. Tu n'as pas douté un seul instant de ses dires.

– Tu prétends toujours qu'il ne s'est rien passé entre vous ?

– Je n'ai pas le moindre souvenir de ce rapprochement, et encore moins dans quelle circonstance il s'est produit.

– Qu'est-ce que cela veut dire ?

– Rien. Inutile de remuer le passé.

– C'est important pour moi.

– Je m'imagine très mal coucher avec lui. Toutefois, Mathias prétend que nous avions beaucoup bu. Alors, je ne sais pas... L'alcool aidant, peut-être que j'ai cédé à ses assauts... Tout ceci est ridicule. Dis à Eric que je suis passée, balbutia la jeune femme alors que Nick commençait à lui caresser le visage.

– Juliette ! Je suis ravi de voir que tu es toujours là. Oh ! Je tombe mal... bredouilla Eric en entrant dans le salon et en trouvant les deux anciens amants extrêmement proches.

– Oui.

– Non, je m'apprêtais à partir, l'informa la jeune femme.

– Ce n'est pas l'impression que ça donne, renchérit Eric, un brin amusé par la gêne qui empourprait soudain le visage de Melody.

– Au fait, où est Becca ? demanda cette dernière.

– Puisque tu es ici, je parierais qu'elle s'occupe à distraire le roi, la nargua Nick.

– Tu divagues.

– Penses-tu réellement que ta petite aventure d'une nuit avec son mec ait eu raison de leur amour ?

– Nick..., essaya de le stopper son frère.

– J'estime important que Juliette soit au courant du fonctionnement du couple Mathias/Becca. Leur première rencontre a scellé leur amour pour toujours. Rien, depuis les mensonges jusqu'aux coucheries de Mathias, n'a pu avoir raison des sentiments qu'ils éprouvent l'un pour l'autre. Pas même moi, se vanta Nick.

– Merci pour cette information de premier ordre, lança Melody, un brin vexée à l'idée que ses deux comparses puissent se jouer d'elle.

– Serait-ce de la jalousie qui assombrit ton joli minois ? s'enquit Nick.

– Du dégoût. L'idée de devoir dormir dans des draps qu'ils auraient souillés me répugne, déclara la jeune femme.

– Tu n'aurais pas ce problème si tu revenais à la maison.

– Ce n'est pas "ma" maison.

– Le loft ne l'est pas non plus, renchérit l'ancien roi.

– Le pouvoir demande des sacrifices.

– Tu ignores à quel point, confirma Eric.

– J'ose espérer que Becca et Mathias sauront faire preuve de discrétion.

– J'en doute fort, ricana Nick.

– Ce serait pourtant dans leurs intérêts.

– Que veux-tu dire ? demanda Nick.

– Deux reines, c'est une de trop.

– Serait-ce une menace ? demanda Becca en faisant irruption dans la pièce.

– Un avertissement.

– N'aie crainte, après ce qu'il t'a fait, jamais plus je ne le laisserai poser ses mains sur moi. Tu devrais en faire autant.

– Après ce que "tu" m'as fait, tes conseils sont les derniers que je suivrai.

– Melody…

– Melody n'a jamais existé, pas plus que Juliette. Eric, j'aimerais m'entretenir avec toi.

– Par ici, fit celui-ci en la guidant vers son bureau, laissant la tristesse envahir son frère et sa sœur.

– Était-ce vraiment nécessaire ?

– Eric !

– Inutile de jouer cette comédie avec moi.

– C'est plus facile ainsi.

– Vraiment ?

– Laisse-moi m'en persuader.

– Que puis-je pour toi ?

– J'ignorais avoir besoin de ton aide pour espérer jouir de ta compagnie.

– Évidemment que non. Mais dans le cas présent, je sens que quelque chose te tracasse.

– Peut-être, avoua la Lux en lui tournant le dos pour admirer les objets précieux qui ornaient les étagères.

– Je t'écoute.

– Est-ce douloureux ?

– Je ne suis pas sûr de savoir à quoi tu fais allusion.

– Laisser quelqu'un entrer dans sa tête, dit Melody en lui lançant un regard fugace.

– L'intrusion est indolore.

– Mais…

– Affronter ses souvenirs l'est beaucoup moins. Et dans la mesure où nous ne savons pas ce qui t'est arrivé, ni combien de fois ta mémoire s'est retrouvée bridée, je dirais que cela ne sera pas une partie de plaisir. Parce qu'il s'agit bien de cela, n'est-ce pas ? Tu t'es finalement décidée à faire sauter les verrous qui emprisonnent tes souvenirs.

– Décider est un bien grand mot. Je l'envisage.

– Tu ne serais pas ici si tu ne faisais que l'envisager.

– Peut-être…

– Assieds-toi, dit-il en lui présentant un fauteuil de l'ère Victorienne. Ferme les yeux. Détends-toi.

– Ça c'est impossible.

– Respire. Tout va bien se passer. Garde en mémoire que ce que tu vas voir fait partie du passé. Tu ne risques plus rien.

– OK. Que dois-je faire ?

– Ouvre la porte et laisse-moi entrer. C'est bien. À présent, rappelle-toi le jour de ton arrivée à la Nouvelle-Orléans. Montre-moi comment tu as rencontré Nick.

Melody laissa le film de son arrivée défiler dans sa tête, jusqu'à ce qu'Eric repère un premier verrou. Non sans douleur, il l'ouvrit et libéra les premiers souvenirs dérobés par Mathias. Le jour où Melody avait percé à jour l'alliance entre le Père Luc, Becca et Mathias. Puis, ce fut le tour de la révélation du marché passé entre Mathias et Melody, afin de découvrir qui était réellement la jeune femme et ce que le prêtre gagnerait vraiment si cette dernière se transformait en Lux. Vint ensuite pour Melody le moment d'affronter la fameuse soirée. Mais celle-ci, prise de panique, fit marche arrière et propulsa Eric hors de son esprit si violemment, qu'il se retrouva à terre.

– Excuse-moi.

– Ce n'est rien.

– Je ne peux pas continuer, Eric. Je n'en ai pas la force.

– Tu t'en sors pourtant très bien.

– J'ai honte de ce que j'ai fait et dit. J'aurais préféré que jamais personne ne sache quelle personne je suis en réalité.

– Tu es beaucoup trop dure envers toi-même. Je ne vois rien dans ces souvenirs qui devrait te faire rougir. Au contraire, ils montrent tous ta dévotion envers Nick.

– Mais c'est malsain !

– Je n'irais pas jusqu'à employer ce mot. Pour ma part, j'aimerais beaucoup rencontrer une femme qui m'en témoigne autant. Il faut à présent continuer.

– Non.

– Tu renoncerais si près de but ? Pourquoi ?

– J'ai peur.

– De quoi ?

– De la possibilité que Mathias ait dit vrai.

– Je n'y crois pas. Et ta présence ici confirme également tes doutes. Tiens, bois un peu d'eau.

– Merci.

– Tu es prête à y retourner ?

– Non. Mais j'aimerais en finir rapidement.

Cependant, Melody ne s'était pas du tout préparée à ce qu'elle allait devoir affronter, pas plus qu'Eric. Et une fois l'horrible scène terminée, il ne put maintenir le contact et il partit dans une fureur monstre. Des envies de meurtres l'envahirent subitement et la jeune femme, toujours sous le choc, eut bien du mal à empêcher Eric de les laisser s'exprimer. Elle le supplia en pleurs de ne rien faire contre Mathias et surtout, de ne jamais révéler cette information à Nick.

– Je refuse, cria-t-il.

– Pas si fort, les autres vont t'entendre.

– Impossible, j'ai insonorisé la pièce, mais il devrait en être ainsi. Il faut que mon frère soit au courant.

– Non !

– Pourquoi protèges-tu un violeur ? Il mérite de mourir.

– Personne ne mérite de mourir. Et il a essayé de racheter sa faute en mettant tout en œuvre pour me protéger du Père Luc. Tout comme Becca.

– C'est à cause d'eux que notre mère nous tourmente !

– Je m'occupe de votre mère. Elle n'est pas un problème tant que le portail reste clos.

– Je veux la tête de Mathias.

– Je te l'interdis, Je n'ai nulle envie de devoir me battre contre toi. Je t'en prie Eric, respecte mon choix. Si Mathias doit trépasser, cela ne peut être que de ma main, s'emporta-t-elle.

– Comme tu voudras, abdiqua-t-il. Mais si Nick était au courant, il est évident qu'il ne te gardera plus aucune rancœur pour ton "incartade".

– C'est déjà le cas. Lui avouer la vérité ne servirait qu'à mettre Becca et Mathias en danger. Je refuse d'être responsable d'un bain de sang.

– Je ne saurais faire preuve d'autant de clémence.

– Il le faudra bien. Et n'oublie pas que ta sœur m'a sauvée la vie.

– Même si je comprends ton point de vue, je ne puis y faire écho. Toutefois, je le respecterai. Tu penses toujours au bien-être des autres, mais comment te sens-tu après cette découverte ? lui demanda-t-il en la voyant se lever.

– Sale, avoua-t-elle sans parvenir à contenir ses larmes.

– Nick avait raison, tu devrais revenir à la maison.

– Je ne peux pas. Plus à présent que la vérité m'est connue. Je ne supporterais pas d'apporter davantage de disgrâce sur cette famille.

– Je t'assure qu'il n'en serait rien.

– Mon cœur ne saurait être de cet avis.

– Tu ne devrais pas rester seule.

– Il n'en n'est nullement question.

– Comment peux-tu ne serait-ce qu'envisager revenir auprès de Mathias ? s'étonna Eric.

– C'est là le seul moyen de vous protéger tous.

– Je refuse que tu te mettes en danger pour nous.

– Heureusement pour moi, tu n'as pas droit au chapitre.

– Promets-moi, au moins, de faire preuve de prudence.

– Je m'y emploierai. Pour ma part, je compte sur toi pour garder mon secret.

– Je t'en fais le serment.

– Becca avait peut-être raison. Il y a des portes qu'il vaut mieux maintenir closes, lança la jeune femme avant de quitter le bureau d'Éric et de le laisser dans le désarroi le plus total.

Toutefois, ce dernier ne resta pas seul très longtemps, car sa sœur faisait déjà irruption dans la pièce.

– Qu'avait Juliette de si important à te dire qu'il vous faille insonoriser les murs de la pièce ?

– Cela ne te concerne en rien chère sœur.

– Tu l'as fait, n'est-ce pas ?

– J'ignore quelles idées saugrenues tourmentent ton esprit déjà bien perturbé.

– Ne me mens pas, Eric ! J'ai vu la même lueur dans ses yeux que le soir où elle a voulu sauter du toit de son immeuble.

– Elle cherchait des réponses.

– Es-tu conscient d'avoir ouvert la boîte de Pandore ?

– Ce n'était qu'une question de temps avant que ses pouvoirs ne parviennent à libérer sa mémoire. J'ai jugé préférable de l'accompagner dans sa démarche.

– Est-ce de cette manière-là que tu "l'accompagnes" ? En la laissant seule, face aux images atroces qui tournent à présent dans sa tête ?

– Et toi, ma sœur ? Comment arrives-tu à vivre avec ce secret ? Dors-tu bien la nuit ?

– Plus jamais mon âme ne connaîtra le repos.

– Juliette ne vous dénoncera pas à Nick, et elle m'a fait promettre la même chose.

– Pourquoi autant de clémence ?

– Je n'ai nulle envie d'ajouter plus de souffrance au fardeau déjà trop lourd que traîne cette pauvre enfant. Mais je ne saurais trop te conseiller de rester à bonne distance de moi. Fais donc passer le message à ton chéri.

– Son sort m'indiffère. Il mérite de mourir…

23 - TU N'ES PAS DIGNE DE MOURIR

Melody ne voulait pas s'effondrer devant Eric. Lui qui désirait ardemment envoyer Mathias de l'autre côté, cela n'aurait fait qu'attiser sa colère. Alors, réunissant le peu de force qui lui restait, elle avait ravalé ses larmes et était sortie aussi fièrement que possible de la demeure de l'ancien roi. Heureusement pour elle, seule Becca se trouvait sur son chemin. Affronter le regard de Nick aurait inévitablement réveillé ses vieux démons, et il aurait été fort à parier qu'elle se serait retrouvée à jouer les funambules sur le toit de son immeuble, chancelant sur la corde effilochée de sa vie. Elle s'était alors contentée d'éviter autant que faire se peut Becca et de filer à toute vitesse. Toutefois, si Melody en jugeait par les plaintes répétées de son téléphone portable, son ancien ange gardien l'avait percée à jour. Se trouvant encore dans le rayon d'action de son don, elle tendit son esprit pour lire dans les pensées de l'immortelle. Les images de cette affreuse soirée passaient en boucle dans la tête de Becca. De l'agression au sauvetage de la jeune femme, rien ne lui était épargné. Melody se dit alors qu'elle s'était montrée très égoïste en lui donnant cette clé USB. Car bien que la jeune femme n'ait pas songé à mal sur le moment, pensant qu'elle devait la vérité à Becca sur les agissements de son chéri, elle se rendait compte à présent de l'impact que ce film avait eu sur son amie. Parce que, pour avoir sauvé Melody de toutes les manières qui puissent exister, qualifier leur relation autrement que de l'amitié serait une épouvantable erreur. La Lux ne se sentait pas la force de décrocher son téléphone et de faire face au tsunami d'angoisse que ressentait Becca, pas plus que de parasiter une minute de plus son esprit. Alors, en lâche qu'elle pensait être, elle lui envoya un SMS pour s'excuser de l'avoir impliquée dans cette sombre histoire, et du chagrin qu'elle était à présent consciente de lui avoir infligé. Elle reprit la formule de Mathias en lui promettant de ne "rien faire d'irréfléchi" et de la contacter bientôt. Elle doutait que Becca pousse un soupir de soulagement en lisant ceci, mais Melody ne pouvait rien faire de plus. Sa promesse semblait déjà très difficile à tenir à mesure que ses pas la rapprochaient du traître.

Ce dernier était en pleine discussion avec ses subalternes lorsque Melody poussa la porte du bar. Elle n'avait pas prémédité ce qui allait se passer, laissant sa colère et son impuissance prendre le dessus face à l'acte déjà consommé. Elle eut juste le temps de crier aux hommes de quitter les lieux avant de ne plus rien voir d'autre que la répugnance de son agresseur. Ses pouvoirs prirent le commandement et Mathias se trouva ballotté de gauche à droite, du sol au plafond. Le corps du pauvre homme n'était pas la seule chose à voler dans les airs. Le mobilier également se voyait pousser des ailes.

– Je te demande pardon, essaya de prononcer Mathias qui flirtait avec l'inconscience.

– Crois-tu que cela suffira à effacer l'acte odieux que tu as commis ? hurla la jeune femme en pleurs.

– Rien ne saurait y parvenir, hormis ma mort.

– Pardon ?

– Tue-moi ! S'il te plaît ! Je ne tenterai même pas de me défendre. Mais avant, j'aimerais que tu entres dans ma tête pour voir la scène à travers mes yeux.

– Tu sais très bien que ton esprit m'est imperméable, protégé par un sort je présume.

– Il n'en est rien.

– S'agit-il encore d'un de tes subterfuges ?

– Aucunement. Vivre avec cet acte sur la conscience est insoutenable. Mais je refuse de quitter cette terre sans que tu aies pu voir les choses comme moi je les ai vues. S'il te plaît Melody !

– Comme tu voudras, finit-elle par accepter, un brin méfiante.

On dit toujours qu'une histoire possède autant de points de vue qu'elle connaît de protagonistes. Mais Melody n'y avait jamais vraiment cru, doutant de la bonne foi des uns ou des autres. Mais immergée dans les souvenirs que Mathias avait gardés de leur soirée, elle se sentait soudain totalement perdue. Bien entendu, elle reconnaissait son appartement, les propos échangés, les fous rires qu'ils avaient partagés. Et en même temps, tout lui paraissait si étranger. Un peu comme lorsque l'on vous dit que la beauté réside dans l'œil de celui qui regarde. Mathias avait conservé de ce moment des sentiments différents. Il était heureux de passer la soirée en compagnie de Melody. Il l'avait trouvée gentille, intelligente, intéressante, rigolote et extrêmement sexy. Puis après un "instant confidence", le moment propice à un rapprochement s'était enfin présenté. Et lorsqu'elle avait tenté de repousser ses avances, il avait cru sentir une certaine hésitation. Lilith aimant bien jouer, il avait alors pensé qu'il s'agissait de cela : un jeu de séduction. Ne l'avait-elle pas d'ailleurs aguiché un soir, en se déshabillant devant sa fenêtre ? Mais évidemment, cela n'excusait en rien les agissements de Mathias. Un non, reste un non. Soudain, Melody se rappela s'être également demandée si les signaux envoyés cette nuit-là n'avaient pas été un peu ambigus. Elle venait d'avoir sa réponse. Alors encline à assumer sa part de responsabilité dans ce dérapage, elle sentit toute sa colère se volatiliser, et le mobilier reprit instantanément sa place sur le sol.

– Où vas-tu ? demanda le jeune homme alors que Lilith venait de lui rendre sa liberté.

– Tu n'es pas digne de mourir. La culpabilité et les remords te siéent mieux au teint, lâcha-t-elle avant de l'abandonner, seul, dans une marre de sang.

Melody avait ensuite erré dans les rues du Vieux Carré jusqu'à tard dans la nuit, ne sachant trop quoi penser de la situation, ni comment réagir. Puis éreintée, et peu désireuse de croiser le chemin de Nick, elle avait finalement regagné le loft de Mathias. Celui-ci était désert. L'espace d'un court instant, elle se demanda si le propriétaire des lieux approuverait sa présence chez lui, après les supplices qu'elle lui avait infligés plus tôt dans la journée. Mais en constatant que ses affaires se trouvaient toujours là où elle les avait laissées, elle en conclut que oui. Elle s'était alors installée confortablement sur le canapé pour attendre le retour du maître de maison qui tardait à rentrer. Elle commença à s'inquiéter pour lui. Avait-il succombé à ses blessures ? Mais alors qu'elle hésitait entre retourner au bar ou l'appeler, la fatigue la gagna et elle finit par sombrer dans un sommeil agité. Une caresse sur sa joue la réveilla en sursaut.

– Ce n'est que moi, chuchota Mathias en prenant place à ses côtés sur le canapé.

– Où étais-tu ?

– Je te cherchais.

– Tout ce temps ?

– Tu ne me crois pas ? Regarde, dit le jeune homme en ouvrant son esprit à Lilith.

– Excuse-moi…

– De quoi ? la coupa-t-il.

– Je ne savais pas si j'avais toujours le droit de me servir de ma clé, changea-t-elle de sujet.

– J'avoue t'avoir recherchée partout, sauf ici. Mais je suis ravi que tu sois revenue à la maison.

– Le contraire aurait été mauvais pour les affaires.

– Est-ce la seule raison de ta présence ici ?

– Faut-il vraiment répondre à cette question ce soir ?

– Non, répondit-il en la regardant enlever ses chaussures, puis gagner le lit.

– Mathias…

– Qu'y a-t-il ?

– Le lit est assez grand pour nous accueillir tous les deux.

– Je ne pense pas que cela soit une bonne idée, Melody.

– J'aurais des remords à te savoir passer une nuit de plus sur ce canapé, après la dérouillée que je t'ai mise, lâcha-t-elle un sourire en coin, en se décalant suffisamment pour ne pas que son corps ne touche de trop près celui du jeune homme.

– Je dois avouer que cette proposition est la bienvenue, dit-il en s'allongeant à bonne distance de la Lux.

– Profites-en, elle ne durera que le temps de ta convalescence.

– Tu es allée voir Nick aujourd'hui, déclara Mathias en voyant soudain le visage de Melody s'assombrir.

– Pas Nick, Eric.

– Pourquoi ?

– Pour qu'il m'aide à retrouver la mémoire.

– Il est donc au courant pour moi…

– Effectivement.

– Et ?

– Il veut te tuer.

– Super…

– Relax. Je l'ai convaincu de n'en rien faire.

– Non que je doute de ton pouvoir de persuasion ma puce, mais j'imagine mal Eric passer l'éponge sur mon acte odieux.

– Si j'y arrive, il le pourra également. J'ai croisé Becca. Où en êtes-vous tous les deux ?

– Nous sommes définitivement séparés, tu le sais bien. Pourquoi poser cette question ? A-t-elle laissé entendre le contraire ?

– Pas du tout. Mais être séparé et ne plus être amoureux sont deux choses différentes…

– Parles-tu toujours de Becca et moi ou de Nick et toi ?

– Laisse tomber, dors bien, tenta-t-elle de couper court à la conversation.

– T'a-t-il proposé de retourner vivre avec lui ?

– Cela se pourrait.

– Melody…

– Chez lui, pas avec lui, avoua cette dernière.

– Je ne suis peut-être pas digne de mourir, mais lui, n'est pas digne d'avoir une femme comme toi à ses côtés.

– Arrête Mathias.

– Pourquoi ?

– Tu sais bien que je l'aime toujours.

– Il t'a fait souffrir.

– Toi également.

– J'ai souillé ton corps, mais lui a brisé ton cœur.

– Je refuse de faire partie de votre guerre de pouvoir.

– Tu en es pourtant le ciment.

– Je croyais que ton objectif était de lui subtiliser le Vieux Carré ?

– À défaut de pouvoir voler ton cœur, j'ai dû me contenter de cela.

– Tu jubiles à l'idée qu'il ait perdu les deux, n'est-ce pas ?

– Je suis là, à ramasser les morceaux de toi, sans rien obtenir en retour. Alors j'estime avoir le droit de penser que ce connard n'a que ce qu'il mérite.

– Qu'espérais-tu obtenir en retour ?

– Quoi ?

– Tu viens de dire que "tu ramassais les morceaux de moi, sans rien obtenir en retour." Et visiblement, la ville n'arrive pas au sommet de ta wishlist. Alors, je m'interroge. Qu'espères-tu obtenir ?

– Une chance.

– Une chance de quoi ?

– De te montrer combien tu pourrais être heureuse à mes côtés.

"Je crois que d'une certaine manière, je le suis". C'est ce que Melody pensa alors. Mais elle jugea plus judicieux de ne pas révéler cette information. La fatigue avait pris possession de son cerveau et elle ne désirait pas se mettre dans une nouvelle situation compromettante ou donner de faux espoirs à Mathias, avant d'avoir véritablement fait le point sur ses sentiments. Elle s'enferma donc dans un mutisme total jusqu'à ce que le sommeil la délivre de cette conversation embarrassante.

*

* *

Une semaine s'était écoulée et Melody n'avait pas remis le nez dehors, de peur de croiser Nick. Toutefois, ce soir, la jeune femme devrait se faire violence. Afin d'être crédible et d'asseoir leur suprématie, Mathias et elle avaient décidé de continuer à jouer le jeu du roi et de la reine. Et quoi de mieux pour cela qu'une fête d'intronisation ? Le nouveau roi en avait fait des tonnes dans le but d'impressionner ses futurs partenaires, mais aussi dans l'espoir de ridiculiser son prédécesseur.

De son côté, bien qu'ayant choisi de somptueux atours, Melody priait pour que cette fête ne s'éternise pas trop longtemps et que son ex belle-famille ne fasse pas partie des invités. Il paraissait inévitable que Mathias profiterait de la situation pour se rapprocher de la jeune femme, et elle serait obligée d'aller dans son sens. Seulement, la présence de Nick lui rendrait les choses plus pénibles. Alors ce fut avec la boule au ventre que Lilith gagna le lieu prévu pour la fête. Elle n'eut pas le temps de pénétrer dans la salle que quelqu'un l'apostropha.

– Tu couches avec Mathias ! aboya Nick en faisant son entrée par derrière.

– Nick.

– Juliette.

– Que me vaut le déplaisir de te voir ?

– Mon ami donne une somptueuse fête en l'honneur de la femme qui fait vibrer son cœur. Je ne pouvais décemment pas rater ça ! ironisa-t-il.

– Tu es ivre. Rentre chez toi, Nick.

– Pas si vite, lança-t-il en lui bloquant le passage.

– Mathias a des sbires qui me surveillent constamment. Ne t'approche pas de moi.

– Tu couches avec lui. Je peux sentir son odeur sur toi.

– Arrête ! Tu vas tout gâcher ! dit la jeune femme en voyant un des espions partir à la recherche de son patron.

– Je m'en occupe, lança Eric depuis un des balcons.

– Qu'est-ce que tout ceci signifie ?

– Reste en dehors de ça. Tu dois me faire confiance Nick. Tout ce que j'entreprends, je le fais pour toi.

– En quoi te vautrer dans le lit de mon ami pourrait servir mes intérêts ?

– C'est pourtant le cas, confirma Eric en revenant près d'eux. Rassure-toi, celui-ci ne dira plus rien à personne.

– Enfin, Nick, ouvre les yeux ! Mathias n'en a que faire de ma petite personne. Il se sert juste de moi pour te distraire afin de pouvoir préparer son estocade. Il n'y aura jamais qu'une femme dans son cœur. Et bientôt, il la ralliera à sa cause pour te détruire, et ça, je ne le permettrai jamais. Peu importe les décisions douloureuses que je devrai prendre, jamais de mon vivant je ne le laisserai mettre son plan à exécution.

– Mensonges ! Mathias est mon ami.

– Tu devrais aller le rejoindre Juliette, l'intima Eric.

– N'oublie jamais que je serai toujours de ton côté. Quoi qu'il arrive… déclara Melody en déposant un léger baiser sur ses lèvres.

– Est-ce toi, mon frère, qui l'a envoyée se prostituer de la sorte ? dit Nick en plaquant violemment Eric contre le mur.

– Je t'assure qu'il n'en est rien. L'idée venait d'elle.

– Et dans la mesure où cela sert les intérêts de la famille, tu n'as pas tenté de l'en dissuader !

– Tu te méprends sur nos motivations.

– Elle a confiance en toi. Tu aurais dû l'empêcher de s'acoquiner avec lui.

– Tu me prêtes beaucoup plus de pouvoir que je n'en ai réellement, en ce qui concerne Juliette tout du moins. Lorsqu'elle est venue à moi, elle avait déjà pris sa décision. J'ai jugé plus sage de l'accompagner dans son projet, plutôt que de la laisser sans défense aux mains de ce fourbe.

– Qui te dit qu'elle est sincère et qu'elle ne complote pas avec son nouvel amant ? Elle l'a bien aidé à me voler la ville !

– Après l'humiliation qu'elle a essuyée en se faisant répudier par toi devant nous tous, elle est toujours là, à s'inquiéter pour toi. Tu dois arrêter de remettre en cause sa loyauté. Cesse de la torturer ainsi. Accepte son amour, Nick.

– C'est impossible.

– Pour quelle raison ? Que peut-elle faire de plus pour te montrer sa dévotion ?

– Ne pas mourir…

– Elle n'a aucun pouvoir là-dessus, tu le sais Nick, répliqua Eric qui ignorait que le côté Lilith de Melody bloquait les effets néfastes de celui de la Lux.

– Elle va mourir mon frère, dit-il les larmes aux yeux.

– Alors tout ceci n'était qu'une farce pour cacher ta peur de la voir disparaître !

– Plus je passe de temps à ses côtés et plus mes sentiments se renforcent. Elle est la partie d'humanité que ma mère nous a volée en faisant de nous des immortels. Non, elle est ma bouffée d'oxygène. Elle est ma vie. Que se passera-t-il lorsqu'elle aura disparu ? Si je cède à la tentation et que j'accepte de vivre le parfait amour qu'elle m'offre, une fois son dernier souffle rendu, tu devras trouver un moyen de me tuer mon frère. Parce qu'une éternité à subir son absence est bien pire que le sort que notre mère bien aimée me réserve. En seras-tu capable ?

– Non, je refuse ! s'emporta Eric.

– Alors je dois renoncer à elle.

– Mais cette distance entre vous ne saurait faire disparaître tes sentiments.

– Et je souffre de voir la mort se rapprocher d'elle chaque jour un peu plus.

– Nick…

– Tue-moi ! cria-t-il.

– Jamais !

– Fais-le maintenant, pendant que la douleur est encore supportable. Je t'en prie ! supplia Nick en pleurs, en tombant à genoux devant Eric.

– Je ne peux accéder à ta requête. Toutefois, je vais tâcher de dégoter un remède visant à garder Juliette en vie.

– Nous avons déjà essayé et nous avons échoué.

– Juliette nous rend plus humain chaque jour. Toutefois, pour cette mission, il conviendrait de laisser ressortir notre véritable nature. S'il le faut, je traverserai la planète entière et tuerai tous ceux qui se dresseront sur mon chemin. Mais elle doit l'ignorer, tu m'entends ?

– Elle désapprouverait assurément.

– Pendant mon absence, j'ai besoin que tu veilles sur elle. Méfie-toi de Mathias, et garde un œil sur Becca également. À présent relève-toi mon frère, dit Eric en lui tendant la main et en lui donnant l'accolade.

– Pourquoi ne pas remettre notre chère sœur en cage ? Cela n'en ferait plus qu'un à surveiller.

– J'aime t'entendre dire ce genre de chose. Mais cela pourrait mettre Juliette en danger. Laissons-les croire que nous ne sommes plus de la partie. Notre victoire n'en sera que plus savoureuse.

24 - UN RAPPROCHEMENT PAS SI INNOCENT

Mathias sentit l'odeur de Nick sur la bouche de Melody lorsqu'il l'embrassa devant toute l'assemblée, mais il ne relèverait pas ce fait. Jamais. Il était beaucoup trop heureux d'être en couple avec la jeune femme. Même s'il savait pertinemment qu'il ne s'agissait que d'un rôle pour elle, il préférait laisser le temps faire son œuvre. Après tout, que pouvait-il attendre de plus de la jeune femme après ce qu'il lui avait fait subir ? Rien. Il s'estimait déjà très chanceux de pouvoir vivre dans le même appartement qu'elle. Et à présent, elle lui permettait de la toucher et de l'embrasser en public. Évidemment, il aurait souhaité pouvoir continuer à agir de la sorte ce soir, une fois seuls. Mais il n'essaiera même pas. Cette fois-ci, il ne voulait pas tout gâcher. Il attendrait que Melody l'y invite. Ou mieux, qu'elle fasse le premier pas. Cependant, il ne s'illusionnait pas trop, cela prendrait du temps. Par chance, il en avait à revendre. La seule chose que redoutait Mathias, le seul grain de sable qui pourrait venir enrayer la machine de l'amour naissant, s'appelait Nick. C'était sans grande surprise qu'il l'avait aperçu paradant parmi les notables de la ville. Beaucoup pensaient qu'il ferait un esclandre ou le provoquerait en duel. Lui-même s'y était préparé, renforçant la sécurité dans et aux abords de la salle de réception. Toutefois, malgré les bruits de couloirs qui circulaient, il savait pertinemment que sa présence n'avait aucun rapport avec le fait qu'il désirait récupérer Le Vieux Carré. Il l'avait d'ailleurs lâché beaucoup trop facilement. D'ordinaire, Nick réglait ce genre de coup d'état en tuant tout le monde. Or là, personne n'avait péri. Fallait-il s'en réjouir, ou trembler en attendant que ne tombe la sentence ? Peut-être que l'implication de Melody dans cette prise de pouvoir changeait la donne ? Du moins, il l'espérait.

De son côté, Melody n'avait pas eu beaucoup de mal à simuler son rapprochement avec Mathias. Sans doute son côté Lilith l'y aidait beaucoup. Toutefois, lorsqu'elle croisa le regard de Nick, sa motivation fondit comme neige au soleil et elle faillit abandonner la mission qu'elle s'était fixée.

Heureusement, ou malheureusement, Mathias était motivé pour deux, et la présence de Nick ne l'indisposa pas le moins du monde, bien au contraire. Toutes ces années passées à travailler à ses côtés n'avaient pourtant jamais permis à Mathias d'obtenir la reconnaissance et le respect qu'il pensait mériter. Il voyait donc là un moyen de se venger de feu le roi.

Je vois que vous vous interrogez. Quelle mission au juste Melody s'était-elle fixée ? J'y viens. À présent qu'elle savait que l'esprit de son colocataire n'était pas protégé par un sort, elle devait trouver un moyen de le pénétrer et d'y voyager à sa guise. Elle espérait qu'en se rapprochant de lui, en montrant publiquement qu'elle le choisissait, lui, plutôt que Nick, il baisserait suffisamment sa garde pour lui permettre de profaner ses pensées comme il l'avait fait avec son intimité. Devait-on pour autant y voir une façon de se venger ? Non. Juste un moyen de s'assurer qu'il n'arriverait rien à Nick.

Dans l'immédiat, cela semblait être un pur échec. Il lui fallait l'aide de quelqu'un le connaissant bien. Inutile de penser à Becca. Melody n'était pas insensible au fait que l'immortelle éprouvait toujours des sentiments pour Mathias. Elle remarqua d'ailleurs que cette dernière avait boycotté la soirée. Sans doute l'idée de voir la Lux parader aux bras de son ex l'indisposait-elle ? Melody tendit alors son esprit vers Eric, mais il lui fut impossible de le trouver. L'inquiétude la saisit alors, un fait qui n'échappa pas à Nick. Celui-ci, désireux de ne pas attirer l'attention, se souvient alors du procédé qu'utilisait son frère pour s'entretenir mentalement avec la Lux. Cependant, ne possédant pas les prédispositions d'Eric, il ignorait comment "frapper à sa porte". L'appeler mentalement suffirait-il ? Visiblement, non. Crier son nom peut-être ? Bingo ! Il vit la jeune femme sursauter et le chercher du regard.

– Tout va bien ? s'enquit Mathias en posant sa main sur le dos de Melody en un signe protecteur.

– Le portail essaie de s'ouvrir, mentit-elle éhontément.

– Veux-tu que nous rentrions ?

– Inutile. Je vais juste m'isoler un instant.

– Comme tu voudras, dit le jeune homme en lui volant un baiser.

Melody se laissa faire bien docilement, avant de disparaître derrière une porte dont elle ignorait totalement où celle-ci pourrait la mener. Mais c'était sans compter sur Nick qui lui scandait des directions, jusqu'à ce que ses pieds ne foulent la scène de l'Orpheum Theater.

– C'est magnifique, n'est-ce pas ? demanda Nick en faisant son apparition dans la salle.

– Je n'avais pas réalisé que la réception avait lieu ici.

– Je prévoyais de t'y amener avant que…

– Nick, le coupa-t-elle.

– Tu as raison. Inutile de remuer le passé, dit-il en la rejoignant sur la scène.

– Pourquoi m'as-tu appelée ? Et comment cela se fait-il que tu puisses le faire ?

– À quelle question dois-je répondre en premier ?

– Où est Eric ?

– Il s'est absenté.

– J'ai vu ça. Pourquoi ? Où est-il allé ?

– Des affaires urgentes à régler, il me semble.

– Quelles affaires ? demanda Melody, suspicieuse.

– Je n'ai pas posé la question.

– Tu n'as pas… perdit-elle patience.

– Il reviendra bientôt, essaya-t-il de la rassurer.

– Comment ça "bientôt" ? Il part longtemps ? Non, non, non ! Il ne peut pas s'en aller ! Rappelle-le ! paniqua-t-elle à l'idée qu'Eric l'abandonne.

– C'est impossible. Mon frère est têtu. Il ne reviendra pas avant d'avoir accompli l'objectif qu'il s'est fixé.

– Fais-le revenir, s'il te plaît ! Je n'y arriverai pas sans lui.

– Je suis là moi.

– Tu ne peux pas m'aider, Nick.

– Eric pensait le contraire.

– Que veux-tu dire ?

– Avant son départ, il a fait appel à moi pour te protéger.

– Dois-je comprendre que tu vas me suivre comme mon ombre ?

– Absolument.

– Merveilleux ! ironisa Melody.

– Cache ta joie surtout. Je n'ai pas souvenir que Juliette soit autant indisposée par la présence de Roméo.

– Mais Juliette ne devait pas flirter avec le Comte Pâris dans l'espoir de rentrer dans sa tête, sous les yeux de Roméo, lâcha-t-elle très angoissée.

– Je pensais que le stade du simple flirt avait été dépassé depuis longtemps.

– C'est pour cette raison que cela ne fonctionnera pas. Fais revenir Eric.

– Désolé, tu devras te contenter de moi, affirma-t-il de nouveau sa position.

– Alors autant laisser tomber.

– Tu m'en verrais ravi. Éclaire-moi, je te prie. Je croyais que l'esprit de Mathias était protégé par un sort.

– Il s'avère que non. J'ignore comment il s'y prend, mais il peut le rendre imperméable à mes assauts. Ne me le laissant entrevoir uniquement lorsqu'il le désire.

– Je vois. Donc cette officialisation publique n'était qu'un subterfuge afin de gagner suffisamment sa confiance pour qu'il baisse sa garde.

– Un échec total. Pourquoi ris-tu ?

– Tu imaginais vraiment que cela aurait été aussi facile ?

– Eric fondait beaucoup d'espoir sur cette diversion.

– C'est parce qu'il ne connaît pas Mathias aussi bien que moi.

– Que proposes-tu alors ?

– Il va falloir taper beaucoup plus fort si tu veux pouvoir annihiler ses défenses.

– Es-tu en train de me demander de coucher avec lui ?

– Jamais ! Tout ceci me rend malade ! dit Nick en prenant Melody dans ses bras.

– Mais tu penses que c'est la seule solution…

– Renonce, s'il te plaît.

– C'est un véritable cauchemar, lâcha la jeune femme dans un soupir, avant de poser machinalement sa tête sur l'épaule de Nick.

Melody s'autorisa à profiter de cette étreinte réconfortante un instant. La chaleur du corps de son Roméo l'envahissait doucement, à mesure que ses mains lui caressaient le dos, réveillant au passage son désir pour lui. Si elle ne rompait pas ce contact rapidement, jamais elle ne trouverait la force de continuer sa mission. C'est donc les larmes aux yeux qu'elle se détacha de lui, et quitta la scène sans se retourner.

À présent au bras du nouveau roi, Melody ne put s'empêcher de remarquer un certain malaise entre Mathias et elle. Elle supputa que ce dernier avait eu vent de son rendez-vous clandestin avec Nick et décida alors de prendre les devants.

– Est-ce toi qui as invité Nick ?

– Les portes sont ouvertes à tous.

– Je vois.

– Sa présence t'indispose-t-elle ?

– Je la trouve malsaine.

– Dois-je comprendre qu'il t'a importunée ?

– On peut dire cela.

– Veux-tu que je lui somme d'arrêter ?

– Inutile. J'ai les moyens de m'en occuper moi-même.

– Je n'en doute pas, dit-il alors que son cerveau, lui, criait : "Les moyens, oui. Mais l'envie, cela m'étonnerait beaucoup".

– Je pense que nous avons suffisamment paradé. Pouvons-nous rentrer à présent ? demanda Melody en plaçant sa main dans celle de Mathias.

– J'en ai pour une minute, répondit-il en défaisant ce geste.

– D'accord.

– Je crois qu'on est grillé, dit-elle mentalement à Nick qui, surpris par ce contact, faillit en renverser son verre.

– Après toi, intervint Mathias en plaçant sa main dans le dos de la reine pour l'escorter jusqu'à la sortie.

Là, à l'abri des yeux indiscrets, il fit une pause. Il enleva une mèche de cheveux qui barrait le visage de la jeune femme et plongea son regard dans le sien. Il resta ainsi un long moment sans prononcer le moindre mot.

– Qu'y a-t-il Mathias ?

– Rien. Excuse-moi. Je voulais prolonger cet instant encore un peu. Puis-je espérer recevoir une dernière marque d'affection ?

Melody ne put s'empêcher de détourner le regard, un peu gênée.

– Ne serais-tu pas en train de rougir ? la taquina-t-il.

– Tais-toi donc ! lui répondit-elle en souriant.

Elle repensa alors à la gentillesse dont il avait fait preuve envers elle après sa rupture difficile avec Nick. Elle avait fait de sa vie un véritable enfer et de son appartement un champ de bataille. Pourtant, il s'était toujours montré bienveillant. Ne méritait-il pas qu'elle lui témoigne de la reconnaissance ? Probablement. Et dans la mesure où cela allait dans le sens de la mission, elle n'y voyait pas vraiment d'inconvénient.

Mathias, de son côté, testait la loyauté de Melody. Il voulait par ce nouveau baiser s'assurer que la jeune femme n'avait pas laissé Nick souiller ses lèvres une fois de plus. Il fut rassuré en constatant qu'il n'en était rien. C'est donc le cœur léger, et le goût de la victoire en bouche qu'il ramena sa reine dans son modeste château.

– Quelque chose ne va pas ? demanda Mathias en refermant la porte d'entrée. Melody ?

– Quoi ?

– Tu n'es plus avec moi, lui fit-il remarquer.

– Pardon.

– Puis-je savoir quel esprit tu es en train de vampiriser ?

– Assurément pas le tien, lâcha-t-elle sans le vouloir.

– Cela te gêne-t-il de ne pas y avoir accès ?

– Pas vraiment.

– Melody…

– Pour être honnête, je trouve un peu vexant que tu m'en prives l'accès. Mais d'un autre côté, je n'ai absolument pas envie de découvrir une part de toi qui ne m'agréerait pas, répondit la jeune femme en s'installant devant la fenêtre pour admirer la beauté de la nuit.

Elle crut soudain voir du mouvement dehors. Puis la voix de Nick la supplia de renoncer. Son cœur se mit à battre la chamade. Il fallait qu'elle reprenne ses esprits sinon Mathias allait s'apercevoir que quelque chose clochait réellement. *"Je t'aime Juliette…"* entendit-elle à la frontière de son esprit. *"Je t'aime aussi…"*

– Melody ?

– Excuse-moi Mathias. J'ai l'impression que les gens pensent trop fort ce soir. Savais-tu que le clochard du coin de la rue est un ancien vétéran ?

– Non, je l'ignorais.

– Il repense à sa femme, Rose.

– Tu ne devrais pas faire ça.

– Ce n'est pas de ma faute. On dirait que quelqu'un a poussé le volume à fond. Je crois que ma tête va exploser !

– Je vais appeler le sorcier.

– Non. Laisse tomber. Il y a peut-être une bonne raison à ce dérèglement.

– Que veux-tu dire ? l'interrogea Mathias en la rejoignant devant la fenêtre.

– Si le don que je possédais n'avait finalement rien à voir avec mon côté

Lilith, mais appartenait bien à la Lux ? Si j'entendais les pensées de ce pauvre homme parce qu'on attendait de moi que je l'aide.

– Comment ?

– Je ne sais pas. Le sortir de la rue ou…

– Ou ?

– La couleur de son aura me laisse croire qu'il est malade.

– Désolé mais je n'accueille pas les chiens errants.

– Mathias ! s'indigna Melody.

– Je plaisantais ma puce. Continue.

– Je crois qu'il faut que je retrouve sa femme.

– Elle ne doit pas être toute jeune. Qui te dit que Rose est toujours en vie ?

– Je le sens…

– OK. Temps mort, dit Mathias en fermant précipitamment les rideaux, empêchant de ce fait Nick d'assister à la suite de la soirée. Tu possèdes à présent le pouvoir d'aider les vivants en plus des morts.

– Pourquoi cela semble-t-il te contrarier ?

– Si le pouvoir appartient à la Lux, et que tu es en mesure de l'utiliser, c'est que ta part Lilith perd du terrain…

– Est-ce que cela signifie que même si je refuse de retourner dans l'autre monde, je vais perdre mon âme ? Mathias ? Je vais mourir, n'est-ce pas ?

– J'avoue que pour l'instant, je n'ai pas la réponse à cette question, répondit-il en tentant, en vain, de prendre la jeune femme dans ses bras.

– Tu m'accompagnes ? demanda la Lux en sortant une bouteille de scotch du bar.

– Cela ne s'est pas très bien terminé la dernière fois que nous avons fini la soirée autour d'une bouteille.

– Comme tu voudras, cela fera plus de verres pour moi. Il faudra sûrement que tu viennes tenir mes cheveux pendant que je vomirai, en admettant que j'arrive jusqu'aux toilettes.

– Quelle charmante invitation ! D'accord, sers-moi un verre.

– À ton avis, combien m'en faudra-t-il pour ne plus ressentir la douleur de notre nouvel ami le SDF ? le questionna-t-elle en descendant cul sec son premier shot.

– À ce rythme là, je dirais trois.

– Trois, c'est trop peu.

– C'est bien assez, rétorqua Mathias en reposant son verre sur la table basse du salon.

– Où vas-tu ?

– La soirée va être longue. Je préfère prendre mes aises. Tu devrais me rejoindre, dit-il en s'avachissant sur le canapé.

Alors que la jeune femme obtempérait et posait son verre vide à côté de celui de Mathias, elle lui sembla que cette scène était trop familière. Toutefois, cette fois-ci, la fin serait différente. C'est donc en pure décontraction qu'elle enleva ses chaussures et s'installa à ses côtés sur le canapé.

Peut-être l'alcool commençait-il à s'emparer d'elle, mais elle se surprit à dévisager Mathias. Elle étudia les moindres recoins de son visage. Elle devait lui reconnaître un certain charme. Peut-être venait-il de son assurance ?

– Si seulement je possédais le pouvoir de lire dans ton esprit, chuchota Mathias.

– Tu te noierais sous des vagues d'interrogations.

– De quel genre ?

– Que t'as fait Nick qui nécessite que tu te donnes autant de mal afin de lui arracher deux choses qui lui tenaient à cœur, mais pour lesquelles tu n'as que peu d'intérêt ?

– C'est compliqué.

– Ça tombe bien, j'adore tout ce qui est compliqué.

– Il est vrai que la gestion de la ville n'est que secondaire à mes yeux, mais c'est uniquement parce que tu passes en premier.

– Quel incorrigible flatteur ! OK, admettons que je te croie. C'est quoi l'histoire ? Une fille ? Non, beaucoup trop superficiel. Un problème de reconnaissance, peut-être ?

– Tu m'as percé à jour, dit-il d'un ton faussement détaché.

– Tu n'es pas sans savoir que tu ne fais pas le poids face à lui. Pourquoi diable vouloir le provoquer ? Souhaites-tu mourir ?

– Je n'ai pas peur de mourir.

– Je suis ravie pour toi. Parce que plus ma date de péremption approche, plus la mort me terrifie, avoua Melody les larmes aux yeux.

– Viens-là, chuchota-t-il en l'attirant à lui.

Un peu gauchement, la jeune femme posa sa tête sur le torse de Mathias. Elle sentit qu'il lui caressait délicatement les cheveux. Elle hésita soudain entre s'endormir et s'autoriser à profiter de l'instant présent. Elle leva la tête vers le jeune homme et attendit de voir ce qui allait se passer. Rien. Peut-être était-elle déjà trop ivre pour lui envoyer les bons signaux ? À moins qu'il n'ait peur de mal interpréter la situation une nouvelle fois ? Ou n'était-il simplement pas intéressé ? Elle se risqua donc à déposer un timide baiser sur les lèvres de Mathias.

– Es-tu sûre de toi ? susurra celui-ci à son oreille.

Pour toute réponse, Lilith se mit à califourchon sur le nouveau roi, puis le laissa prendre le contrôle des opérations. Ce dernier fit preuve d'une douceur extrême, presque exagérée. Mais alors qu'il s'apprêtait à la déshabiller, Melody fut rattrapée par des images de son agression. Elle tenta de les chasser de son esprit, sans y parvenir.

– Attends !

– Qu'y a-t-il ?

– Je suis désolée Mathias. Je ne peux pas, lança la jeune femme avant d'aller s'enfermer dans la salle de bains.

– Melody, laisse-moi entrer s'il te plaît.

– Je te demande pardon, sanglota-t-elle.

– Ne sois pas ridicule. Ce n'est rien, je t'assure. Ouvre la porte.

Elle hésita un instant. Non qu'elle eût peur de Mathias, mais plutôt qu'elle avait honte d'elle-même. Finalement, elle obtempéra. Il ne prononça aucun mot. D'ailleurs, personne sur cette terre ne saurait effacer ses peurs. Seul le temps détenait ce pouvoir, et il comptait bien lui montrer qu'il était prêt à lui en accorder autant qu'elle le désirerait. Il lui saisit la main et la guida jusqu'au lit. Là, il s'installa à ses côtés, la prit dans ses bras et attendit de s'endormir. Melody eut plus de mal à trouver le sommeil ; sa mauvaise conscience ne cessant de la tarauder. Une chance, sinon, elle n'aurait pas pu remarquer que Mathias venait d'entrouvrir une brèche dans la muraille qui protégeait son esprit. La jeune femme ne se fit pas prier pour s'y engouffrer. Seulement, elle ignorait où commencer ses investigations. Alors elle se laissa d'abord porter par le rêve que Mathias était en train de faire. Un rêve dont elle était la seule héroïne. Elle remonta ensuite le flot de pensées jusqu'à arriver à ce qu'elle cherchait. Et qu'elle ne fut pas sa surprise en découvrant que Mathias ne fomentait aucun plan contre Nick ou sa famille, et que sa relation avec Becca faisait bien partie du passé pour lui. Il s'était donc montré sincère : tout ce qu'il voulait, c'était vivre avec Melody. Rien de plus.

25 - DERNIER ESPOIR

Le premier réveil avait été embarrassant pour Melody. Mais au fil des jours, elle finit par s'y habituer. Jouant au couple souverain modèle, ces deux-là enchaînaient réunions de travail et soirées mondaines. Mais dans l'intimité, bien que proches, ils n'avaient pour l'instant pas réussi à passer le cap de l'acte charnel. Cependant, Mathias semblait s'en accommoder assez bien, au grand étonnement de la jeune femme.

Après avoir inspecté l'esprit de Mathias trois fois sans repérer la moindre menace pour Nick, Melody aurait pu choisir de le quitter et de retourner auprès de l'ancien roi. Toutefois, elle n'en avait rien fait. Gérer son côté Lilith auprès de Mathias paraissait plus aisé qu'auprès de Nick et de sa famille, pour qui elle incarnait toujours l'innocente Juliette. Et pour le bien de Melody, Juliette ne pouvait plus exister. Elle devait réveiller toute la noirceur qui l'habitait pour prendre le dessus sur la Lux. La pérennité de son âme en dépendait. Sa vie en dépendait.

Mais il était difficile pour Melody de ne pas écouter les appels à l'aide qu'elle recevait. Alors, par moment, et avec l'appui de Mathias, elle résolvait quelques cas. D'ailleurs, avec les ressources que le roi et la reine possédaient à présent, ajoutées aux intuitions de Melody, retrouver Rose ne fut pas si difficile. À bonne distance, elle avait assisté aux retrouvailles de ses deux êtres que la vie avait malencontreusement séparés. Bien sûr, elle ne vivait pas dans un conte de fée. Elle ne put donc empêcher la mort de venir faucher ce pauvre homme peu de temps après.

De plus, pour contrecarrer son côté Lux, Lilith devait entrer en action. Et le moins que l'on puisse dire, c'est qu'elle ne chômait pas. La Nouvelle-Orléans s'était vue parasitée par bon nombre de gens peu recommandables : dealers, marchands d'armes, proxénètes et j'en passe. Mais pour l'heure, Melody était juste Melody et elle se rendait aussi discrètement que possible chez Nick.

– Je suis là. Quelle est donc cette information qui ne pouvait pas attendre la fin de ma série préférée ? cria-t-elle à peine eut-elle refermé la porte de l'imposante demeure.

– Dans le salon, se contenta-t-il de répondre.

– Tu sais que cette maison est beaucoup trop grande, râla-t-elle avant de se figer sur le seuil de ladite pièce en apercevant Eric.

– Mon frère est revenu, l'informa Nick, heureux de voir le bonheur illuminer les yeux de la jeune femme.

– Eric, murmura-t-elle avant de lui sauter littéralement au cou, puis de lui marteler le torse de ses petits poings : "je t'interdis de m'abandonner à nouveau !"

– Cela n'arrivera plus, la rassura-t-il en la prenant à nouveau dans ses bras.

– J'espère bien, mon frère, parce que veiller sur Juliette est bien la pire des missions que tu pouvais me confier.

– Quoi ? s'étonna cette dernière.

– Elle n'a eu de cesse de se mettre dans des histoires impossibles juste pour oublier ton absence.

– C'est faux ! le contredit Melody un peu vexée.

– Je vois que mon départ vous a rapprochés. C'est une très bonne chose, les taquina Eric.

– Sans vouloir casser l'ambiance, Mathias va bientôt rentrer…

– J'ai cru comprendre que le nouveau roi ne représentait pas une menace pour nous.

– Ni pour la ville, qu'il est en train de purger avec le concours de notre Juliette adorée, renchérit Nick.

– Et donc ? interrogea Eric.

– Ce qu'Eric peine à te demander, c'est pourquoi n'es-tu pas revenue vivre à la maison ?

– Nick ! ronchonna la jeune femme.

– C'est une bonne question, insista Eric.

– J'en ai une meilleure. Pourquoi es-tu parti ? changea-t-elle de sujet.

– Je voulais trouver un remède qui te sauverait de la malédiction des Lux.

– Et vu le masque d'excuses qui assombrit soudain ton visage, je ne pense pas me tromper en affirmant que tu as échoué.

– Effectivement…

– C'était très gentil, mais totalement vain. Il n'existe pas de tel remède. Je suis la seule qui puisse me sauver. Ou plus précisément Lilith.

– Je ne comprends pas.

– Mathias a une théorie.

– Mathias, mais bien sûr…

– Nick, cesse donc de faire l'enfant et écoutons-la, intervint Eric.

– Si je parviens à assumer mon côté Lilith, il deviendra assez fort pour terrasser la Lux, et oubliés portail, âmes en colère et mort imminente.

– La lutte du bien contre le mal, résuma Eric.

– C'est absurde, s'emporta Nick.

– Va jusqu'au bout de ta pensée, l'invita Melody à continuer.

– Il est prêt à faire de toi un monstre sanguinaire pour te garder en vie. J'ai peine à croire que cela te convienne.

– Je n'ai aucune envie de mourir, Nick !

– Je me rappelle pourtant d'un jour où tu disais ne pas avoir peur de la mort.

– Peut-être qu'à cette époque je ne voyais rien qui me donnerait envie de vivre.

– Et as-tu trouvé quelque chose aujourd'hui ? s'enquit son roi.

– Peut-être…

– Serait-ce Mathias ? insista l'ancien souverain.

– Ne suis-je pas ici ?

– Pourtant tu cours le retrouver !

– Nick…

– D'accord. Alors pourquoi ne ferions-nous pas de toi une immortelle ?

– Ben voyons ! pouffa la jeune femme en tournant les talons.

– Juliette, attends ! Je crois qu'il est sérieux.

– Pardon ?

– Tu y as réellement songé, n'est-ce pas ? Tu n'es pas sans ignorer que seule notre mère a le pouvoir d'accomplir un tel exploit.

– J'ai fait mieux qu'y songer mon frère. J'ai trouvé un marché que maman ne pourra pas refuser.

– Quel est-il ? demanda Melody, intriguée.

– Mon âme en échange de ce petit service.

– As-tu perdu l'esprit ? hurla l'intéressée en faisant involontairement exploser tous verres présents dans la pièce.

– Melody, la réprimanda Eric.

– Désolée, je n'ai pas voulu… Mais avoue que son idée est pourrie !

– Il faut être réaliste, Juliette. Mes sentiments ne vont pas s'envoler, même si tu te donnes beaucoup de mal pour me dégoûter de toi. Alors je préfère que ma sortie te soit bénéfique. Une âme contre une autre.

– Dans la mesure où il n'y a pas eu de précédent, rien ne peut garantir que devenir immortelle me permettrait de conserver mon âme.

– Elle a raison, Nick. Et puis, je n'ai pas pu trouver de solution pour Juliette, mais j'en ai peut-être une pour toi, dit-il en sortant une petite fiole de sa veste.

– Qu'est-ce donc ? s'enquit la jeune femme.

– Un chaman m'a donné ceci. Il s'agit d'une potion destinée à annihiler les sentiments que tu as pour Juliette.

– Annihiler… répéta la jeune femme soudain nerveuse.

– Je préfère cette solution à voir Nick rejoindre l'autre monde. Pas toi ?

– C'est le moment de faire ton choix, chérie : Mathias ou moi ? demanda Nick à Melody.

Mais cette dernière, sous le choc, se trouvait bien en peine de pouvoir se prononcer. À dire vrai, la situation actuelle lui convenait assez. Elle avait trouvé un certain équilibre à travers sa cohabitation avec Mathias. Sans compter ses nouvelles fonctions de reine de la ville qui l'excitaient beaucoup. Mais une vie sans Nick, elle ne s'y était pas préparée. Elle avait conscience que son comportement était très égoïste, pourtant, à cet instant précis, elle était incapable de choisir.

– Juliette, aurais-tu quelque chose à dire ? insista Roméo.

– Je ne supporterais pas d'être responsable de ta mort, prononça Melody d'une voix à peine audible, en s'apprêtant à quitter l'imposante demeure.

– Tu m'as dit m'aimer il n'y a pas si longtemps. Mais peut-être ai-je rêvé ?

– Non. Je l'ai pensé très fort. Mon cœur ne cesse de le crier à chaque seconde qui passe.

– Alors pourquoi restes-tu avec Mathias ?

– Aurais-tu déjà oublié que j'ai couché avec lui ?

– C'était avant notre rencontre, tenta-il de la rassurer.

– Un vulgaire détail.

– Je t'ai pardonné cet épisode insignifiant.

– Moi, je ne parviens pas à en faire autant, ni oublier la manière dont tu m'as répudiée, lâcha la jeune femme sans imaginer que cette révélation puisse avoir un tel impact sur Nick et la suite des événements.

– Dois-je comprendre qu'il n'y a aucun espoir pour notre histoire ?

– Pardon, mais tu me prends au dépourvu. La situation étant ce qu'elle est, je me suis adaptée. Je n'imaginais pas que tu me poserais un ultimatum, essaya de se justifier Melody.

– Et quelle est au juste la situation ?

– Nick…

– C'est peut-être le moment d'éclaircir certaines choses, renchérit Eric en faisant référence au viol de la jeune femme.

– Je refuse de discuter de cela aujourd'hui ! Rien ne presse après tout !

– Au contraire. J'en ai assez de vivre dans l'incertitude. Je connais déjà tes sentiments à mon égard et tu n'ignores pas les miens.

– Effectivement… soupira la Lux.

– Es-tu amoureuse de Mathias ?

– Non.

– Quel est le problème alors ? Et je doute que tu te sois réellement arrêtée à ta répudiation.

– Juliette, l'encouragea Eric.

– Reste en dehors de ça ! ordonna la jeune femme soudain sur la défensive.

– Serais-tu au courant d'un fait que j'ignore, mon frère ?

– Non, s'empressa de répondre Melody.

– Excuse-moi chérie, mais je ne m'adressais pas à toi.

– Je n'aime pas Mathias. Cependant, j'apprécie la fonction qu'il m'a permis d'obtenir.

– Foutaise ! Je pourrai faire de toi une meilleure reine quand je lui aurai repris le Vieux Carré.

– Est-ce là ton intention ?

– Pourquoi ? Comptes-tu m'en empêcher ? Penses-tu réellement pouvoir te mesurer à moi ? la mit-il au défi.

– Je suis certaine de pouvoir gagner, avec ou sans Mathias, répliqua-t-elle dans le but de lui faire oublier le secret qui l'unissait à Eric.

– C'était bien tenté, chérie, mais tu ne pourras pas me manipuler de la sorte.

– Quoi ?

– Ce n'est pas parce que je ne dis rien, que je ne vois ou n'entends rien.

– Que veux-tu dire ? bredouilla la jeune femme.

– Becca est folle de Mathias depuis des siècles. Elle lui a pardonné des tas de petites erreurs, et des plus grosses également. Il aurait été logique qu'elle en fasse de même pour la nuit que tu as passée avec son chéri. Mais bizarrement, il n'en fut rien. Et qui plus est, elle s'est rangée de ton côté.

– Elle a peut-être juste ouvert les yeux, tenta-t-elle de noyer le poisson.

– J'en doute. Les tiens par contre, osent soutenir mon regard en me mentant. J'avoue ne pas m'attendre à cela. Ne disais-tu pas n'être que dévotion ? Non ! Ne le regarde pas ! Il ne te sauvera pas cette fois-ci ! Vu que tu sembles soudain prise de mutisme, je vais continuer à te faire part de mes observations. Elle quitte Mathias, se lie d'amitié avec toi, n'hésitant pas à plaider ta cause auprès de moi. Mais dans un même temps, elle emploie beaucoup d'énergie à éviter de croiser mon regard. Tout comme toi et mon frère. Et si avec tous ces détails je n'avais pas encore compris que vous me cachiez quelque chose de bien plus grave que ta coucherie avec mon ancien ami, le fait que les murs du bureau d'Eric se soient insonorisés au moment précis où vous étiez en plein entretien ne pouvait que confirmer mes soupçons. Alors, lequel de vous va se décider à cracher le morceau ?

– Juliette ? l'appela Eric en constatant sa mine défaite.

– Je ne peux pas, bredouilla-t-elle les larmes aux yeux en tentant de quitter la pièce.

– Reste-là ! aboya Nick.

– Je t'en prie, Nick ! le supplia-t-elle.

– Eric, il y a quelques semaines, tu m'avais fait part de ton intention de pénétrer l'esprit de ma bien-aimée à la recherche de ses souvenirs perdus.

– Bloqués, rectifia ce dernier.

– Si tu veux : "bloqués". Il me semble alors t'avoir expressément demandé de renoncer à ce projet.

– Eric ? s'étonna Melody.

– Il semblerait donc que tu aies pris sur toi de lui cacher ma désapprobation. J'en prends note.

– Va droit au but, mon frère.

– Es-tu allé contre mon souhait ?

– Effectivement.

– Pourquoi ?

– C'est moi qui le lui avais demandé, l'informa Melody en gardant ses yeux mouillés rivés au sol.

– Montre-moi.

– Non ! cria la jeune femme.

– Non ? répéta Nick sur le même ton.

– Il doit connaître la vérité, Juliette.

– Ce serait une erreur, Eric.

– Je ne pense pas, insista ce dernier.

– Je vous en prie ! supplia-t-elle les deux hommes de ne pas mettre leur projet à exécution.

– Je suis désolé, Juliette.

– Tu m'avais promis…

– Il a tout découvert seul, je n'ai donc pas trahi ma promesse.

– On dirait que tu n'as plus droit au chapitre, lâcha Nick, fier d'avoir remporté la partie.

– Dans ce cas, demeurer ici serait inutile.

– Juliette, tu devrais rester, dit Eric en voyant la jeune femme se diriger vers la sortie.

– Certainement pas.

– Tu pourrais lui montrer toi-même ce qui s'est réellement passé.

– Jamais. Plutôt mourir… répliqua Melody en laissant les deux frères s'amuser à profaner ses souvenirs.

26 - QU'AS-TU FAIT ?

Tremblante de la tête au pied, Melody essaya de joindre Mathias, mais ce dernier ne daigna pas répondre au téléphone. Le fait que d'ordinaire le roi ne filtre pas ses appels lui laissait à penser que sa visite à Nick avait fuité. Peut-être même l'avait-il suivie. En tout cas, si tel était le cas, il ne se trouvait plus dans les parages. Elle savait pertinemment que le temps était compté pour Mathias mais elle ne parvenait pas à savoir à quel endroit elle aurait le plus de chance de le trouver. Son cerveau, paralysé par la peur, refusait de fonctionner. C'est donc sans réfléchir qu'elle débarqua au loft du roi. Celui-ci ne s'y trouvant pas, elle courut aussi vite que ses jambes pouvaient la porter jusqu'au bar. Mais là encore, aucun Mathias à l'horizon. Cependant, usant de sa nouvelle autorité ainsi que de ses pouvoirs, on l'informa que le roi se trouvait en grande discussion avec le Père Luc. Elle prit immédiatement le chemin de l'église et à son grand soulagement, elle arriva avant Nick.

– Mathias ! cria-t-elle.

– Pas maintenant.

– C'est important.

– Je n'ai pas le temps de m'occuper de toi. Pourquoi n'irais-tu pas conter fleurette à ton ex ?

– Il est au courant. Ou du moins, cela ne va pas tarder. Il négociait avec Eric pour que ce dernier lui montre les souvenirs de notre soirée.

– Et je suppose qu'Eric ne va pas se faire prier.

– Je suis désolée. J'ai essayé de l'en empêcher mais…

– Inutile de t'excuser. Nous savions que cela arriverait un jour, tenta-t-il de la rassurer en la prenant dans ses bras.

– Tu dois partir Mathias. Et vous devriez faire de même, mon Père.

– Je refuse de t'abandonner ma puce.

– Tu n'as aucune chance si tu restes dans le Vieux Carré.

– Elle a raison, Mathias, dit Nick en débarquant tambour battant dans l'église.

– Fuyez mon Père ! cria Melody en se plaçant devant les deux hommes en signe de protection.

– Tu oserais t'opposer à moi, après ce qu'ils t'ont fait ? hurla Nick.

– Ce n'est pas la peine de te mettre dans des états pareils, essaya-t-elle de le calmer.

– Tu plaisantes j'espère ?

– Écoute. Ils ne s'en sont pas pris à toi. C'est donc à moi de gérer la situation de la manière qui me semble la plus juste.

– Coucher avec ton violeur, est-ce là la punition qui te "semble juste" ?

– Nick, s'il te plaît. Laisse-moi régler ça.

– Je regrette, il m'est impossible de répondre favorablement à ta requête. Ils vont payer pour leurs actes.

– Je ne te laisserai pas faire. Pars Mathias, et amène le prêtre avec toi.

– Non. Il mérite de mourir, répondit l'intéressé.

– Enfin, as-tu perdu l'esprit ?

– Il t'a piégée en sachant pertinemment que tu y laisserais la vie.

– Mais je ne vais pas mourir Mathias ! Partez ! les supplia Melody.

– Non. Nous en avons déjà discuté, j'assumerai ma faute quoi qu'il m'en coûte.

– Cela te coûtera la vie, déclara Nick en tentant d'attaquer Mathias.

Mais alors que Melody s'interposait, ce dernier se rua sur le Père Luc et lui écrasa la gorge d'un simple geste de la main.

– Non, arrête ! hurla la jeune femme en pleurs.

– Ma vengeance s'achèvera lorsqu'ils auront tous péri.

– Je ne te laisserai pas faire.

– Tu es certes puissante, chère Juliette, mais totalement inexpérimentée. Tu n'as aucune chance de sauver tes amis.

– "Mes amis" ? l'interrogea Melody.

– Mathias, Becca… Oh je dirais bien Eric, mais j'ai peur qu'il ne soit déjà de l'autre côté.

– Non ! Pourquoi ?

– Pour toi bien sûr.

– Jamais je n'ai voulu une chose pareille, déclara-t-elle en balançant Nick à travers l'église comme elle l'avait fait avec Mathias dans le bar.

Mais Nick ne s'était pas trompé. Sa Juliette était novice dans l'art de la guerre, et Roméo, immortel. Très vite, la jeune femme se fatigua et l'ancien roi n'eut aucun mal à venir à bout d'elle, malgré l'aide apportée par Mathias à cette dernière. Et alors qu'elle allait perdre connaissance, elle aperçut Nick ôter la vie à Mathias. Trois personnes venaient de périr par sa faute. Une quatrième viendrait bientôt alourdir la liste déjà bien chargée. Jamais, Melody ne parviendrait à continuer à vivre avec tout ce sang sur les mains. Mieux valait abandonner la bataille et attendre qu'aveuglé par sa rage, Nick ne l'envoie rejoindre l'autre côté.

Cependant, rien ne se passait jamais comme Melody le désirait. Aussi, ce fut avec une immense déception et toute endolorie, que la jeune femme revint à elle, sous les encouragements d'une voix familière.

– Juliette ! Juliette, réveille-toi ! Nous devons partir !

– Becca ! Il faut t'enfuir, balbutia la Lux.

– Je ne pars pas sans toi.

– Il les a tous tués par ma faute, sanglota-t-elle.

– Mathias était responsable, et le prêtre également. Mais toi, je t'interdis de penser une seconde que tu y es pour quelque chose. Tu m'entends ?

– Eric… Eric est mort…

– Quoi ?

– Je suis tellement désolée !

– Lève-toi. Il faut partir avant qu'il…

– Ne vienne finir le travail. N'est-ce pas cela que tu voulais dire, chère sœur ?

– Nick…

– Ne fais pas cela. Je t'en prie, dit Melody en se mettant à genoux devant son Roméo. Punis-moi si tu le désires, mais laisse Becca s'en aller. Elle n'y est pour rien.

– Elle a comploté avec Mathias pour faire passer notre mère dans l'autre monde et jeter ce maudit sortilège. Sans cela, nous vivrions paisiblement.

– Tu te trompes, Nick. J'ai lu dans l'esprit de Mathias. Je sais tout. Elle a tenté de l'en dissuader. Puis elle s'est ralliée à ma cause. Elle m'a sauvée la vie. Eric ne t'a-t-il pas montré tout ce qu'elle a fait pour moi ?

– Hélas, le temps lui a manqué.

– Tu es un monstre ! ne put s'empêcher de crier Becca.

– Cela te surprend-il ? Bien sûr que non, sinon vous n'auriez pas tenté de dissimuler vos méfaits !

– Becca, je t'en prie, chuchota la Lux dans l'espoir de calmer la situation.

– Laisse-le me tuer, qu'on en finisse. Je préfère la compagnie de notre mère à la sienne.

– Je croyais que vous ne pouviez pas mourir ! s'étonna soudain Melody dont le cerveau tentait de se remettre en marche.

– D'ordinaire, il est vrai, dit l'ancien roi.

– Je ne comprends pas, insista la jeune femme.

– Lorsque mon sang s'est infiltré dans l'organisme d'Eric, son amour pour toi a malencontreusement conduit son âme directement auprès de notre mère.

– Le sortilège de votre maman s'est transféré sur lui. Mais comment est-ce possible ? s'étonna Melody.

– Cela est ridicule. Il n'avait pas ce genre de sentiments à son égard, intervint Becca.

– L'amour peut revêtir différentes formes. Il faut croire que maman a ratissé large.

– Je suis la seule à pouvoir ouvrir le portail et je peux t'assurer qu'il y a des semaines que je le tiens fermé, l'informa la jeune femme.

– Oups ! Alors, j'ignore où peut bien se trouver son âme, ricana Nick, vacillant entre colère et hilarité.

– Épargne Becca. S'il te plaît.

– Non !

– Je t'en prie, Nick. Fais-le pour moi.

– Je refuse. S'en prendre à toi, revient à me faire du mal. Je ne dois pas permettre cela.

– Autorise-moi de te montrer la suite de l'histoire.

– C'est inutile.

– Je t'en conjure, le supplia Melody en se mettant debout et en s'approchant de Nick.

– Juliette, dit-il en reprenant soudain son calme et en constatant le mal qu'il lui avait fait.

– Regarde, lui commanda-t-elle en caressant son visage et en faisant défiler dans son cerveau le film qu'elle s'était jusqu'alors donnée tant de peine à lui cacher.

Visiblement touché par les images qu'il venait de voir, il laissa sa rage s'envoler. Il réalisa alors qu'il était allé beaucoup trop loin, éprouvant déjà des remords pour les cadavres encore chauds qu'il avait dispersés sur son passage. Tous, sauf un. Mathias. Jamais de sa vie il ne s'excuserait de l'avoir occis. Mais ce qu'il regrettait le plus, c'était d'avoir levé la main sur la personne qui comptait le plus pour lui : sa Juliette.

– Je reconnais avoir été injuste envers Becca. Il ne lui sera fait aucun mal, à condition qu'elle quitte la ville.

– Hors de question ! clama Melody qui semblait sur le point de s'effondrer.

– Au vu de ses méfaits, je pense me montrer clément envers elle. Qu'attends-tu de moi Juliette ?

– C'est une très bonne question. En tant que reine, j'ai le devoir d'arranger la pagaille que tu as semée. Et dans la mesure où le roi est mort, je vais avoir besoin de Becca pour me seconder. Elle va donc s'installer avec moi pour un temps indéterminé.

– Je vois…

– Je n'ai pas terminé. Je refuse que tu assistes à l'enterrement de tes victimes.

– Comment peux-tu me demander une chose pareille ?

– Je ne demande pas, je l'exige !

– Est-ce là la punition que tu m'as réservée ? M'empêcher de dire adieu aux gens que j'aime ?

– On ne tue pas les personnes pour lesquelles on éprouve de l'affection.

– Je l'ai fait pour laver ton honneur ! se défendit-il.

– Tu l'as fait par orgueil !

– Il fallait bien te venger !

– Je ne t'ai rien demandé.

– Ce crime ne pouvait pas rester impuni, tenta-t-il de faire entendre raison à Melody.

– Et les tiens ? Comment pourrais-je les justifier ?

– Je t'aime Juliette. Comment voulais-tu que je réagisse face à cette nouvelle ?

– Tu ignores ce qu'est l'amour.

– Ne dis pas cela.

– Pourquoi ? Il s'agit pourtant de la vérité. Sinon cela ferait déjà longtemps que ton âme servirait de distraction à ta mère, clama la jeune femme.

– Je te demande pardon. Je me suis emporté. Mais tu me connais par cœur, tu savais pertinemment quelle allait être ma réaction, sinon vous n'auriez pas tous essayé de me dissimuler les méfaits de Mathias.

– Inutile de te trouver des excuses. Je compte honorer la mémoire de toutes tes victimes et pendant ce temps, tu vas rester aussi loin de moi que possible, trancha la Lux.

Elle se dirigea ensuite vers le corps de Mathias et s'agenouilla à ses côtés. D'une main tremblante, elle s'empara du téléphone portable qu'il gardait dans la poche intérieure de sa veste. Elle le déverrouilla en posant l'index encore chaud de son propriétaire sur l'écran du téléphone et composa un numéro.

– Il s'est passé quelque chose. J'ai besoin de vous à l'église.

Elle ne dit rien de plus, se contentant de raccrocher. Ni Becca, ni Nick qui tardait à s'en aller, ne lui posèrent de questions quant au destinataire de cet appel. Ils la regardèrent ensuite s'allonger contre Mathias et poser sa tête sur son épaule, retenant presque leur souffle face à cette scène anxiogène.

– Le portail va s'ouvrir. Eric n'étant plus là, j'ignore si j'aurais la force de sortir du flot de pensées. Toutefois, Becca, le sorcier ne devrait pas tarder à arriver pour, je l'espère, nous aider. J'ai confiance en lui. Prête-lui main forte si besoin est. Mais ne touche à rien en l'attendant, s'il te plaît.

– Est-ce Mathias ou Eric qui demande à passer de l'autre côté ? s'enquit la jeune femme.

– Toutes les âmes des défunts se pressent à cet instant autour de moi, avec l'espoir de me voir trépasser et d'enfin pouvoir passer de l'autre côté. Mais celle d'Eric ne se trouve pas ici.

– Combien sont-elles ? demanda Nick inquiet.

– 45, en comptant celles de Mathias et du prêtre qui se tiennent à l'écart. Je dois partir. À mon réveil, si tant est que je parvienne à revenir, je veux que tu aies quitté les lieux, intima Melody à Nick avant de se laisser emporter par le flot de pensées.

– Moi aussi je voulais voir cette ordure mourir, mais je savais que Juliette s'y opposerait, dit Becca à son frère.

– Qu'étais-je censé faire ?

– L'aimer.

– Je peux te jurer que c'est le cas. J'ignore pourquoi le sortilège ne fonctionne pas sur moi, lâcha-t-il en pleurs.

– Je suis profondément convaincue que tes sentiments pour Juliette sont sincères. Mais c'est de compréhension qu'elle avait besoin, pas de jugement.

– Jamais il ne m'est venu à l'esprit qu'elle était l'instigatrice de ce rapprochement. Nous parlons d'un viol !

– Tu ne comprends pas. Elle désirait tellement être parfaite pour toi. Elle s'est sentie souillée, indigne de toi. Elle s'en voulait au point de se donner la mort la première fois qu'elle a retrouvé la mémoire.

– C'est ridicule !

– L'amour c'est faire passer les sentiments et les besoins de l'être aimé avant les siens. Elle a trouvé la force de pardonner à Mathias, en grande partie pour ne pas éveiller tes soupçons et t'épargner la tristesse engendrée par cette nouvelle, car elle savait pertinemment que ton orgueil t'empêcherait d'en faire autant. Là où tout le monde voit un monstre en toi, elle, elle voyait plus…

– Je l'ai déçue.

– Peut-être.

– Penses-tu qu'elle me pardonnera un jour ?

– Si quelqu'un est à même de le faire, c'est bien elle.

– Et toi ?

– Je n'ai rien d'une Juliette. Mais mon amour pour toi est immortel.

– Une chance que maman ne déteste que moi, fit-il référence à Eric dont l'âme finirait par atterrir entre les mains de leur mère.

– C'est vrai, dit-elle en esquissant un léger sourire.

– Pourquoi ne sembles-tu pas inquiète pour notre frère ?

– J'ai foi en Juliette. Elle arrangera les choses…

27 - JAMAIS BIEN LOIN

Loin de la confiance que lui témoignaient Nick et Becca, Melody, éreintée et submergée par une immense vague de tristesse, se laissait dériver dans le flot de pensées. Tout ceci aurait pu être évité si elle ne s'était pas immiscée dans la vie de cette famille. Pour la première fois depuis son arrivée à la Nouvelle-Orléans, elle regrettait Lawrence : ses hivers froids et sa mère perfide. Même les regards teintés de suspicion et de peur des habitants lui semblaient plus supportables que la culpabilité qui la rongeait alors.

– *Ne fais pas ça !*

– *Eric ? Est-ce vraiment toi ?*

– *On dirait bien.*

– *Comment est-ce possible ?*

– *J'ai jugé plus sûr de me mettre à l'abri ici. Comment vont les autres ?*

– *Mathias et le Père Luc n'ont pas échappé à la colère de Nick.*

– *On dirait que tu lui en veux.*

– *Pas toi ?*

– *Absolument pas. Ils méritaient de mourir. Je les aurais bien occis moi-même, mais tu désapprouvais.*

– *Il t'a tué.*

– *Il n'en avait nullement l'intention. Tu ne peux lui tenir rigueur de cette imprévisible réaction.*

– *C'est trop tard.*

– *Qu'as-tu fait ?*

– *Je l'ai congédié et interdit d'assister à vos enterrements.*

– Il est en train de vivre la chose qu'il redoute le plus au monde : être rejeté. Tu dois retourner auprès de lui.

– Non.

– Juliette !

– C'est mieux ainsi.

– Comment nous sauveras-tu si tu restes cachée ici ?

– Je n'en ai pas le pouvoir, Eric.

– Toi seule le peux.

– Je ne sais pas ressusciter les morts. Mais le sorcier va venir prêter main forte à Becca. Peut-être trouvera-t-il une solution…

– Comment se fait-il que ma chère sœur s'en soit sortie indemne ?

– J'ai supplié Nick de me la laisser.

– Et alors qu'il accède à ta requête, toi, tu t'enfuis… Et puis, d'ailleurs, cela ne lui ressemble pas d'abdiquer aussi facilement. Te rends-tu comptes à quel point son amour pour toi prend le pas sur son caractère impétueux ?

– Son esprit aurait déserté notre monde depuis longtemps s'il éprouvait réellement de l'amour pour moi.

– Tu te trompes. Quelque chose nous échappe forcément. Tu dois retourner auprès de lui à présent.

– Je doute qu'il veuille m'adresser la parole.

– Pourquoi dis-tu cela ?

– Je lui ai dit qu'il ignorait ce qu'était aimer quelqu'un, avoua Melody consciente de la méchanceté de ses propos.

– Raison de plus pour que tu repartes arranger les choses.

– Je suis désolée Eric. Il faudra vous débrouiller sans moi, répondit-elle en allant se cacher plus loin dans le flot de pensées.

Après quelques heures de recherches, Eric débusqua enfin Melody. Toutefois, cette dernière refusait toujours de revenir dans le monde réel. À la regarder s'enfoncer de plus en plus loin dans le flot, il se mit à penser que jamais la jeune femme ne reviendrait. Il était toujours plus facile de gérer les problèmes des autres plutôt que de faire face aux siens. Son seul espoir serait que la détresse de Nick et Becca parvienne jusqu'à eux et que la Lux réalise qu'elle leur était indispensable. Seulement, la partie ne semblait pas être gagnée d'avance. Il lui saisit la main en guise de point d'ancrage et se mit à prier pour que dans l'autre monde, sa famille reprenne le contrôle de la situation.

*

* *

De son côté, Nick, faisant fi des recommandations de sa sœur, demeurait toujours au chevet de sa Juliette, attendant désespérément qu'elle se réveille. Il ne souhaitait abandonner aucune de ces deux femmes, qui pleuraient toutes les mêmes hommes. D'autant plus qu'il se méfiait du sorcier à la botte de Mathias. Et il ne fut pas le moins du monde surpris, lorsque ce dernier leur annonça ne pas pouvoir faire revenir Juliette. Quant à l'âme d'Eric, il ignorait où elle se trouvait. Mais il confirmait qu'aucune âme n'avait pu rejoindre l'autre monde. Le seul point positif qui ressortait de sa visite, c'était qu'il possédait le pouvoir de ressusciter un des défunts. Celui que la reine choisirait à son réveil. Voilà ce qu'il avait dit en les laissant désœuvrés, au milieu des cadavres.

– Que fais-tu ? demanda Becca à Nick, en voyant celui-ci arracher le corps de Juliette des bras froids de Mathias.

– Je la ramène à la maison.

– Elle a spécifié ne plus vouloir te voir.

– Je m'en moque. Elle n'aura qu'à se défouler sur moi à son réveil.

– Nick…

– Vraiment, chère sœur ? Désires-tu la laisser mourir dans les bras de ce salaud ?

– Elle ne va pas mourir.

– Tu n'en sais rien ! s'emporta-t-il.

– Effectivement. Mais j'ai besoin de croire que tout va s'arranger. Est-ce un crime ?

– Dans ce cas, crois pour nous deux.

– Que fait-on de ceux-là ?

– Tu as entendu l'autre. Melody décidera à son réveil qui elle désire sauver.

– Elle pourrait choisir Mathias.

– Me penses-tu aussi imbu de ma personne pour ignorer ce fait ? Crois bien que je meurs d'envie de brûler son corps pour que cela ne se produise jamais. Mais j'en ai suffisamment fait pour aujourd'hui. Demande à ce que l'église soit condamnée et partons d'ici avant que mes vieux démons ne se réveillent.

– Je doute que les soldats de Mathias m'obéissent.

– Alors sers-toi de tes pouvoirs. Cela ne t'avait pas posé autant de problèmes de conscience quand tu as ôté la mémoire à Juliette.

– La première fois, j'avoue ne rien avoir ressenti. Mais lorsque j'ai découvert ce que Mathias lui avait fait, je n'ai trouvé aucune autre solution pour apaiser ses souffrances. Cependant, recourir à l'oubli m'a déchiré le cœur. Croiser son regard et voir que je n'étais qu'une étrangère à ses yeux, était cent fois plus pénible à encaisser que l'idée d'avoir passé des années à courir après un amour irréel.

– Il ne méritait aucune de vous deux.

– Je te remercie de ne pas prononcer les mots qui font mal.

– Quels sont-ils ? demanda Nick intrigué.

– "Je te l'avais dit…"

– Je me contenterai de les penser très forts. Viens, rentrons à la maison.

– Non. Pas chez nous. Il faut la ramener chez Mathias.

– Essaies-tu de tester ma nouvelle patience ? dit Nick en réprimant maladroitement son agacement.

– C'est l'endroit le plus sûr pour Juliette. Mathias y a veillé.

– L'endroit le plus sûr, c'est à nos côtés, renchérit Nick.

– S'il te plaît…

– Je suis trop fatigué pour me chamailler avec toi. Et puis, autant éviter que par un geste malencontreux, ton âme se retrouve à errer, on ne sait où, en compagnie d'Eric.

– Tu ne souhaitais donc pas tuer notre frère.

– Bien sûr que non ! Pas plus que toi d'ailleurs. J'ai besoin de lui, autant que de toi.

– Et de Juliette…

Il s'abstint de confirmer cette remarque, s'empressant de mettre de la distance entre Mathias et sa bien-aimée. Bizarrement, même mort, Nick continuait d'être jaloux de la relation qui unissait ces deux-là. Il en venait presque à espérer que Melody ne se réveille pas, de peur qu'elle ne lui préfère à nouveau son ancien bras droit. Et malheureusement, de toutes les pensées échangées, c'était celle-là que Melody venait de capter. Confortée dans son idée qu'il était préférable qu'elle quitte la scène par la porte de service, elle tenta de disparaître. Eric eut beaucoup de mal à la maintenir à flot. Mais finalement trop fatiguée pour lutter, elle s'effondra dans ses bras, sans se douter le moins du monde que de leurs côtés, l'âme du Père Luc et de Mathias étaient contraintes de se cacher de la milice qui les avait prises en grippe.

*

* *

Chez Mathias, Nick attendait impuissant depuis maintenant près de deux jours que Juliette veuille bien refaire surface. Mais avait-il seulement donné à la jeune femme une bonne raison de le faire ? Certainement pas, sinon, elle serait déjà parmi eux. De toutes les personnes qu'ils avaient eu l'honneur de rencontrer durant sa longue existence, Juliette était la seule qui soit à la fois aussi forte que fragile. Le moindre petit impact pouvait la faire exploser en des millions de petits fragments de cristal. Mathias avait bien compris cela. Le cocon qu'il avait tissé autour d'elle le prouvait sans conteste. Après cette immersion dans leur intimité, il comprenait mieux pourquoi Juliette avait préféré rester avec son ancien agresseur.

– Nick ? ronchonna Becca après un monologue de plus de dix minutes, en réalisant user sa salive pour rien.

– Quoi ?

– Tu pourrais au moins faire semblant de m'écouter !

– Désolé.

– Je vais distiller des "instructions venant de la reine" aux larbins de Mathias. Il ne faut pas que quelqu'un se doute que La Nouvelle-Orléans se retrouve sans dirigeant.

– Bonne idée.

– Je ne te demande pas si tu souhaites t'en charger.

– Je vais rester auprès de Juliette.

– Je m'en doutais.

– Es-tu toujours aussi confiante ?

– Elle aime se faire désirer, essaya-t-elle de le rassurer. À son retour, il faudrait arrêter de l'appeler Juliette.

– Pourquoi ? Cela lui va tellement bien ?

– Peut-être. Mais, ce n'est pas qui elle est.

– Qui est-elle au juste ? Le savons-nous réellement ?

– Je ne saurais trop te conseiller de méditer là-dessus avant son retour. J'aimerais éviter qu'elle ne souffre davantage.

– Que veux-tu dire au juste ?

– Si tu n'es pas sûr de pouvoir passer outre l'épisode Mathias, alors consens à lui rendre sa liberté.

– Je ne pourrais pas vivre sans elle, Becca !

– Elle mérite mieux que des miettes d'amour… Appelle-moi s'il y a du nouveau.

À présent seul face à sa conscience, Nick ne pouvait échapper à une introspection en bonne et due forme. Toutefois, elle ne durerait pas longtemps. Il aimait Melody. Il ne concevait pas une existence où elle ne serait pas. Il se sentait capable de fermer les yeux sur son manque de confiance en lui. Elle ne l'avait pas cru apte à gérer cette situation de manière "civilisée" et cela l'avait profondément meurtri. Mais ne dit-on pas qu'il n'y a que la vérité qui blesse ? Alors, quelque part, il pouvait entendre qu'elle agissait de la sorte pour son bien. Si seulement elle était là, pour entendre tout ceci ! Mais, finalement, elle n'avait pas vraiment besoin d'être "là". Après tout, ne possédait-elle pas le pouvoir de capter les pensées des gens qui l'entouraient ? Il suffisait juste qu'il attire son attention. Qu'il frappe à sa porte, peut-être ? Que risquait-il à essayer ? Voir son âme s'envoler comme celle d'Eric ? Cela aurait-il été aussi grave ? Au fond de lui, il le souhaitait de toutes ses forces pour pouvoir enfin se prouver qu'il était capable d'aimer…

28 - UNIS DANS LA MORT

– La garde rapprochée de Mathias n'est composée que d'incapables ! s'exaspéra Becca en refermant la porte d'entrée de chez Mathias derrière elle.

– Tu devrais t'asseoir, lui dit Nick d'une voix grave.

– Qu'y a-t-il ? demanda l'immortelle avant de se figer devant une Melody réveillée, mais pourtant absente.

– Elle est revenue il y a une trentaine de minutes.

– A-t-elle dit quelque chose ?

– Elle n'a pas prononcé le moindre mot. C'est à peine si ses yeux se sont posés sur moi.

– Nous entend-elle ?

– Hélas, oui, intervint Melody sans toutefois sortir de sa torpeur.

– Est-ce que tu vas bien ? demanda Becca, hésitante.

– Eric s'est réfugié dans le flot de pensées, Mathias et le Père Luc tentent de fuir la milice en se cachant ici, et tous attendent de moi que je les sauve. Mais je ne possède pas un tel pouvoir. Alors, non, je ne vais pas bien, répondit Melody d'une voix monocorde.

– Mathias est ici ? ne put s'empêcher de s'enthousiasmer Becca en se rapprochant de la table où se trouvait Nick.

– Allongé à côté de moi sur le lit. Le prêtre, lui, occupe la chaise que tu convoites.

– Oups. Désolé Père Luc. N'y aurait-il pas un moyen qui nous permettrait de les voir ?

– Pourquoi n'utiliserais-tu pas un sortilège ?

– Je ne saurais pas comment m'y prendre.

– C'est absurde. Vous êtes les descendants d'une puissante sorcière.

– Tu as raison, chère Juliette, mais il faut croire que cela a sauté une génération, répliqua Nick passablement agacé à l'idée de savoir Mathias proche de sa bien-aimée.

– Je vois, dit-elle en se levant. Donnez-moi votre main !

Melody saisit les mains de Becca et Nick. Le contact de la peau de ce dernier contre la sienne la fit frissonner. Le souvenir de leur premier ébat lui revint en mémoire, lui arrachant un sourire en coin. Devant les regards interrogateurs de l'assistance des vivants aussi bien que de celle des morts, elle se reprit et récita une formule qu'elle avait entendu prononcer dans le flot de pensées. Et alors que les immortels prenaient possession de leur nouveau potentiel visuel, Melody entendit Eric la féliciter.

– Salut, fit Mathias d'une voix désinvolte en agitant la main en guise de bonjour.

– Vous avez une sale tête. Vous voulez bien nous expliquer de quoi il retourne, mon Père ? demanda Becca.

– Il se trouve qu'il y a parmi les derniers défunts, un certain nombre de personnes dont nous sommes personnellement responsables du décès…

– Le Karma, mon Père. Le Karma ! gloussa Nick.

– Nick, le sermonna Becca devant le regard dégoûté de Melody.

– Ne fais pas cette tête. Je suis toujours là, avec toi, dit Mathias à La Lux en venant s'installer à ses côtés sur le rebord de la fenêtre.

– Tu es mort. Vous êtes tous morts par ma faute.

– Erreur. Ils ont trépassé de la main de Nick, rectifia Becca.

– Eric dit qu'il aurait dû s'en charger lui-même, précisa Melody.

– Je ne te le fais pas dire mon frère, approuva Nick.

– Arrête !

– Je n'avais pas terminé, sœurette. Cela dit, c'est moi le monstre sanguinaire, je me devais donc de faire honneur à ma réputation.

– Je suis le seul responsable de ma mort, trancha Mathias. Et si le Père Luc sait se montrer honnête, il ne peut qu'assumer sa part de responsabilité dans ce désastre.

– Je plaide coupable, confirma l'intéressé.

– Bravo pour cette prise de conscience, mais que faisons-nous maintenant ? Melody ne peut en sauver qu'un !

– Pardon ? s'étonna la jeune femme.

– Becca, soupira Nick.

– Désolée. Je pensais que tu lui avais dit.

– Le moment ne s'y prêtait guère, répliqua Nick.

– Le sorcier possède la faculté de faire revenir une de ces personnes à la vie. Il attend de savoir laquelle tu choisiras.

– Non ! Je ne peux pas choisir ! Seul Dieu devrait détenir ce pouvoir de décision, s'emporta Melody.

– Prends le temps d'y réfléchir, s'il te plaît.

– Inutile. Ma nouvelle situation me convient assez, intervint Mathias qui désirait ardemment protéger Melody de la douleur qu'un tel choix lui provoquerait.

– Comment peux-tu dire une chose pareille ? Tu es pourchassé par une milice d'esprits vengeurs.

– Je suis en sécurité ici.

– Tu es prisonnier de ce loft !

– Je suis avec toi. Le reste, je m'en accommode fort bien.

– Ne me regardez pas ainsi, Melody. Je ne mérite aucunement d'être sauvé, déclara le prêtre.

– Je ne saurais vous contredire. Pourquoi m'avoir fait une chose pareille, mon Père ?

– Vos pouvoirs sont énormes, et sont convoités de toutes parts.

– Qu'est-ce que cela signifie ? demanda Becca.

– Depuis son enfance, le pire ennemi de Dieu essaie de mettre la main sur Melody et ses pouvoirs, ne reculant devant rien pour la faire basculer du côté du mal.

– Mais si elle devient une Lux à part entière, elle va mourir, s'indigna Mathias.

– Qu'arriverait-il si je me rangeais du côté des méchants ? le questionna Melody.

– Le monde tel que nous le connaissons disparaîtra. Ne restera plus que les démons et leurs esclaves.

– Quel réjouissant tableau, ironisa Nick.

– Le père de Melody n'a pas succombé à une mort naturelle, n'est-ce pas ? s'enquit Mathias.

– Effectivement.

– Qui est responsable ? demanda la jeune femme fébrile.

– Lui…

– Dites son nom, Père Luc, l'intima Nick.

– Lucifer…

– C'est impossible ! s'exclama Becca. Personne ne l'a jamais vu. Il n'est qu'une légende.

– Tout comme Dieu, rajouta le prêtre.

– Il existe, susurra Melody.

– Plaît-il ? l'interrogea Nick.

– Il est là. Je le sens derrière chacun de mes pas, chacune de mes pensées. Le sentez-vous également, mon Père ?

– Il fait mieux que cela, il peut me voir et m'entendre. Mais il détient aussi la faculté de raconter beaucoup de sottises. Je décline toute responsabilité dans le décès de Louis, dit soudain une voix rauque.

– Ben voyons, maugréa le prêtre.

– Cesse donc Luc, tu n'étais même pas là. Moi, j'ai toujours été à tes côtés Melody, attendant le jour où tu serais prête à nous rejoindre, lâcha Lucifer en devenant visible aux yeux de tous.

– Nous ? bredouilla la jeune femme à deux doigts de l'évanouissement, tellement elle était effrayée.

– Tu fais partie de notre famille. Il est temps que tu rentres à la maison à présent.

– Qu'aurais-je à y gagner ?

– Juliette ! aboya Becca avant de se retrouver plaquée au plafond du loft.

– Lâche-la ! cria la Lux.

– Ce n'est pas comme cela que l'on s'adresse à son père Melody !

– S'il te plaît… Papa… s'entendit-elle prononcer d'une manière presque naturelle.

– Si tel est ton souhait, Trésor.

– Tu n'as pas répondu à ma question. Qu'est-ce que j'aurais à gagner à intégrer le domicile familial ?

– Tout ce que tu voudras. Je peux sauver tes amis, dit Lucifer.

– Avec tout le respect que je vous dois, Monsieur… Enfin, comment dois-je vous appeler au juste ? le questionna Nick.

– Peu sont autorisés à me nommer de la sorte, mais tu as su conquérir le cœur de ma fille, et dans la mesure où je t'aime bien, tu peux m'appeler beau-papa !

– Oh ! fit ce dernier, très étonné. Vous m'en voyez ravi. Cela dit, il a dû vous échapper que je ne suis plus dans ses bonnes grâces.

– C'est son côté ange. Sa mère est pareille. Ne fais pas attention fiston, cela lui passera vite.

– Pourriez-vous arrêter de faire comme si je n'étais pas là ? Et qu'en sais-tu d'abord ?

– Tu deviens insultante ! s'emporta-t-il.

– Melody ! chuchota Becca.

– Quoi ? soupira cette dernière.

– Je suis ton père. Crois-tu que je n'ai pas suivi ta vie de près ? Je sais très bien qui tu es !

– Si tel est le cas, tu ne peux ignorer que je ne prendrai pas part à la destruction de notre monde.

– Ah, les enfants ! Ils sont tellement mignons quand ils sont petits…

– Normal qu'il t'apprécie, Nick. Vous êtes identiques. Es-tu sûr que ce n'est pas ton fils ? s'exaspéra Melody.

– J'aurais bien aimé, mais celui-ci n'est pas de moi.

– C'est très étonnant vu ta prolifique progéniture.

– Tu es fier de toi, Luc ? Quand arrêteras-tu de prendre ce qui est écrit dans les livres au pied de la lettre ? Avec toutes les sottises que tu lui as mises dans la tête, ma fille pense que je suis un monstre.

– Vous ne devriez pas trop vous en faire. Elle adore les monstres, laissa échapper Mathias.

– Toi ! Tu as osé profaner le corps de mon bébé ! Tu as mis ma fille en danger dans le seul but de servir tes intérêts personnels ! Si tu n'étais pas déjà mort, je te tuerais de mes propres mains ! aboya-t-il sur le traître.

– Il ne peut plus mourir. Cependant, vous pouvez encore torturer son âme, l'incita Nick à se défouler sur son ancien bras droit.

– J'aime ce type Melody. C'est de loin le meilleur des petits copains que tu as eu jusqu'alors.

– Nick, ne désirais-tu pas lui poser une question ? demanda Melody dans le but de changer de sujet.

– Si, effectivement. J'ai bien compris que vous ne lésineriez pas sur les moyens pour la ramener chez vous. Cependant, j'aimerais savoir ce à quoi elle devra renoncer en accédant à votre… requête.

– Je préfère le mot "souhait". Melody a la fâcheuse habitude de mal réagir face à l'autorité.

– Je ne vous le fais pas dire, approuva Nick.

– Tu éludes la question, papa.

– OK. Tout. Ou rien. C'est à toi de décider.

– Lucifer. Toujours à jouer avec les mots, railla le Père Luc.

– Personne ne t'a sonné, toi. Tu as osé piéger ma fille pour qu'elle renonce à son âme. Ton patron aurait dû te foudroyer sur place !

– Papa ?

– Oui, trésor ?

– La question de Nick est légitime. Et je ne veux ni mensonges, ni manipulations.

– N'exagère pas Trésor. Je suis tout de même Lucifer. J'ai une réputation à tenir !

– Papa ! insista lourdement la jeune femme.

– Tu n'auras plus le droit de conduire les âmes égarées dans l'autre monde.

– D'accord.

– Il te sera interdit d'aider les innocents que tu croises.

– Je vois. Continue.

– Il ne reste qu'une toute petite chose.

– Je suis toute ouïe.

– Comment pourrais-je énoncer cela sans heurter ta sensibilité ?

– Vas-y, lance-toi Lucifer. Elle va adorer, se moqua le prêtre qui se trouvait déjà dans la confidence.

– Disons qu'il ne te sera plus permis de vivre parmi les mortels.

– Hors de question ! explosa-t-elle de colère, en même temps que toutes les vitres du loft.

– Je me doutais que cette petite clause la rendrait un tantinct grincheuse, dit-il à l'intention des autres protagonistes, un sourire malicieux aux lèvres.

– Y a-t-il autre chose, que je devrais encore savoir ?

– Si ce n'est que je t'aime… Je ne vois rien d'autre… eut-il à peine le temps de prononcer avant de se faire propulser dans les airs et de retomber violemment de l'autre côté de la pièce.

– Ce n'est pas une manière de montrer son amour à quelqu'un. Et dire que tu as été élevé par un ange ! Où sont donc passées l'affection et la bienveillance de tes semblables Luc ?

– Tu dis m'aimer. Alors comment as-tu osé laisser ma mère me maltraiter toutes ces années ?

– C'est compliqué, trésor.

– Ou peut-être était-ce ton idée ? Et le professeur de théâtre ? S'agit-il également de ton œuvre ?

– Absolument pas ! Pour son décès par contre… Je suis peiné à l'idée que tu puisses penser une chose pareille ?

– Tu es le mal ! Comment en serait-il autrement ?

– Je vois que tu n'as aucune confiance en moi. C'est normal. Ma réputation m'a précédé. Mais il me plaît à penser que les choses peuvent changer entre nous. Si tu as su voir au-delà de celle de Nick, alors tu finiras par en faire autant avec la mienne, dit-il en s'apprêtant à tirer sa révérence.

– Papa ! le stoppa-t-elle.

– Oui trésor ?

– Montre-moi que je me trompe sur ton compte.

– Je suis entièrement disposé à accéder à ta demande.

– Sans aucune contrepartie ?

– Tu as ma parole.

– Comme si elle valait quelque chose ! railla le Père Luc.

– Ignore-le, trésor. Son abstinence forcée le rend irritable. Je t'écoute.

– J'aimerais que tu ressuscites mes amis, tous mes amis.

– Même celui-ci ?

– Oui papa, même le prêtre.

– Tu ignores ce que cela me coûte.

– Mais tu m'aimes, n'est-ce pas ? minauda-t-elle en lui lançant un regard de chien battu.

– Bon d'accord ! Mais personne ne doit être au courant. Vous m'avez bien entendu ?

– Attends. Je n'ai pas fini. Une horrible sorcière a mis un contrat sur la tête de quiconque pourra m'aimer. À la base, il ne visait que Nick, mais il s'avère qu'il peut transmettre ce sortilège par le sang. Si quelqu'un venait à le découvrir, il pourrait s'en servir contre toi.

– C'est bien possible en effet.

– Permettez-moi, d'ouvrir une petite parenthèse, beau papa. Vous semblez fort bien au courant de la situation. Vous ne pouvez donc ignorer que le sortilège n'opère pas sur moi, ni ce que cela signifie. Pourtant, je ne pense pas me tromper en disant que vous m'avez donné votre aval pour continuer de fréquenter votre fille. Pourquoi ?

– Douterais-tu de tes sentiments envers la prunelle de mes yeux ? dit Lucifer en jaugeant son futur gendre.

– Aucunement. Mais ce n'est pas le cas de l'intéressée.

– Je plaide coupable. J'ai immunisé Nick contre le sort de sa mère pour donner une chance à votre histoire d'amour de voir le jour.

– Tu ne respectes même pas tes propos règles. Tu es pathétique Lucifer ! gloussa le prêtre.

– Vous devriez garder la bouche fermée mon Père, dit Becca.

– Quelles règles ? s'enquit Melody.

– Il ne doit pas intervenir de manière directe dans la vie des gens, renchérit l'homme d'Église.

– C'est vrai. Il n'y a plus de règle quand il s'agit du bien-être de ma fille. Écoute Melody, je vais sauver tes amis. Mais en ce qui concerne la sorcière, tu vas devoir régler le problème toute seule.

– Impossible. Elle est trop puissante.

– Tu l'es autant, sinon plus. N'oublie jamais quel sang coule dans tes veines.

– S'il te plaît…

– J'ai entièrement confiance en toi mon trésor.

– L'autre monde ne fait pas partie de son champ d'action, Melody, cru bon d'expliquer le prêtre à la jeune femme.

– Je ne comprends pas.

– Même si tu m'emmenais là-bas, je me retrouverais sans aucun pouvoir.

– Mais ici, vous seriez en mesure de nous en débarrasser une bonne fois pour toute, comprit Becca.

– Effectivement, confirma ce dernier.

– Il faudrait que j'enfreigne une de tes interdictions si je veux pouvoir la ramener dans le monde des vivants.

– Fait ce que tu as à faire, dit-il.

– Attends. Comment puis-je te contacter ?

– Tu peux m'appeler.

– Comment ça ? Juste en scandant votre nom ? s'enquit Mathias.

– Il n'est pas très futé celui-ci. Mademoiselle Becca, vous n'aurez aucun mal à trouver mieux. Si seulement j'avais quelques siècles de moins…

– Comme si cela te dérangeait beaucoup, le moucha le prêtre.

– Tu as raison Luc, cela ne me gêne pas le moins du monde.

– Papa ! s'offusqua Melody.

– Je plaisantais trésor. Détends-toi. Tu trouveras mon numéro dans le répertoire de ton téléphone portable à "Mon papa d'amour", dit-il avant de s'évaporer, de même que l'âme de Mathias et du Père Luc.

– Où sont-ils ? s'inquiéta soudain Melody.

– À l'église ! s'exclama Becca en se précipitant dehors.

– Melody, attends ! la stoppa Nick en emprisonnant sa main dans la sienne.

– Qu'y a-t-il ?

– Que comptes-tu faire ?

– Ramener ta mère à Lucifer.

– Renonce.

– Pourquoi ? Doutes-tu qu'il tienne parole ?

– Il donne l'impression de vouloir faire n'importe quoi pour se rapprocher de toi. À quoi penses-tu ? demanda Nick en voyant sourire Melody.

– Je suis bien loin d'être la Juliette que tu imaginais. Moi, la fille de Lucifer. Cela paraît incroyable ! J'ai du mal à entrevoir ce que ça implique, mais cela explique beaucoup de choses.

– Pour ma part, je préfère sa fille que sa promise, avoua-t-il en lui caressant le visage.

– J'imagine, d'autant plus qu'il semblerait que tu lui aies fait une très bonne impression, chuchota cette dernière, troublée par ce contact.

– Ma mère n'est un danger pour personne là où elle se trouve. Et dans la mesure où tu ne pourras plus ouvrir le portail, à quoi bon risquer ta vie ?

– Une autre Lux l'ouvrira et ta mère regagnera sûrement notre monde.

– Très bien. Laisse quelqu'un d'autre faire le sale travail à ta place. Lorsqu'elle sera ici, Lucifer se chargera d'elle et fin de l'histoire.

– Mais combien de gens vont encore souffrir à cause d'elle, ou par mon manque de courage ? Les âmes des défunts méritent de trouver le repos. Je le leur dois.

– Penses-tu à moi, Melody ? Je ne saurais pas vivre sans toi. S'il te plaît…

– Je suis désolée, Nick. Si c'est là la dernière bonne action que je puisse faire, je n'ai pas le droit de renoncer.

– Alors emmène-moi avec toi.

– Je refuse de te mettre en danger.

– Tu ne peux pas y aller seule, intervint Eric qui les rejoignait dans le loft.

– Ce n'était pas mon intention.

– Je ne suis pas sûr de comprendre, continua ce dernier.

– Il y a là dehors, une armée prête à se battre pour avoir le droit de reposer en paix.

– Penses-tu pouvoir les rallier à notre cause ? s'inquiéta Nick.

– C'est déjà le cas. Mais c'est "ma" cause. Vous, vous restez là. Si cela ne se passait pas comme prévu, il faut que quelqu'un puisse prévenir Lucifer et Nick est le mieux placé pour ça. Quant à toi Eric, je pourrai me connecter avec toi mentalement, dit Melody avant de rompre le sort qui empêchait la milice de pénétrer dans l'appartement de Mathias et de revêtir ses habits de Lux, bien décidée à sceller le destin de cette sorcière une bonne fois pour toute…

SOMMAIRE

PROLOGUE 7

1 - LA NAISSANCE DE LILITH 9

2 - LE PIRE JOUR DE L'ANNÉE 13

3 - UNE RENCONTRE DÉTERMINANTE 21

4 - INCRÉDULITÉ 31

5 - L'AMNÉSIE DU BONHEUR 41

6 - FLOU ARTISTIQUE 46

7 - UN PARTENARIAT DÉVASTATEUR 55

8 - UNE ALLIÉE INATTENDUE 69

9 - LA FACE CACHÉE 80

10 - PREMIERS PAS FORCÉS DANS L'AUTRE MONDE 90

11 - DES PRÉSENTATIONS PEU ORTHODOXES 96

12 - LE BAL DES DÉSILLUSIONS 103

13 - ROMÉO ET JULIETTE 116

14 - CROIRE EN L'AMOUR 128

15 - LA VALSE DES TRAÎTRES 140

16 - LE MOT DE TROP 146

17 - LE VOILE SE LÈVE 159

18 - PLUS DOUCE SERAIT LA MORT 171

19 – INTROUVABLE 182

20 - SERAIT-CE DES REMORDS ? 192
21 - SOIF DE POUVOIR 201
22 - DITES ADIEU AUX DERNIERS VERROUS 207
23 - TU N'ES PAS DIGNE DE MOURIR 218
24 - UN RAPPROCHEMENT PAS SI INNOCENT 230
25 - DERNIER ESPOIR 242
26 - QU'AS-TU FAIT ? 253
27 - JAMAIS BIEN LOIN 262
28 - UNIS DANS LA MORT 270

Impression à la commande

Lulu Press, Inc.

627 Davis Drive, Suite 300, Morrisville, NC 27650 Etats-Unis

Dépôt légal : mars 2020